一条
河流
的走向

丘脊梁

著

洞察世间的真相和人性的幽微

那条河流，总是在我的身体内奔流不息。

一想起它，我的眼前便浮现出一些人物的形象与命运。

他们是河流永远不灭的灵魂，河流是他们源源不断的血液。

这么多年来，我似乎一直与他们血脉相连，从未分离。

从一条河流的走向，我看清了人生的方向——我们每一个人，

其实都是顺着河流走出去，然后又逆着河流找回家。

中国言实出版社

图书在版编目(CIP)数据

　　一条河流的走向 / 丘眷梁著. —— 北京：中国言实出版社，
2021.11

　　ISBN 978-7-5171-3936-2

　　Ⅰ.①一… Ⅱ.①丘… Ⅲ.①散文集－中国－当代

Ⅳ.①I267

　　中国版本图书馆CIP数据核字（2021）第209667号

一条河流的走向

总 监 制：朱艳华
责任编辑：张国旗
责任校对：宫媛媛

出版发行：中国言实出版社
　　　　　地　　址：北京市朝阳区北苑路180号加利大厦5号楼105室
　　　　　邮　　编：100101
　　　　　编辑部：北京市海淀区花园路6号院B座6层
　　　　　邮　　编：100088
　　　　　电　　话：64924853（总编室）　64924716（发行部）
　　　　　网　　址：www.zgyscbs.cn　E-mail：zgyscbs@263.net

经　　销：新华书店
印　　刷：廊坊市海涛印刷有限公司
版　　次：2022年2月第1版　　2022年2月第1次印刷
规　　格：710毫米×1000毫米　1/16　14.5印张
字　　数：222千字

定　　价：69.00元
书　　号：ISBN 978-7-5171-3936-2

目　录

第三辑　一个村庄的半径

第四辑　每一个名字都通往神灵

第一辑

一座城市的时间之门

悬 空

一

在接近四十岁的时候，我才真正对土地重视和热爱起来。我觉得一切生命，当然也包括人，一生中最重要的支撑就是土地。如果失去土地，或者远离土地，悬浮在半空的生命，维持不了多长时间，就会渐渐衰败、萎蔫、干枯并最终死亡。我非常希望能得到一块哪怕是很小很小的土地。而在此之前，我几十年来所做的努力，却只是为了抛弃、逃离我所深恶痛绝的土地。想想可真够滑稽的！这个翻天覆地的变化和沉重伤痛的发现，来自我的天台，来自天台上的菜园和菜园里隐藏的秘密。

我的菜园在新居的楼顶。这栋楼房总共只有六层，我住顶楼，上面的阁楼和四十来平米的天台就顺理成章变为了我的私家产业。我在三十岁的时候，花很少的钱盘下它，之后很多年，差不多就把它忘记了——我有房住，且这里远离我的单位。但在我三十八岁那年，我那刚退休不久身体打得牛死的岳父记起了它。这两三年里，精力旺盛而又无所事事的他，不停地在装修房子，先后为自己、长子、小女完成了第二套房子的施工与监理。他强烈要求我把这房子也交给他去施展手脚，我没有想到，这个我生命中非常重要的男人，在他即将进入晚年的时候，又一次用他的理解和行动改变了我的生活，改变了我对世界的看法和对人生的态度——

装修完工时，从来没种过菜的岳父，居然交给同样没种过菜的我一个带菜园的天台！这让我哭笑不得。在我最初的设计与想象中，阁楼要装修成雅致的书房，三面墙壁整齐摆满藏书，最好还能摆点古董，而外面的天台，则应是一个清幽的空中花园，有小桥、流水、花木、鸟鸣，我偶尔坐到遮阳伞

下的藤椅上，假装看看书，赏赏花，听听风……这才符合一个文人的做派与追求。现在，岳父坚持不听我的意见而按自己的判断修正我的理想，我感到他似乎是用火眼金睛看穿了我的底细，毫不留情地撕去了我身上的伪装——在他的心中，我这个混迹于城市文化圈的乡下人，原本就该是一个种菜玩泥巴的货色！我不知岳父是不是这样想的，但他对我的否定与指引，让我感到万分惭愧。

我排斥和拒绝种菜。菜园子寂寞地悬在半空中。但说句实话，修得倒还真不错：在天台靠近承重墙的一侧，岳父开辟了一块面积不小的长条形菜池，池子四周贴着洁白的瓷砖，显得干干净净；靠外墙的两边，安装了不锈钢护栏，非常便于搭瓜架；菜池中盛满的黄泥，几乎没有任何杂质，似乎丢一把种子马上就能长满瓜菜；科学的排水系统和方便的灌溉设施，更让它显得传神而现代……这么高级的菜地，其实更像一个娱乐性质的休闲场所，早就淡化了实用的功能，更多的是一种象征意义。尽管如此，我还是不愿接受它。我觉得自己历尽千辛万苦跑到城里，不是为了种菜，也不必怀念种菜，那些代表落后和蛮荒的泥土，不但不会带给我任何的快乐与荣耀，反而只会让我更加羞耻，更加自卑，更加沉重和伤痛。

但不承想，后来我竟爱上了这块人造的土地，我就像一个受了诱惑在外流浪多年的孩子，醒悟过来后回到家里，一头扑进母亲的怀抱。这个时候，天台的菜园已经空置了一年左右；这个时候，曾在单位忙得焦头烂额的我，已在边缘地带闲散了好长时日。在经过努力、奋斗、抱怨、消极等种种尝试都无法改变状态后，我只得选择逃离与隐遁。每天轻松地应付完本职工作后，我将大把的时间和精力，倾情浇灌到了空中菜园。植株的生长、发育、开花、结果是那样地守时和真实，它们不懂欺骗和虚伪，只要你有所付出，就会获得应有的回报。这样的品质，正是我所欣赏和寻觅的，我感到和它们在一起，轻松而愉悦。它们让我看到了生活的美好，忘却了人世的烦恼。直到这个时候，我才明白岳父的苦心，他是想让我在失意之时，有一个归隐和寄情之处啊。这个曾经担任过多年镇长、厂长，在刀光剑影中沉浮了大半辈子的老男人，应当是看穿了生活的本质，他不单给我修了菜园，我舅哥和姨妹家的屋顶也同样如此（我们都住顶层，不知是巧合，还是买房时都受了岳父的导引），而且，我那当政委的舅哥、当行长的连襟，后来都先后加入了种菜的行列。我们都从悬在半空的虚幻的名利场中，安然沉降和回归到踏实的泥土之上，没有经过太多的痛苦与转折，就在另一种方式与另一处场所中，很快找到了生活的乐趣和人生的意义，想想，还真该感谢岳父英明的设计与精心的准备。

天台的菜地丰富着我的生活，充实着我的情感，也润养着我的精神，我越来越觉得所有的快乐与收获，都来自土地，要么是直接的，要么是间接的。全世界的文明，都是源于土地的积累与贡献，即使时代发展到今天，土地依然是整个人类的生存之本。这么神奇而伟大的资源，我先前怎么就不知道敬重和热爱？怎么还那么轻视和鄙薄它呢？我为自己的浅薄感到羞愧。

我弯下了腰，低下了头，用虔诚的姿势去亲近天台的泥土。很快我就发现，纯净的黄泥巴根本种不好菜，太容易板结了，稍稍晴几天，植物的根就扎不下去，患病似的黄皮寡瘦。为了改善土壤，我先是从网上买了几百块椰砖，接着到乡下拖来几麻袋草木灰和稻谷壳，然后又到养鸡场运来几百斤鸡粪，把这些东西混在黄泥里后，菜地竟像发酵了似的膨胀起来，变得松软肥沃，种下的菜肥嫩碧青，像一个个可爱的孩子，在微风中朝我摆手，乐呵呵地笑……土地真是一个好东西啊，受此鼓舞，我决定扩大菜园的规模，用木板钉了很多箱子，又买来很多泡沫箱，准备用更多的绿色，来丰满自己日益苍白的人生。

可是，我不知到哪里去弄泥土。在小区的花坛才挖两锹，物业就来了；到街边绿化带去弄，城管立即制止；到公园的山包上挖，差点被扭送进派出所……最后只得求助开拖拉机的师傅到郊外去拖，黄泥巴，一百八十元一车，不负责运上楼；要田泥或菜土泥得偷，另外加钱。我这才知道岳父为何外行地给我弄些最差的泥土，估计他为寻到这点货色也费尽了周折。我蓦然感到，我人模狗样地生活在这个繁华的城市，其实是多么的可怜，我穷得连一抔属于自己的泥土都没有啊！拖拉机给我运来四车还算不错的泥巴，倒在楼下，我用蛇皮袋每袋装五十斤左右，断断续续，像蚂蚁搬家一样，花了一个多月时间，把肩膀都磨烂了，才全部背上楼顶。那段日子，我患上了严重的搬土后遗症，不管是什么时候，一踏进楼梯间，内心就不由自主地开始数

数：一级，二级，三级……九十八级，到了！我完全控制不住自己，我清晰地听见自己的声音和心跳，它们是那样的沉重，那样的迫切，而过程与时间，却总是那样的艰难和漫长。可喜的是，在我的汗水和力气的作用下，楼顶的菜园不知不觉就扩大了一倍多，布下的菜蔬很快就蓬勃一片。逆着阳光站在城市的半空，看到自己的背景一片青葱和辉煌，我突然幸福得像个丰收的农夫，不，简直是骄傲得像个殷实的地主！

是的，我终于成为一个拥有"土地"的人，狭窄的天台，是我广阔的疆域，我在悬空的地盘里，做着自己的帝王。每天早上六点，我就起床上来了，半夜三更，我还打着手电在照看它们，每一块土地，我都知道它们的形状和构成，每一抔泥土，我都清楚它们的前世与今生。我不允许野草肆扰它们，更害怕风雨糟蹋它们，每当暴风雨天气，看到流失出来的泥土被冲进下水道，我总是心痛得不行，赶紧蹲下身子，冒着大雨，毫不犹豫用双手把污脏的它们一点点捧起，小心翼翼地放回菜池。它们都是我一袋子一袋子、一级楼梯一级楼梯地搬上来的，那里面不单有我的汗水和心血，更有我的理想和寄托，我舍不得失去它们，也不能失去它们。我就像个饱经风霜的老农民一样，深深地爱着自己侍弄惯了的泥土。直到这个时候，我才真正地理解了中国的农民与土地的感情，为什么是那样地深不可测、坚不可摧！

二

天台上的土地和土地上的作物，不断地深入我的生活，我也与它们越走越近，越贴越紧。我知道它们的喜好和需要，熟悉它们的脾气与秉性，我破译了它们一个又一个的密码，原本以为自己已完全理解了这块来之不易的土地，哪里知道，我与它们之间还相隔着一层看不见摸不着但却真实存在的障碍，这种障碍，让我感受到了土地的灵气和巫性——

这真是一件很奇怪的事情，不管我何等精心，菜园中的作物总是过不了最热的七月和最冷的元月。在这两个极端的月份里，几乎所有的作物都失去了自我，它们要么停止生长，甚至失去生命，要么就严重地变态，不开花、不结果，像是进了时间黑洞一样，瞬间变得丑陋和苍老。我从土层深度、浇水湿度、土壤肥度等方面做过深入的分析和不断的改善，但根本无济于事。这种现象像一道魔咒，又像一道深渊，顽固地横亘在我面前，让我始终无法逾越和绕开。我对土地愈加地敬畏起来，我不知道自己在何处埋下了错误和不恭。

是没有地气吧！乡下的母亲最善种菜，与土地厮守了一辈子，她一针见血地指出了症结的所在。地气？地气是个什么东西呀？我怎么从来没有看见过？母亲说，她也讲不清地气是什么，但这东西真实存在，炎热的夏季，土地的内部是凉爽的；寒冷的冬天，土地的深处又温暖如春。母亲告诉我，所有生长在土地上的植物，枝叶享受阳光雨露，根系就靠地气滋润。地气不单包含温度，还包含营养和湿气。全世界的土地都是一个整体，所以全世界的地气都是连通的，强大的地气能让植物安然度过严寒酷暑，茁壮生长，而我的菜园悬在半空，隔断了地气，所以出现问题。真是这样吗？我后来特意挖开楼顶和地上的泥土对比，果然像母亲说的那样，地上的泥土是活的，软的，带着地球的体温，而天台上的泥土是死的，硬的。这种天渊之别，仅仅只是因为隔了几层楼板，悬空了！

看着天台上费尽气力和心血的菜园，我忽然恍惚起来，那些植株，那些箱子，那些泥土，似乎都充满了可疑。它们尽管看上去是那么逼真和接近，但由于远离了地气，根本就不是真正的土地和菜园。它们，只不过是我一个虚幻的梦想！

那么，我的房子呢，是不是也只是一个幻影？而悬空生活在房子中的我们，是不是也已失去了地气，正在慢慢地走向萎蔫？

我感到万分惊恐与悲凉！

买第一套房子的时候，我才二十四岁，刚到城里不久，浑身散发出浓郁的乡土气息，在别人不断的嘲笑和鄙视下，我只想买套房子，以便尽快把泥土的印记洗净，以证明自己就是这个城市的主人。我女朋友的父亲，也就是我现在的岳父，非常支持我的想法。这个三十多岁才吃上国家粮的乡镇干部，最大的梦想就是进城并在城里拥有一套完全属于自己的房子。我第一次拜见他时，他就非常直接地表明了自己的态度：没有房子，请我吃鱼翅燕窝都不来；买了房，餐餐萝卜白菜我也乐意去！在家人和亲友的帮助下，我很

快实现了自己的梦想（但此后好多年，还在节衣缩食还债），当我把写有她女儿名字的房产证交给他验明正身时，他抑制不住内心的欣喜，高兴地对他女儿说："恭喜你啊，从此住上了高楼大厦，一辈子都不用住在泥巴屋里了！"他对楼房的向往和迷信，跟我堂伯简直一模一样。堂伯读了不少的书，但一辈子困守乡村，快六十岁时，他花尽一生积蓄，还欠了一身账，总算盖起了一栋像机关办公楼一样的三层楼房，搬家后他做的第一件事，就是在自己卧室的门楣上，醒目地刷上"301"三个数字，跟人打电话通报方位时，也是再三强调"301"。301，是他后半生的代号，也是他一生的追求。

我没有半点笑话岳父和堂伯的意思。直到很多年后的今天，我都能完全理解他们当初的言行，他们对楼房的热爱，其实是对城市的向往，更是对身份的渴求。任何人都有追求上进的权利，他们对生活提出更高的要求和更美的设想，理当得到我们尊重和支持。何况，从本质上来说，我和他们又有什么区别？我同样鄙薄乡土，爱慕虚荣、物质、财富以及一切能抬高自身地位的东西，只不过是比起他们所处的时代，如今相对宽松、多元和快捷，让我高于现实的梦想更容易抵达罢了。

我的第二套房从头至尾就是一个意外。位于新城区的这套房子，面积不算小，正屋有一百六十多平方米，如果加上阁楼和天台，总面积接近二百八十平方米，比起我陷落在老城区贫民窟的第一套房，足足大了一倍多。这套单位的集资房，买的时候没想到这么便宜，几年之后，没想到升值那么多，而装修的时候，又没想到要那么多钱。我曾经做过统计，这两套房子，差不多花光了我半生的积蓄。有时候，站在楼下看着自己的房子像一个灰暗的格子一样搁在半空，心中不由有些淡淡的悲愁，把半生的努力和一生的命运都关在这么一个盒子里，真值吗？但这种念头只一瞬间就消逝了，我更多地是看到它们身上的光亮，并不去怀疑它们的合理性，只觉得它们是自己活在城市的底气与骄傲。但现在，当我再看到它们时，就会自然地想起天台上悬空的泥土，从而对自己的价值判断、行为方向乃至整个人生，都产生严重的怀疑和深深的担忧。

我们真的是跟房子一起悬在空中。共用的土地，七十年的产权，房屋的质量，电梯的故障，不停的开发，疯狂的拆迁……所有的这些，都太不确定了，太不稳固了，太让人缺乏安全感了。这些海市蜃楼般的空中楼阁，远望上去，似乎巍峨壮丽，熠熠生辉，但当我们逼近它时，才发现永远无法获得它的真相，更不用说把它牢牢掌握在自己手中。它们是飘浮的，虚幻的，破碎的，像梦一般轻薄和遥远。而我们长年累月地远离大地，生活在半空之中，缺乏地气的贯通与滋润，到底对身体和生命有无妨碍，也太让人不踏实了。世间的万事万物，总是神秘地联结在一起，一棵植物在悬空的泥土中，都会发生畸形与变异，靠五谷为生的人类，难道就丝毫不受影响吗？

我天台的菜园位于主卧室的上方，每天晚上，我都正对着它进入睡眠。在梦中，我无数次看见自己飘浮在半空中，双脚无处着力，惊恐地四下触摸、踩踏、探寻，还是找不到任何的支撑，而头顶坍塌的楼板和倾泻而下的泥土，把我扎得头破血流，我被呼啸而下的各种砖头杂物挟裹，不停地坠落，坠落，坠落向一个苍茫的深渊，一个未知的葬身之地！

这样的梦境磅礴而悲怆，我不知是神灵对我严重的警告，还是善意的指引？

三

悬空的泥土使我的菜园只能季节性地耕种，尽管在绝大部分的时段，绝大多数的瓜菜，都能在天台上尽情地生长，但我依然觉得这样的土地、这样的作物、这样的生活，是残缺的、片面的、不完整的。我渴望能有一块真正的土地，让我享受劳动的乐趣，见证生命的连续，抚慰心灵的暗疾。

但我清楚地知道，在城里，这永远只能是一个美好的愿望和天真的构思。我又一次想起挖泥土的事情——我在城里连一抔土都没有，哪里还能有整块的地？何况，现在的城市连裸露的泥土都很难找到了，差不多都被水泥覆盖，被钢筋笼罩，被开发商圈围。现实如此坚硬，哪里还扎得下作物的根系？就算有，高昂的地价也不是我这样的局外人玩得起的。

是的，我是一个局外之人——从某个角度来理解，城市就是做局，很多人挖空心思绞尽脑汁起早贪黑尔虞我诈地大做特做，越做越庞大，越做越复杂，越做越繁华。但这么多年来，我一直都觉得自己被一堵无形的墙挡着，生生隔离在城门之外，根本没有融入进来。我从十九岁来到城市，至今

已二十四年矣，生肖都流转了两轮，可我似乎依然停留在最初的渡口。我还是那么实诚、直接、善良、节俭、懦弱、胆小、怕事，不喜欢结交权贵与富商，不热衷追赶时尚和潮流，不习惯在人多的地方高谈阔论，不适应在灯红酒绿的场合山呼海啸，不爱好浓妆艳抹的女人，不接受有违道德的开放……我就像个傻乎乎的刚进城的乡下人，被满街的人潮推挤得跌跌撞撞，一脸的惊慌失措，一脸的无可奈何。我常常在晚上站到天台的菜园里，一个人静静地打量这个永不安宁的世界。我看见宽阔的大街车水马龙，流金溢彩，漫天都是虚幻的灯火辉煌和缥缈的歌舞升平，空气中飘荡的奢华、糜烂、欲望、物质、迷醉之类的气息，与菜地里散发出的泥土味道格格不入。这个时候，我总感觉自己很孤单，连真正兴趣相投的朋友都找不出几个，仿佛被这个喧嚣的世界抛弃了，遗忘了，所有的繁华与热闹，都是别人的，与我毫不相关——我对城市没有认同感，自然也就不会有归属感。我虽然生活在城市，但文化、心理和精神，都属于乡土。我就像天台上的作物一样，悬在半空。

我疑心岳父也有这样的感觉。这个一辈子梦想进城的人，退休约两年之后，居然回乡下盖了一栋平房。对，是平房。他当初是何等向往城市和楼房啊，缘何奋斗几十年，最终又要回到原点？他也发现了地气的重要性吗？岳父说，退了休谁齿？待在城里没卵味，像个哈宝！原来是这样。他回归熟悉的乡村，其实也属于地气的另一种贯通。岳父又说，给你们都修了个菜园，今后退休了好有事做。啊，我还以为是给我们现在调整心情用的呢，没想到是为几十年后做的准备，他看得真远、真深。而这种远和深，是他用漫长的时间和沉重的代价换来的经验。他清楚地知道在农村长大的子女们精神深处的需要，作为父亲，他不愿发生在自己身上的疾病和疼痛，重复出现在孩子们身上，所以提前预备了止痛的药。不管处方是否准确疗效是否显著，他深沉的爱和心底的疼，都让我们感动。如今，七十岁的岳父生活在乡下，住在平房中，并且把户口也转了回去，还种了几亩田，我们吃着他送来的亲手种植的米，心中倍感愧疚和不安，但看到他因脚踏泥土而愈加健康的身体和快乐的心情，又无比踏实与欣慰。

岳父用直接而彻底的方式，从悬空的城市降落到了厚实的大地，我也能像他那样找到自己的归宿吗？

我觉得很难。这些年，我越来越喜欢回到乡下，回到故乡。如今的高速路网四通八达，在我感到郁闷或乡愁病复发的时候，只需一个多小时，就能迅速扑进故乡的怀抱。但我一次次发现，故乡已不是当年的故乡，我也不再是当年的我。

如果从居住条件和生活水平来看，农村已与城市无异，甚至还要更好一些。这也是我乐意经常回去的原因之一。可是只要住上三两天，我就感到很多具有农村特质的东西正在消失和改变。比如，情义已被金钱代替。我多次看到留守的老人请年轻人做点扛米、提水、买油之类的小事后，当场付工钱，付的理所当然，收的心安理得。这种举手之劳的事情，就是在城里也没人要报酬啊。至于巧立名目办红白喜事收受的礼金，标准甚至还高于城里。又比如，勤劳已被享乐代替。田地荒芜早已是普遍现象，很多人家甚至连菜都不种了，完全买着吃，青天白日下，一桌桌的麻将围满了男女老少，农家乐和集镇的餐馆、歌厅，生意比城里都好，消费者多是无所事事游手好闲的农村客……愿意生活在这样的人群和环境中吗？我经常叩问自己。答案无疑是否定的，决绝的，失望的。这些不是我所熟悉和怀念的，它们的陌生与荒诞，只能让我更加惊慌，悲哀，沉痛。

其实，我不愿回归故乡，故乡也同样接受不了我。在人们的眼里，我这个读过点书，转走了户口，坐在城里办公室吹空调拿工资很多年了的人，早已不是他们的同类。我的某些言行，可能备受他们的赞赏和景仰，而另外的一些习惯，可能会受到嘲笑和鄙视，还有一些主张，则可能被敌视和攻击……同样还是因为不同的价值取向和文化背景，让我们不断错过，越走越远，越分越开。

这真是一个无比尴尬的事实，我进入不了城市，也回归不了故乡。在城里，他们觉得我很乡土；在乡下，他们又觉得我是个"假洋鬼子"。我到底是一个城里人，还是一个乡下人？原来自己是两头牵挂却两头都不靠啊！我不但悬空在没有根基的城市，在故乡的土地上，我也同样悬空！

跟我相似的人可能不少，我有好几位忘年交，退休前都在乡下建好房屋，准备清清爽爽去安享晚年。但退休后回去没住上几个月，又全部搬回城里了。城里没住多久，又抱怨起来，搬至乡下……如此反反复复，没完没

了，像只候鸟一样，始终飞在空中。

而越来越多的城里人，则像我一样在屋顶或阳台上做起都市农夫，以此来表达自己对土地的怀念和向往。在这方小小的悬空的土地上，我们种下深埋的梦想，以为拥有了整个世界和每个春天，其实只是虚张声势，自欺欺人。

四

我在天台的菜地劳作时，常常会想到自己的故乡和儿子。故乡是我的来处，儿子则是我的去处——我的生命在他身上得到延续和伸展，他是我人生中最重要的支撑和寄托，我和妻子这辈子所做的一切努力，几乎都是为了改变或改善他的命运，安妥和净化他的灵魂。我们让他降生在城市，从小接受良好的教育，不许他受到委屈和欺凌，不让他感到自卑与压抑，目的就是想让他远离泥土，成为真正的城里人，成为一个能完全把握住自己人生的人，不再像他的父母那样，始终游离着，飘荡着，悬空着。

儿子在一天天地长大，我们的心思没有白费，他的行为方式和生活理念，跟我们大为不同，形象、气质和思维，都是城市的、现代的。他从小就与城市没有任何隔阂感，完全地融为一体了，看到他满脸的阳光与自信，我备感欣慰。

如今儿子在另一个城市读书，每个学期才回来一次。让我感到奇怪的是，每次回来，他总是宅在家里上网，很少出去。我劝他说，离开这么久了，也不想去街上转转？儿子毫无兴趣地说，哪个城市的街道都差不多，有什么好转的。我说，到你以前的同学家玩玩也好啊。儿子说，好多同学搬家了，联系不上。看到儿子对这座城市一脸的淡漠，我心中突然一惊：这不应当是一个人对待故乡的态度啊，儿子的故乡在哪里？这座城市能算他的故乡吗？

儿子跟我们在第一套房子里住到十一岁才搬到现在的小区，那个叫夏万街的社区，是他的出生和成长之地，他的幼儿园和小学同学，大多住在这一带。他对这片房屋密布街巷纵横的杂乱城区，曾经充满了感情，就像我对老家的村庄一样。我想，这应当就是他的故乡吧，尽管细想起来把个社区当作故乡有点别扭。刚搬家的那两年，儿子常常一个人偷偷跑回去玩，玩得满头大汗开心不已，我捉了他回新家时，他还有点恋恋不舍和淡淡哀愁。后来，他到另一个城市读高中去了，放假回家仍要到这里来转转，但再往后就越来越少直至不来了。为什么呢？因为这个地方发生了翻天覆地的变化：社区东边那个巨大的游乐场，曾是他童年的乐土，我带他在里面不知玩过多少回，摩天飞轮、海盗船、蹦蹦床、碰碰车，洒下了他最真实最纯净最明亮的欢笑，但如今早就卖给了开发商，被拆得荡然无存，建成的一片高层住宅，像一块块庞大的墓碑立在那里；北面正对着的金鹗山，曾经苍翠欲滴，他从五六岁起，就喜欢钻进这片原始而安宁的林地里，爬树，摘野果，上小学后，放学时经常从山上的小路回家，和同学们你追我赶，有一次还扛回了两只硕大的竹笋，但如今这片林地全没了，被建成一个宽阔的广场，只有一大片坚硬的水泥地面，在夕阳下发出冰冷而惨淡的光；南面他读幼儿园的地方，过去是个小山包，山上有很多民房，房子旁边种满了花草、瓜菜，还有一蓬蓬果实累累的葡萄架，他与最初的小伙伴们，就在这片梦境似的地方穿行了整整三年，但如今，这里已被推平建成为一片廉租房；社区另一出口原来曾是一个大院子，他小时常去打球，现在成了一临街大酒店；而当年熟悉的街坊邻居们，也大多陆陆续续搬走了……别说他，连我都觉得变得不认得了！这个地方，已没太多他熟悉的东西，更没有几个他认识的人，甚至连记忆都寻找不到了！他确实没有必要再来，来了只会让自己更加失落和感伤。

儿子的故乡，就这样在不到六年的时间里沉陷了，丢失了，他从此成了一个没有故乡的人！不单是他，像他这样在城市出生城市长大的孩子，都是没有故乡的一代。

一个人如果没有故乡，那是一件多么悲哀和可怜的事情啊。是的，我现在已回不到过去了，而且我的故乡也发生了改变，但它毕竟还存在，那里的山，那里的河，那里的花草树木，都还是我记忆中的样子。每当我在城里感到郁闷和委屈时，我就自然而然地想到故乡，想回故乡。只要我的双脚一踏上故乡的土地，地气就马上接通了，内心就安宁下来，人就很快踏实起来，所有的烦愁和不快都烟消云散了。故乡是一个人的精神母亲，永远的精神母亲，无论活到多老，无论走得多远，只要回到故乡的土地，就能获得温暖和

抚慰。而没有故乡的人，他的情感到哪里表达？他的烦愁向何人诉说？他的灵魂到何处安放？他们的整个人生都会悬空！

　　看着天台上悬空的菜地，我万分沮丧起来。我没有想到，绕了一个大圈，我最终还是无比失败：我费尽心思想远离土地，离开之后才发现土地是最好的东西；我一门心思想挤进城市，进去之后才发觉内心充满排斥；我耗费心血在城里买下房子，住进之后才察觉个中玄机；我全心全意想培养儿子，到头才知他连故乡都丢了……我感觉自己几乎是步步踏空，处处悬空，整个人，整个一辈子，仿佛都被一种虚幻而真实的气体所包绕，挟裹，笼罩，在朦胧与驳杂中，根本辨识不出方向，也无法看清自己。

　　我把自己的感觉说与儿子听。这个十七岁的少年一脸淡然，不急不慢地说：这没什么呀，地球也是悬空的。

　　对啊，地球是悬空的，月亮是悬空的，太阳是悬空的，一切的天体都是悬空的！也许，悬空，才是事物最普遍的形态，最重要的本质。但是，我很想告诉儿子，它们的体量都足够庞大，而我们，轻得像粒微尘。

原载《星火》2019年第6期

行走在城市的边缘

金鹦山那边就是苗圃。这个地方，原先据说是育过一些花花草草的，但如今，只有一幢幢的房舍在茂盛生长，密密匝匝，重重叠叠，从金鹦山麓，一直往南湖那边铺陈，很是汹涌。房舍都不高，三层，四层，五层，顶多七层，绝大多数是当地土著的私房。这些当年养育花草的园丁，抑或说是郊区的菜农，如今都成了城市的主人，在自己的地盘上出租房屋，维护秩序。成千上万的城市过客，成了他们的客人，也成了他们收入的部分来源。主人很少，客人很多，难免就有些照应不过来，于是有关苗圃的故事，在这个城市也就演绎得愈来愈多。

关于苗圃最经典的说法，一是暧昧：传说鼎盛时期，曾有上千名从事某种特殊职业的年轻女性，在这里安营扎寨，让人很自然地想到"三千粉黛"这个词语的气势。这些被称为"小姐"的女孩或女人，抽烟、喝酒、嚼槟榔，化很浓的妆，穿很露的衣，白天躲在出租房里死睡，傍晚时分倾巢而出，妖艳地侧坐到出租摩托上，旁若无人地扬长而去，深夜才成群结队喧闹而归。二是恐怖：说是好些个黑恶势力盘踞在此，每个黑帮均统一着装，统一行动，天亮时分，集体"出操"，围着苗圃的街街巷巷跑步，腰带上都插着一把雪亮的马刀，边跑步边大声报数喊口号，嗨！嗨！嗨！粗犷的号子声，震得人心惊肉跳；如果深夜独身一人打这里经过，碰上了这些活爷，那就必须见红：要么退财，要么出血。传闻很多人因此被打得死去活来，好几人在此命归黄泉。三是赌博：说这里到处都是麻将馆和赌场，白天黑夜二十四小时营业，赌场有打手，有放高利贷的，许多人在此赌得倾家荡产，妻离子散……总而言之，统而言之，苗圃在市民心中是一个五毒俱全的地方，是一个是非之地，无事不要去，有事赶紧走。连带着，住在苗圃的人，

也就要被人低看一眼了。因此不少苗圃人为了维护自己的尊严，当人问他家住何处时，总是支支吾吾，或说住游乐场附近，或称住南湖那边。明显地声调不高，底气不足。

我在苗圃住了将近十年。是买了一个开发商的商品房。房子建在金鹗山的边边上，推开北面的窗户，满眼碧翠，香樟的枝叶，仿佛伸手可及。我在这套房里结婚，养儿，读书，写作，日子过得从容。常有人向我求证有关苗圃的种种，我要么哈哈一笑，要么沉默不语。我无法给人一个满意的答案。对于苗圃，我总感到自己游离在它的边缘，没有深入，也不想深入。

我的房子在七楼，最高层，很是安静。我很喜欢这种静，尽管有点难爬。房子与地面十来米的距离，恰到好处地保持了我生活的相对独立。我几乎不与院子里的任何人来往，每天下班回家，房门一关，尘世的俗事便离我远去，不要说是苗圃的事情，就是院子里的声音，我也充耳不闻。我喜欢晚上到书房中静坐，整晚整晚地坐在宽大的书桌后面，胡思乱想。现实、理想、人生、艺术、信仰……方方面面的问题和困惑，总是让我的心情长期忧郁。我每天每天都在思考，思索，但总是理不出一个明朗的心境，而且越想越是感伤和惶惑。静坐和冥想，差不多成了我这些年夜生活的主题，我已习惯了围绕这个主题去展开我的人生，尽管，这也许毫无意义。有时候我也读书。书房的一整面墙壁，排满了我十几年来搜集的藏书，尤其是近些年，我搜书更是疯狂，每月的书账，一般都在三百元以上。我的藏书在一天天地增加，但学问却并没有大的提高。不少的书，买来后翻都未翻，更多的书，只是草草地浏览了一遍，既不批注，也不背记。一部《清史稿》，我读了三年，至今未竟。我每天晚上都在变换读书的内容，这种交叉式的阅读方法，使我的思想变得更加飘忽和驳杂。书读得无聊了，或是读出了感慨，偶尔，我也作作文章。十年前，我曾是一个文学发烧友，写作是我的日常生活。在苗圃的这些年，我的这份心思是越来越淡了，我很少写，也不求发表。要写，也不用电脑，而是固执地用毛笔小楷，在方格稿纸上不急不慢地涂，随心所欲的样子。我是在寻找一份感觉？一种心境？篆刻这活儿，也能让我变得心静，在疏远了好些年后，我又翻出了刻刀和印谱，常常坐到书桌前，花几个小时去刻一枚并不如意的章子……每天晚上，我差不多都是这样封闭自己，打发时光，碌碌无为地忙到三点左右才上床睡觉。这个时候，楼下的小街巷总会准时传来手推车的声音，咔嚓咔嚓咔嚓，钝涩，沉重，疲惫，我知道，是那个摆麻辣烫夜宵摊的城市边缘人收工了。我不认识他（她），也不知是男是女，但我知道他（她）和我一样，都在为生活和理想而奋斗。我每天都在倾听他（她）的声音，这种声音，让我对艰辛的生活产生共鸣。在孤寂的深夜，我很需要这种声音来温暖、振作和激励。

每天早上九点，或许还迟一点，我起床了，走出了无生气的院子，经过杂乱无章的小街，闪过形形色色的面孔，到苗圃饭庄去吃碱面。不要我说任何话，饭店的年轻老板就会把面下好端到我桌上：少油，多葱，不要肉，从来不会出错。苗圃饭庄不大，生意却奇好，老板夫妻、父母外加两个帮工，忙得团团转，但从来没有怠慢过我。我跟他们一家太熟了（但不知他们姓什么，他们也不知我姓什么），我吃了他家十几年的面。从苗圃对面的岳大边上，一直吃到苗圃饭庄。这家安乡人，如今在苗圃买了房子，我想他家的房子，该有好几平米是我吃面所做的贡献吧。可惜的是，他们现在不开饭店了，搞得我常常吃不到好早餐。他们如今在干什么呢？不太清楚，儿子说，打牌，休息。母亲说，我大儿子在新疆上班，小车接，小车送，还费力开什么餐馆？他大儿子我见过，前几年还在苗圃下面条，莫非如今当大官了？

我上班的地方离苗圃不远，站到我房子的楼顶，便能望见办公楼，直线距离不超过三百米。如果走大路，则要出夏万街，经游乐场口子，沿南湖大道再往北回走，要弯一段路。我很少走大路去上班，而是径直从我们院子前面不远处的一条巷子斜插过去，六七分钟就到了。这条路我走了好多年，而且每天要走好几次，哪里拐弯，哪里上坡，哪里有一摊水，哪里有一块大石头，我眯着眼睛都能摸到，但巷子两侧的人，我却一个也不认识，尽管我熟悉他们的容貌，记得住他们常穿的衣服，甚至还了解他们的生活规律。有一个标致的女孩，常在巷子里与我狭路相逢，擦肩而过。她化了一点淡妆，爱穿绿色衣裳，经常变换时髦的发型，常年一副工工整整、清清爽爽的样子。她从我身边经过时，总是先用画着眼影的大眼睛，极快地摄我一下，然后一闪而过，留下一缕淡淡的清香让我回头打望。我好多次想与她打招呼，但话到嘴边又咽下了。我不敢，我害怕。我除了熟悉她的外貌外，对她的其余一

概不知，如果她是良家女子，我贸然和她打招呼，岂不让人觉得轻浮？如果她是传说中的小姐，我岂不是自找麻烦？

这种熟悉的陌生人，在苗圃我还认识许多。街边的那家卤菜店，是一中年妇女开的，矮矮胖胖的她，做事很是麻利，整天笑呵呵的样子，肩上一天到晚斜背着一个小包，好像随时都准备收钱。她的卤菜在苗圃很有名，味好，价高。每天上午我上班时，她便蹲在临街的水龙头下，用一个大脚盆清洗新鲜的鸡脚爪、猪头、猪耳、大肠、牛肚之类，中午我下班时，她正用一口大锅旺火熬煮，香气弥漫了半条小街。晚上下班时，制好的卤味已整齐地摆到了玻璃货笼中。我不时带些耳尖牛肚之类的回家，一手交钱，一手交货，从来不作半句闲谈。可有一天我下班去买猪脚时，她却说："别买了，你老婆刚刚买了。"我大惊，她是怎么知道我与老婆是一家人的呢？要知道，我与老婆是很少同进同出的呀。更奇的是，她居然知道我在报社上班，是编辑部主任。而另一个我从来没讲过话的在巷口出租摩托的汉子，有一次见我打不到的，主动跑来送我，我告诉他到华天旁边，他却纠正我的说法：是报社九楼吧。他们准确说出我的这些信息时，都是满脸的神秘与得意，我却有一种被揭穿的恐慌与尴尬。我突然发现，我在苗圃积十年之功，刻意营构的封闭与独立，其实只是我的一厢情愿和自我感觉，我的点点滴滴，都不经意地裸露在时光之中，被人有意无意地收拢起来了。

在苗圃，"雪村"应是我最熟悉的陌生人。这个家伙，四十岁的样子，长得实在是太像雪村了，一样地瘦削，一样地留小胡子，一样地穿东北式的蓝色农民装，甚至还戴一顶一样的皱巴巴的蓝帽子。我每天都见到他，不知他姓名，随意用"雪村"这个名字来表述他。他是一个职业乞丐。每天上午我出门时，他也开始上班，穿着那套雪村式的行头，斜背一个写着"为人民服务"的黄书包，拄着一根拐杖，一瘸一拐地向人讨钱。当然他的工作地点不在苗圃，而是在苗圃之外的任何地方。在南湖，在步行街，在岳阳楼，在火车站，我都曾见过他辛勤工作的身影。到晚上我下班时，他也准时收工，出现在苗圃的街口，不过拐杖已不在腋下，而是扛在肩头，前面挑着在苗圃菜市场买的菜，碧绿的青菜，新鲜的排骨，甚至还有活蹦乱跳的桂花鱼，大步流星（一点也不拐）地赶回家做饭。晚上也能在南湖边上看到他，穿戴得整整齐齐，吹风看水，很是悠闲。据说他在苗圃有两栋房子，一栋自己住，一栋出租，全是他一瘸一拐弄来的。至于他到底是何处人，为何又走上了这条发财致富的捷径，我未做调查，不得而知。只是每次见着他，我心中便要生出许多感慨，他现在的日子，也许过得很滋润，但实在是不太光鲜，其实，单凭了他独特的容貌，模仿一些雪村的表演，他也是能体面地生活的。然而，他却选择了不劳而获那条道路，而且干得心安理得，有声有色。唉，这也是一种人生吧。

其实，苗圃在我的心中也是一个淡淡的样子：一脉青山，懒洋洋地卧在阳光下；一片房屋，安静地蹲在山脚边；一些人事，平凡地生活和演绎。我说不上喜欢它，也说不上讨厌它，既不为居住在这里而自卑，也不为生活在这里而自豪。我只把它当作人生中的一个客站，我只不过是这个客站里的一个过客。我们每一个人，都只是世间的一个过客。

苗圃地处城市的边缘，这里生息的人们，大多是城市边缘人，而我，尽管在这里生活了近十年，却一直行走在它的边缘。苗圃有上百条街巷，好几万人，但绝大多数的地方，我从未涉足，绝大多数的人事，我一无所知，即使是前面记述的那些片段，也只是我斑驳的印象。好多年来，我一直都游离在城市的边缘，生活在社会的边缘。边缘状态，是我的性格，也是我的哲学。它让我绕过了生活的复杂，也让我缺失了深入的厚度。

原载《延河》下半月刊2018年第2期

在黑暗中潜行

多少年来，我一直都是在寂静的黑夜，小心谨慎字斟句酌地打量和审读身边热闹的世界。那些大大小小形形色色的人和事，用一种固定的格式，列队从我的眼底经过。灯光雪亮，把代表他们的符号照耀得无比清晰，但他们真实的面目和背后的真相，却始终在我眼里一片模糊和混沌，就像窗外连绵不绝的夜色。而喧嚣白昼里的种种细节和纹理，我根本无法体验与触及——我不在场，我在睡觉，在窗帘紧紧闭合的黑暗卧室中，睡觉。白昼，只是我另一种形式的黑夜。对于一个总是错过阳光的人来说，时间和事实，往往变得像夜色一般虚幻和可疑。这么多的年与月，我感觉仿佛只是一个短暂的夜。我在昏昏地睡着，睡着，一直没醒。其间的酸甜苦辣、喜怒哀乐，不过是一些梦的碎片。那天，当社长笑容满面地提醒我，再过个把月，就是十五年报庆了，要我用心做个策划好好庆祝一番时，我的内心，才像被霹雳击中一般，重重地一颤，啊，这一觉，我睡了整整十数年！看到镜中那个鬓角斑白、眼皮浮肿的半老男人，一种无法抑制的悲伤，像潮水般向我漫涌过来，黑压压地将我包围，淹没。锥心的疼痛，将我从梦幻中唤醒，我惊愕地发现，在多年的黑暗与昏睡中，我的青春，理想，还有事业，已经无可救药地衰败，枯萎，老死。

在进入报社之前，我从来没有把新闻和编辑与黑暗联系起来，我觉得它们打满了光亮，浑身散发出阳光的气息。十几年前的一个深秋，我第一次看到了这个光鲜行业背后的幽暗。那天我全神贯注忍饥挨饿手忙脚乱地连续奋战了六七个小时（感觉却只有一两个钟头），总算将两个新闻版面编好，忐忑不安地交给主任后，匆匆忙忙跑到楼下小巷深处的蒸菜馆去吃饭。走出明亮的大厅，混浊的夜色像海浪般向我迎面扑来。啊，一天这么快就完啦？

我坐进编辑部的卡座时，柔弱的阳光，不是才从东边的窗口轻轻斜射进来吗？除了改稿中途在沙发上眯眼休息了一会儿外，我不是还没吃中饭吗？我感到时间悄然流逝的惊心与恐惧。看到我埋怨饭冷菜少，正忙着收摊的蒸菜馆老板白了我一眼，八点多了，哪还有好菜！他的时间，无疑是准确的，但这个钟点，对我来说，却有着难以置信的巨大误差。他一张一张地清点着营业款，那些花花绿绿大大小小堆得像小山般壮硕的收获，再次证明了他时间的真实，也反射了我缩水的光阴，我不禁又一次惊慌起来。嚼着坚硬如铁的几坨"腊鸡"，我索然寡味地扒完一小钵米饭，刚喝上一口温温吞吞的酸菜汤，主任的电话就来了：赶快回来，换稿，重编！语句简短，语速急切，容不得我半点推辞和思考。接下来几个小时，我就像一个陀螺，被一根无形的鞭子，狠狠地抽着，在编辑大厅里转来转去——我风忙火急地向记者通讯员索稿，抓耳挠腮地想标题，翻箱倒柜地找照片，唇干舌燥地与美编交流，面红耳赤地与校对争论，诚惶诚恐地站在主任和值班总编面前，等待审判……直到老总在最后一次清样上，小心翼翼地签上大名和日期，一切才尘埃落定，而此时，时针已指向了深夜一点。我哈欠连天，眼皮打架，浑身散架，如释重负般收拾东西准备回去睡觉。这时主任喊我，就回去干吗，消夜去。

在此之前，我在市里一家效益不错的单位，从事着一项还算体面的工作，每天朝九晚五，按部就班，所有的时间，都在自己的掌控之中，很少加过这么晚的班。只因了心中那个久远的梦想，才跑到省城这家报业集团，做了一名编辑。看到同事们贼亮的目光和浓厚的兴致，我不想上班第一天就扫大家的兴。我们沿着报社后面那条狭窄、破败的巷道，穿过一个铁路岔口，来到一个叫"黑店"的夜宵摊，围着街边一张硕大的圆桌坐下。此时，夜雾弥漫，路灯一片昏黄，街上一片静寂。浓浓的夜色，像黑暗的海水一般，填满城市的每一条缝隙。周边高高低低的建筑物，黑灯瞎火，宛如消失了一般。我抬头，看到不远处我工作的新闻大厦，却依旧灯火通明，如同夜航在茫茫大海中的一艘巨轮。那倔强而孤寂的光亮，蓦地让我感到骄傲、温暖，又让我莫名地畏惧和悲伤。"今天早些？""黑店"老板熟稔而热情地与主任他们打着招呼。就在我们喝着啤酒时，三三五五的夜行人，像从地下钻出来一般，晃晃悠悠地走出巷子，不急不慢地穿过铁路，随意地坐到"黑店"前面。眨

眼的工夫，马路旁边十几张桌子就聚满了食客，整条小街瞬间变得喧嚣和生动起来，俨然像是十一二点消夜的高峰期。这种寂静与热闹的逆转，似乎让我看到时间的倒流。这些人都是报业集团的夜班工作者。他们彼此熟识，大声地打着招呼，热烈地交流刚刚的工作，互相打探各家报纸明天见报的猛料，后天见报的选题，挖苦枪毙了敏感稿件的老总胆小如鼠，咒骂乱改标题的值班主任臭如狗屎……他们看上去全都精神百倍，毫无倦意，根本无视时间的深浅。而我，实在已经坚持不住，在数次欲言又止后，终于站起向主任说，快三点了，明早还要上班，我先回去。一个跑来向主任敬酒的外报编辑盯着我奇怪地看，半天才说：新来的吧？还惦记着上午上班，告诉你，入了这行，以后别想看到正午前的太阳。急什么？白天好好睡！我惊讶地望着他，脑海中迅速蹿跳出黎明、露珠、朝阳等最新鲜最纯粹最真实的事物。我在心里紧紧抓住它们，生怕这些美好的东西转眼消逝。在这个寒凉的深夜，这些长期将自己潜隐在幕后和晦暗中的人，让我看见了人生的残缺和命运的黯淡。我不由忧伤起来。

在暗夜里工作和生活，从此就成为我人生的常态。眯上眼睛，这么多年的经历，能让我打捞和收拢的，尽是一些夜的碎片。它们的背景一片昏黑，而场景却无比明晰，好像刚刚发生一般。长沙。岳阳。新闻大厦。省报大院。市委对面。报业大楼。七楼。二楼。九楼。二楼。三楼。芙蓉中路。南湖大道。岳阳大道。我工作的城市，单位，地点，楼层，十五年来在不断地变化，但始终如一的，是我的职业、工作的时段，还有那片夜的底色。这段长长的人生胶卷里，暗淡得只有一种颜色，在清寂而飞快地流转。

新闻大厦是长沙一栋三十多层高的大楼，我们的报社在七楼，我在七楼一个一点五平米的工位里。这块窄小的天地，成就了我庞杂的世界。我在台灯下看稿，写稿，编稿，画版，校对，为了赶时间，常把尿憋得生痛。编辑大厅对面那间喷了清新剂的厕所，最让我感到轻松和痛快。头昏脑涨的时候，我喜欢站到临街的窗口，看楼下灯火辉煌车水马龙的芙蓉中路，那一刻，我总是想起远在岳阳的妻儿。儿子那时还没满岁，还不会叫爸爸，每次我离家赶火车时，他都会用黑溜溜的眼睛，追着我转，哭。那沙哑的哭声，打得我一路疼痛。在这样的夜晚，他睡着了吗？他有没有抱着妈妈哭？有没有睁大眼睛，在黑暗中寻找他的爸爸？风从窗前经过，我的鼻子有些发酸，但我不能再沉浸在无边的念想里，我得回到卡座中去，回到新闻与文字的深渊中去。很多个深夜，当我筋疲力尽忙完所有的工作，儿子的身影，又蹦跳在我的眼前。我下意识地掏出手机，刚按下一串号码，马上又迅速地摁掉。我只能望着楼下清清冷冷的街道，望着无边无际的夜空，发呆。黑暗的空间，让我看到了更加耀眼的思念。在一个这样的夜晚，我突然在窗前接到老婆的电话，她急得哭了起来：儿子发高烧，全身起红点，估计是麻疹，怎么办啊？横亘在眼前的黑暗，像一片无法横渡的茫茫大海，让我感到自己的无能与无助。啊，黑暗，不单淹没了我的亲情，也阻隔了我应尽的职责。

省报大院二楼临街那条长长的走廊，后来又成了我们临时的办公场地。摆下十来个卡座后，狭窄的过道只容得下一人侧身经过。掀开窗帘，我能清楚地看到站台上等末班车的市民，推着三轮车叫卖臭豆腐的小贩，手拉手在路灯下散步的青年男女，开着收音机东张西望走走停停的退休老人……这日常而世俗的场景，让我无比向往。我很想像他们那样，无拘无束，自由自在，让自己的每一个夜晚，都变得立体和丰满。但是，我不能。我要工作，我要赶在天亮之前，把我们制造的最新鲜的精神产品，送抵他们案头。关紧窗户，放下厚厚的窗帘，尘世的一切热闹与诱惑，就轻轻地隔离在薄薄的一层玻璃外面。我们弯着腰，在这方局促的天地里忙碌；我们侧着身子，在这条狭窄的通道上奔跑……当我走出大门的时候，头顶是微暗的星空，街道上看不到一个人影，只有一些新扔的果皮、纸屑、烧化的煤球，孤独地蹲在垃圾桶旁，连几个流浪汉，也裹着麻布袋，蜷缩在公交站台的长椅上，睡得安稳而香甜。先前所有的喧嚣与生动，仿佛在眨眼之间，就像海水退潮一般，消失得无影无踪，无声无息。一种荒凉的孤寂感，奔涌着侵入我的内心。我很想跟人打个电话，很想跟人说说话，很想和这个世界谈谈。但是，这个时候，有谁，会守候在电话机旁？有谁，会耐心地倾听我的心音？有谁，会像我一样孤独地睁着忧郁的双眼？他们全都在我的手机里沉沉睡去。昏暗的夜里一片死寂，我听到了自己的脚音和心跳，刚刚跟我亲密接触了数个回合的新闻稿件里的人和事，这时开始在我体里呼喊、跳跃、吵叫。混沌的黑夜和抽象的文字，催生了想象的翅膀，把我的夜晚，虚拟出另一种形式的热闹与

嘈杂。但现实不能幻想。一个寒夜，下班时我听到一声凄厉的呼喊，随之是一大片惊慌失措的声音。刚开始我还以为是自己的幻觉，反应过来后，才知这些真实的动静，就来源于我们的省报大院，来源于我们旁边的另一栋办公楼，来源于我们的同事。是省报一个四十来岁的校对，猝死在自己的岗位上。他已连续上了二十多年夜班，几乎从来没有过属于自己的夜生活，哪怕是随随便便散散步，安安静静地坐在街边看看风景。我想他肯定也像我一样，经常幻想那近在身边而又遥不可及的安然。现在，所有的紧张与疲劳都戛然而止了，从此他不需要再在黑暗中工作，他可随意穿行在自己向往的世界。只是，苦了他的妻儿，他们将永远没有机会，跟他同享生活的快意。那一夜，所有的同事都面色阴沉，内心灰暗。很多人站在他的卡座面前，望着那张改了一半的红样，默默地流泪，流泪。为他，也为自己。

市委对面那栋造型奇特的九层大楼，埋葬了我整整九年的光阴。从二十九岁，到三十八岁，我人生最美好的年华，在它的夜空下荒芜和隐遁。我们最初在九楼办公，后来搬到二楼，但所有的夜晚，都会聚集到八楼——那里是报纸的出版中心，新闻的集结之地。从傍晚时分开始，一直持续到深夜，一沓沓经过层层把关、严格审读的原稿，源源不断地送抵这里，录入，排版，出样，校对，修改，调整，签印。在光与影，电与火，黑暗与亮堂，机器的运转与头脑的风暴交相辉映下，那些普通和平常的方块文字，被组合和定格成一个个版面，一张张报纸。机房里录入的小姑娘们，大多是从外面招聘进来的。我看着她们从一个个从体形单瘦、手呆嘴笨的村姑，慢慢就变成丰满圆润、眼疾手快的专业人员，一不小心，学徒就被人喊成了师父，再一眨眼，师父又当上了组长。接下来，学成一技之长的她们，就纷纷逃离这个与黑暗相伴的职业，另一波轮回，又在悄无声息地上演。姑娘们爱美，但长期的久坐和夜班，让她们形体发胖，皮肤粗糙，眼圈发黑，更为严重的是，无边的夜色，让她们寻觅不着自己的青春。很多女孩，离开之后很快就找到了理想的男友，她们还记着我们这些指导她们工作的编辑，满嘴甜蜜地送来请帖、喜糖，我们都送上真诚的祝福，并不在意她们的背叛与脱离。追求光明，对任何一个人来说，都值得我们理解和尊重。九年的夜色里，到底有多少美丽的姑娘在这里穿行、经过、转身，我真的无法统计，我只是从她们最初叫我大哥，如今叫我大叔的称谓中，隐隐约约地看到了时间的锋利和青春的残败。

但我不能像她们一样逃离。这是我的职业，我得靠它生存。何况，我也无处可逃。我感觉自己除了适应黑夜，适合办报之外，似乎一无是处。八楼除了机房，还有值班室，供夜班的编辑、校对、主任和老总使用。为了防止别人搬走，值班室每张木椅后背，都用红漆，书写着使用者姓名，椅子脚上，还用一根铁丝，绚死在办公桌前。我从总编室副主任，到编辑部主任，再到总编室主任，一直到分管编务的副总编辑，九年里的一个又一个夜晚，就这样牢固地绚锁在这里，动弹不得。我坐的椅子背后，书写的不是自己的名字，是一个我来时就已退休的老领导名字。我认识他。每夜走进值班室，看到他的姓名，我的心底就升起一股淡淡的悲愁。他当年坐在这里，与文字的千军万马战斗、搏杀、突围时，肯定也像如今的我一样年轻，一样敬业，一样激情澎湃，无所畏惧。但是，走过几十年的黑与夜，他留下来的，只是这张椅子后面一个斑驳的符号。坐到这把沧桑的木椅上，我似乎看到了自己可怕的明天——苍老，而且苍白。

八楼的夜，紧绷着悬在我们心头。开印的时间相对固定，如果不及时印刷，所有的报纸，就变成了废纸。我们从来没有感到过时间缓慢，始终只觉得它像一匹猛兽，跑得太快；我们也不惧怕黑暗，它让我们有一种奇怪的踏实和安全，相反，天亮的信号，才让我们惊慌和恐怖，甚至是灾难。有时，为了改出一个满意的标题，时间就像静止了一般，几十分钟个把小时转瞬即逝，而自己浑然不觉。有时，为了赶写一条新闻或是评论，所有的人都心神不宁，不停地看表，无形的压力，让执笔者常常陷入荒凉的黑暗之中，几乎迷失方向，寻找不到出口。在与时间的比赛中，我们学会了奔跑，还变得直接和急躁。一个矮瘦的女编辑，习惯于穿着高跟鞋，像风一样，在走廊里冲来冲去，送稿，拿样，改样，送样。嗒嗒嗒嗒，嗒嗒嗒嗒，嗒嗒嗒嗒，她的鞋音尖锐，绵密，急促，像秒针一样，飞快地把夜切割；又像惊心的鼓点，敲得人紧张，发慌；还像冲锋枪或机关枪的扫射，让人感到战事的紧急与惨烈。但很多时候，我仍然觉得他们迟缓与呆滞。我常用粗大的红笔，在不满意的稿件上，血淋淋地画上一个大叉；常把编辑们喊到值班室，阴沉着脸大

发雷霆，将他们一个个骂成惊弓之鸟；为了坚持自己的专业观点，还不惜与更高的领导捶桌打凳，据理力争，甚至是拂袖而去。一个夜晚，记不清是什么原因，我气愤地在领导面前，狠狠地告了一个女同事一状。她曾经是我的好友，当年费尽周折，把我从省报引进过来。但阴差阳错，过来不久我反而成了她的上司，并像一块巨大的石头，长期压迫着她，又像一团不散的阴云，始终笼罩着她。领导把她喊到夜宵店，骂得她号啕大哭，但她没有做半点的解释和分辩，只是眼泪巴沙地望着我，无比伤心。我坚硬的内心，一下就柔软下来，疼痛起来，愧疚起来。其实，她和他们一样，都活得匆忙，疲惫，而且纯正，是夜的黑暗，以及黑暗中的种种，模糊了我的眼睛，让我看不清那些比新闻和工作更加珍贵的东西。而我自己身上的光亮，也同样被夜色轻轻覆盖。

两年前，报社搬到了岳阳大道的新办公楼，这栋装修豪华的报业大厦，成为我夜晚新的战场。这是这么多年来，我离家最近的工作场所。穿过一条马路，就是报社的家属区。坐在三楼的办公室和四楼的值班室，我都能一眼望见自家的灯光。但我依然觉得，这中间短短几十米的黑暗，就像一条深不可测的河流，隔断了我与家人的关联。我在河的这岸，他们在对岸，我们好像生活在两个不同的世界。白天，我在昏睡，他们在上班、上学，我看不到他们；晚上，我在上班，他们在家，我还是看不到他们。我们常常几天无缘面对面地说话。距离的拉近，并没有改变多年一贯的境况。每天深夜，我轻手轻脚地打开房门，用手机的微光，照看熟睡的妻儿。这个皱纹细密、乳房下垂、身板臃肿的女人，是我年轻漂亮的妻子吗？她怎么这么快就苍老了？这个身高一米七二，体重一百四十斤的半大小伙，是我的儿子吗？他不是还不会叫爸爸吗？不是还在吃娃哈哈吗？不是还在上幼儿园吗？怎么一夜之间，就长成了一个大人？我全然没有意识到，站在他们身边的这个男人，也早已不是风华正茂的青年，他乌青的黑发里边，白发已经丛生；他曾经匀称的身材，如今也已腹部隆凸……我们所有的秘密与变化，都在暗夜里了无痕迹地生长，完成。轻得如同时间的沉默。

我不畏惧黑暗的伤害，但无法抵挡失眠的侵略。它就像一个暴君，把我的生活折磨得乱七八糟。十几年来，我很少在凌晨三点前熄过灯，很少在上午十点前起过床。更多的时候，我在黑暗中清醒着，在白昼里昏睡着。清醒，还是昏睡，就像两只面目狰狞的魔鬼，长期在我体内打斗，搏杀，较量，我很难向它们任何一方妥协。黑暗中的清醒，让我疲惫不已，而白昼里的昏睡，更是让我痛苦不堪。

每天深夜，当我完成当天的工作，回到自己家中时，时间往往已到了第二天。这个时候，大地一片静寂，四野一片苍茫。而真正属于我自己的生活，才刚刚开始。我得轻手轻脚摸黑到儿子房间，拿出作业检查；我得到客厅的巴台上，看老婆留下的字条，记住明天需办的事项；我得坐到阳台上，静静地接连抽上好几支烟，让自己紧张、兴奋或是愤怒、颓废的心情，慢慢平静和苏醒；我得花上半个小时，半眯着眼睛，冲上一个热水澡，把自己清洗得更加干净和松弛；我还得打开床头灯，开始每天的阅读……当所有人都送走了自己的一天时，我却通过新闻这个载体，还在回味和梳理他们经历的那个世界；当所有的人都酣然入睡梦境斑斓时，我却迎来了他们浑然不知的第二天。我始终没有弄清，我每天的生活，到底是奔跑在别人的前面，还是滞落在别人的后背？

我总是睡不着。靠在床头，眼睛盯在书本上，在我面前张牙舞爪的，却尽是值班时看到的那些文字、标题和画面，以及潜隐在它们背后的卑微、荒诞和哀伤。它们在我的脑海中飞舞，冲撞，把睡意追逐得落荒而逃。终于进入了阅读状态后，另一波的兴奋或悲愤又让我愈加清醒。老婆曾把我床头的书全部收走，说越读越睡不着。但我还是得读。一来，这是我的习惯。二来，只有这个时候，我才能安心地与那些智者，进行无声的交流。三来，我固执地认为，越是睡不着，就越是要读。阅读，不能改善睡眠，但可医治心灵。

我每天入睡的时间，大多在凌晨四五点。这个钟点，并不确切，朦胧，依稀，似是而非。在昏昏沉沉的睡眠中，我清晰地听到楼下早餐店掀开卷闸门的声音，听到马路上越来越密集的车轮声，听到老婆在叫醒儿子，听到儿子"砰"的一声关上防盗门……我睡着了吗？没有，周围的一切动静，全都在我的耳边，仿佛让我看到了生活的单薄和世界的窄小。我清醒着吗？没

有，我的眼睛是闭合的，我的脑袋里，只有那些声响衍生的泡沫，它们像云一样地缥缈，飘荡，东一朵，西一朵，涌上来，又落下去，并没有融合连贯成一个完整的人生。在这样的昏睡中，我把握不住这个世界，也把握不了自己的命运。

有事的时候，我会把闹钟设到十点，大多时间，就一直昏睡到接近中午。我的卧室，漆黑一片，没有半丝光亮。是厚密的窗帘，阻隔了阳光的深入。我搬到新家时，因为窗帘不够遮光，在入住的第一天清晨，我就咆哮着把老婆一顿臭骂。她吓得像只兔子，通红的眼睛，惊慌地躲藏。在此之前，她与我在苗圃那套老房子里，暗无天日地生活了十多年。她恨死了那种不透光的窗帘，它让她的家黑暗从生，缺少应有的温馨与亮堂。对黑暗，她有一种本能的排斥和恐惧。她曾多次提出换窗帘，但我坚决不同意。我已适应了黑暗，而且离不开黑暗。在光亮的照耀下，我的睡意就像一个幽灵，躲隐在我看不见的地方，费尽了心思，仍是无法将它捉拿。而在黑暗之中，它蹑手蹑脚地就出来了，并与我的肉身，慢慢地隐秘融合。我把自己封闭在制造的黑暗之中，关闭手机，拔掉电话，割断与外界的一切联系，昏昏地睡着，沉沉地睡着。我潜藏到了另一个世界，我所有的生活，都被屏蔽起来。这个时候，没有任何人能找到我，更没有任何人敢打扰我。就算是放假在家没吃早餐的儿子，也只能忍受饥饿，耐心等我醒来。我感到，昏睡中的自己，更像一个暴君，他自私，残忍，脾气急躁，蛮不讲理。他把自己的人生搞得颓败灰暗，也让家人的生活，缺少光泽。

上午的睡眠，对我来说永远不够。四五个小时顶多六个小时的半醒半睡，远远不能解除身体的疲劳。匆匆忙忙吃完中饭，我又扑进卧室的黑暗之中，接下来，我将昏睡到下午四点左右。时间对我来说，已不是一个长短的概念，而是一个消失的过程。我只想它瞬间失踪，越快越好，越多越好，但大多数时候，我清楚地听到了它的声音：两点，三点，四点，我一刻也没有睡着！可是，我一点也不了解外面的信息，差不多整整一个白天，都荒芜在我昏暗的卧室中，我什么都没做，大脑既没休息，也没思考，那一大片的光阴，成为我生命的真空，稀薄得不见一丝微光。我老跟人抱怨，没睡够，好想睡。熟悉我的同事说，你是睡多了吧？我连解释的勇气都没有——确实，我每天躺在床上的时间，长达十多个小时，还能厚颜无耻地说没睡觉吗？这么多年来，我感觉自己只做了两件事：在夜晚的黑暗中工作；在白天的黑暗中昏睡。工作和睡觉，俨然就是我人生的全部。我弄不明白，上帝指派给我的任务，到底是工作还是睡觉？或者说，工作是为了更好地睡觉？睡觉是为了更好地工作？

天昏地暗的沉睡，剥夺掉了我一切世俗的生活。我悲哀地发现，我生活的版图，已然狭窄得成为一个瘦骨嶙峋的孤岛。很多年来，我常常可以两三个星期甚至是一个月，只往返于家与办公室之间。我对生活的理解和洞见，几乎完全来源于从稿件中寻到的亮点与热点。它们并不属于我，它们是别人的影子，飘游在我的身体和感知之外，一点也不真实。我感到自己的世界，只是一个平面，甚至是一条线段。灰暗，孤瘦，细弱，毫无生机。在夜深人静辗转难眠的时候，我常常怀念多年前的日月。那时节，我刚刚参加工作，还没有到新闻单位供职，有着很多的爱好，交了很多的朋友，虽然工作按部就班，但肥厚得满地流淌的时间，还有无所畏惧肆意张扬的青春，让我看到了生活的五颜六色。白天，我常从办公室溜出来，邀约朋友漫无目的地乱逛，哪里热闹，哪里就必定有我们的身影，哪里偏僻，哪里同样会留下我们探奇的足迹。我对老城区的熟稔，几乎全部得益于那段经历。晚上，我们吆喝着吃饭，喝茶，打牌，消夜，跑到歌厅的后面，鬼鬼祟祟看女演员化妆换衣；激情来了，毫不费力就写下几首诗，几个小说，那些华丽的词句和精彩的故事，常把自己感动得想哭……如今，这所有的一切，都已被黑暗和昏睡无情地吞噬。我至今常常下意识地用老地名、老地标表述城市的位置，年轻的下属们总是一头雾水，茫然望着我，从他们眼里的空洞，我看见了自己的空白。那种恍如隔世的感觉，让我瞬间无限悲伤。我觉得自己年轻的躯体，已随同迟滞的生活一起垂老。我就像一个老人一样，简单地静坐在时代的外边。我买车后，因经常停在楼下不动而屡遭同事取笑，说我的车只有一个用途——加油，加点油开回来让它挥发掉，再开去加点油回来。事实上，生活如此狭窄，我能高速跑到何方？同样狭窄起来的，还有我的朋友圈。刚开始时，他们还不断地打电话来骚扰我，但我要么关机睡觉，要么正在紧张工作。接通电话，我急急忙忙的三言两语，常像一盆冰冷的水，把他们火样的

热情嗤嗤浇灭；约好饭局，我拖拖拉拉地一再迟到，就像在醇厚的美酒中，加入一杯白水，让他们感到索然寡味。当交往变得稀薄，交流变得稀少，时间的刀锋，就会将朋友间的联结，一点一点地剔削，直到削成一根随时可能折断的细棍，气若游丝。慢慢地，他们就习惯了，淡忘了，不再主动跟我联系，友情，就像黄昏时降临的夜幕一般，暗淡下来，渐渐收缩，最终沉沉睡去。现在，我的手机里贮存了五百多个电话号码，但经常联系的，不会超过五十个。它们都清寂地休眠在我的内心深处。我感到昏睡着的自己，已经被这个热闹的世界，遗忘，抛弃。

昏睡还让我错过了两位亲人。这辈子，我再也没有机会跟他们相见。那是我永远的痛。我至死都不会原谅自己。父亲的离去，是2007年大冰灾时节。他长期饱受病痛折磨的生命，在过年前几天一个大雪纷飞的早晨，突然毫无征兆地戛然而止。他过世前的那个晚上，我正在报社八楼值班，与同事们一起，紧张地编排第二天的冰灾报道。我全然没有意识到，一场更大的灾难，即将降临到自己的头上。那天晚上，我还站在机房外与父亲通过电话，他说自己好点了，不大要紧，叮嘱我上夜班多穿点衣。跟他说再见时，他沉默起来，半天无语，最后要弟弟跟我说今年早点回去。每年的春节，我们都要出报到除夕的前两天，赶回家时，往往已是大年三十。这么多年，父亲从没有任何怨言。他生怕麻烦我，影响我。他已患鼻咽癌十七年，我们都知道，这极有可能是他最后的一个春节。那一刻，一种坚硬的东西，卡住我的喉咙，让我鼻子发酸。我当即决定，明天一早就回家看父亲。老家离我不远，两个小时车程就到了。忙完当晚的报道，我又加班做好接下来将隆重推出的抗冰灾特刊方案，然后就扯上窗帘，关闭一切通信工具，开始了习惯性的昏睡。我没有忘记父亲，我只是想推迟几个小时回去。但正是这几个小时的空白，让我永远地错过了他。父亲是九点多猝逝的，亲人们忙作一团，号哭着，一遍又一遍地拨打我的手机、座机，当费尽周折把我从床上唤醒时，时间已到了快十一点。听到这个噩耗，我颤抖着撕开窗帘，看到外面白茫茫一片，我的大脑，瞬间像缺氧一般，变得一片漆黑。我悲伤得忘记了哭泣，眼前反复出现的意象，就是父亲的灵魂，挣扎着从极度痛苦的肉身上爬起，跌跌撞撞地穿过雪地，冲进漫无际涯的黑暗之中，声嘶力竭地呼唤着我的名字，我昏睡在密闭的卧室之中，黑暗将我紧紧包绕，父亲看不见我，我也看不见他，他的喊声越来越远，越来越弱，最后，我们就在无边的黑暗和茫茫的人海中，走散，再也无法寻觅。奶奶的去世则是在另一个恶劣的极端天气。2013年8月，大地就像被火烧过一样，一向健康即将迎来九十大寿的奶奶，突然染上了热射病。中午，她还吃了一碗饭，晚上，她说太热，不想吃，只想睡，凌晨四五点钟，她突然陷入了昏迷，天亮时分，就永远地离开了这个让她饱受磨难的世间。在她忍受不住酷热的折磨昏死过去时，我正躲在开着空调的卧室之中，昏然睡着。弟弟后来告诉我，奶奶临终时，眼睛在人群中四处张望。我知道，她这是在寻找我和我儿子的身影。我们是她的长孙和长曾孙，她把整个家族的希望，都寄托在我们父子身上。七十多岁时，她还坚持要到城里来帮我照看孩子。父亲去世后，我把母亲接到城里，每年只回去看望一次奶奶，而我的妻儿，已连续四年没跟她见过面，她老是问我，峰峰长得蛮高了吧？我们计划在她即将到来的九十大寿时，一起回去，一起给她热闹地庆祝。她十三岁丧父，三十六岁丧夫，八十四岁丧子，人间所有的悲痛，她都全部经历，但她从来没被命运击垮，她常跟我说，不要紧，有人，就有希望。现在，我带着妻儿跪在她的灵前，她却再也看不见她朝思暮想引以为豪的后人了。我恨死了自己，恨死了那场糊糊涂涂的昏睡，这个坏透了的职业和习惯，把老人最后的一丝慰藉，都无情地遮蔽。这几年来，我无数次在昏睡中看见父亲和奶奶，他们穿行在我的梦境，容颜清晰，声音亲切。但一睁开眼睛，他们就飘然离去，无影无踪了，我的面前，只剩下大片虚空的黑暗，还有眼角两行凄清的泪水。我在昏睡中与他们错过，又在昏睡中与他们重逢，他们到底是用这种方式来补偿我，还是在惩罚我？

每天昏睡起来，在把窗帘拉开一条缝隙的瞬间，阳光就像一柄长剑，狠狠地扎进我的胸腔。拉开窗帘，就像把我晦暗的生活，撕开一道鲜红的口子。我感到疼痛。阳光下，所有的植被，都在葱茏地生长，形形色色的人，在街道上奔忙。我有一种犯罪的感觉。那些火热，那些明亮，还有那些悲伤，都让我不敢直视。

从少年时代起，我就对新闻媒体充满了信任，对编辑记者这种职业，充

满了向往。我梦想有朝一日，自己也能成为其中一员，用笔，描摹生活的美好；用心，书写人间的正义。二十五岁那年深秋，我如愿以偿了。走进省报大院的那一刻，我感到天空一片明丽，和煦的秋阳，将我的内心照得澄澈而且温暖。我仿佛看到自己的理想，正张开翅膀，向着太阳欢快飞翔。我根本没有想到，太阳距离我是那么遥远，而我的双翅，又是那么的瘦弱，渺小，缺乏力量。我只能眼睁睁地看着自己，筋疲力尽地下降，沉潜，最后陷落到茫茫的黑暗与焦灼之中。

通宵达旦暗无天日的夜班，破坏了我正常的生活秩序，而工作过程中不断冒现的暗物质，更是颠覆了我对现实的认知和理解。这些东西，都发生在阳光之下，就在我们身边，但它们被遮蔽起来了，躲藏起来了，你看不见，或者是看不清。现在，有意无意发现了它们的记者、通讯员或是其他相关不相关的人，将它们的秘密源源不断地摆放到了我的案头，这没法不让我震惊和悲愤。在黑纸白字中，我看到了人性的丑陋、人格的无耻、逻辑的荒谬、情理的混乱，还有残暴、狠毒与悲绝，我仿佛听到了这些文字背后凄厉的哀号和微弱的呼救。所有的这些，我都不曾遇见，也很少从媒体上看到。我觉得自己有责任披露它们，揭发它们，消灭它们。我义愤填膺快马加鞭地将稿子编好，费尽心思取上震撼人心的标题，甚至还写上一段力透纸背的编者按或编后语。但这类稿件的归宿，大多是永远躺在我黑暗的抽屉之中。它们被主任或是总编，用红笔轻轻打个叉，就惨烈地死去。它们永远见不到阳光了。我无能为力，除了痛惜和悲哀，只能暗暗鄙视掌握了发稿大权的人，他们的胆怯，懦弱，缺乏正义与良知，让我看到了另一种黑暗。直到多年以后，当我也有权力掌握一张报纸所有稿件的命运时，才理解了他们的痛苦与无奈。我的内心从来没有妥协，但我必须维护一个媒体的完整与延续，更得遵从自己的职业操守与道德底线。我需要考虑稿件出来后对大多数读者的打击力度和负面影响，包括经济、道德、心理、文化等方方面面。多少年来，读者看到的，都是经过我们过滤的稿件，而那些没有见报的惨无人道、肮脏恶心、阴暗糜烂、血腥恐怖，却像垃圾一样沉积到我的内心。我越来越觉得，自己已成为一个废品回收站，种种乱七八糟的东西，把我深深地埋压住，看不到一丝光亮，腐臭的气息，让我的呼吸都快要窒息，就像昏睡过去一般。我麻木了。再看到这类稿件，我不会像先前那样热血冲顶，只是轻轻地删掉，或是淡淡地写上两个字：不发。我不知道，在我平静而熟练地完成这些动作时，是不是也有一双蔑视的眼睛，躲在某个黑暗的角落里，对我无声嘲笑。

我从来都是一个善良的人，看不得愁苦，病患，眼泪，以及世间一切的不幸，碰触到这些东西，我的内心总是盛满忧伤。我渴望所有的人，都拥有一片明净的天空，活得安详而幸福。但当我坐进值班室，就像转换为另外一个人，瞬间变得冷漠，无情，甚至是变态。面对那些天天充斥版面的求助稿件，大多数时候我毫不动心，觉得太平常了，太普通了，太缺乏震撼力了。我总是把记者喊来，询问稿件背后是否还有更多没挖掘出来的苦难，生病的是不是怪病绝症？是不是快要死了？是不是卖掉房子还负债几十上百万？求学的是不是父死母瘫痪？是不是一天只吃一个馒头？车祸的是不是死了很多人？有没有爆炸起大火？贫困的是不是住岩洞打赤膊？是不是半年没吃过肉？总之，我希望他们更加惨烈，更加凶险，更加可怜，这样我才可以兴奋起来，才可以不惜版面，大肆炒作。头条，粗标，图片，评论，捐款倡议，连续报道，种种手段酣畅淋漓的使用，才能让我感觉到专业的痛快和职业的优越。每当记者们否定回答我后，我总是失望地将稿子撤下，像废纸一样，将他们的困苦与希望，连同我的良心，轻轻地揉成一团，一同扔进垃圾桶。我一个朋友的亲戚，患了尿毒症，托我报道一下。我了解到她病情不十分严重，治疗花费也不多，根本无法做出卖点，就只勉强地发了一个豆腐块，把她的呻吟与渴求，淹埋在花花绿绿的版面深处。几天以后，我又记起了这事，打电话问朋友，是否有点效果？还要不要跟进一下？朋友淡淡地说，不必了，她已经自杀。那一刻，我瘫软下来，浑身无力地撑在椅子上，惊慌地望着窗外潮湿的黑暗——我杀人了！我害死了她！我吹熄了她在人世看到的最后一盏油灯！我仿佛看到她绝望而幽怨的眼睛，正隔着玻璃狠狠地盯着我。此后很长一段时间，那双让我痛心和惧怕的眸子，总在我的面前闪现。她把一个媒体人的虚伪、冰冷和扭曲，全部洞穿。

我始终在追寻一种有尊严的生活。我曾经认为，手中的钢笔和掌握的报纸，能让自己站得更加挺拔，也能帮助更多的人，看到道义的光亮。但没想

到，这么多年来，连我自己都一直弯着腰，屈辱而卑贱地活着。我无数次看到，良知与尊严在金钱和权贵面前的溃败。社会道德的恶化和媒体生存的艰难，一次次地逼迫着我们丢弃原则、正义和羞耻。我越来越感觉到我们不是用钢笔在战斗，而是用版面在乞讨。任何一个广告客户，都能在我们面前指手画脚，耀武扬威。他们见不得阳光的阴暗与邪恶，只需四分之一个版面，甚至更少，就能严密地遮挡；他们狗屁不通的广告词，用很低廉的价格，就能放大到比报头还嚣张；他们肮脏混乱的经历，被打扮成整版整版光鲜亮丽的新闻……而老百姓的投诉、伤痛与愤怒，则全被这些东西张牙舞爪地吞食。每天晚上，当我坐在值班室中，绞尽脑汁一丝不苟地为这堆垃圾制作标题，改正错字，美化版式时，内心总是无比沉痛，我觉得自己下贱得甚如妓女，可怜得几乎丧失人格。我很想将它们撕得粉碎，但我不能，我，还有我的同事们，都得靠这些不太干净的钱，来维持自己虚假的体面。我只能眯上眼睛，什么都不去想，就像昏睡过去一样，机械地签下自己的名字。我常常羞于阅读自己签发的报纸，好几次还把值班总编的名字划掉。我觉得它们就像一个笑话，根本不能给我带来任何的成就与荣耀，只能让我更加灰暗，更加慌张，更加感伤。我要让它们与我的理想，一同悄悄离去。

在报社的家属区，我常碰到退休了的老报人。他们头发花白，腰身微弓，拐杖戳得地板"咚咚"作响。一逮到我，就嘴角流着涎水，激动地重复讲述自己辉煌的过往——哪一年，推出了一个典型人物；哪一年，报道了一个重要的官员；哪一年，为某个著名的企业做了一个完美的形象宣传；哪一年，掀起了一场声势浩大的争论……我微笑着，礼貌地听，间或还竖起大拇指，夸张地表达我虚假的敬意。但我的大脑，只有一片虚空。这些东西，太遥远了，太陈旧了，太不值得一提了，太缺乏意义了，时间的流水，早已把它们冲刷得干干净净，沉落到了生活的海底。除了他们自己，没有人会记得，没有人感兴趣。我唯一能感知的，就是他们迎着夕阳站立的那个模糊而佝偻的身影，顶多还有一两册自费印刷的送人都不要的新闻作品集。新闻，已与他们一同老去，并将最终随同他们的肉身，埋进黑暗的坟墓，永远地昏睡下去。我又一次想起八楼那把椅子背后的符号。从他们的身上，我看清了自己现在无法定义的生活，无法确定的未来。我和他们唯一的差别，只有年龄。我仿佛看到渐渐老去的自己，正紧跟在他们身后，一步一步，越来越快，向着更深的黑暗与昏睡，迅速滑落。

我决定尝试着改变。

其实，在社长提醒我十五周年报庆快来了之前，就不断有人笑话我天昏地暗的生活没有质量。我曾经做过努力，但缺乏效果——工作的性质决定了我的生存状态，而多年的生活习惯，更是不易扭转。我从来都不惧怕生活没有质量，担心的，是自己的生命，缺乏重量。

在我的办公室一角，堆满了十多年来我亲手编辑的报纸合订本。码起来，大约有两个我高，重量估计也有我的几倍。但它们记录和讲述的，全是别人的事情，跟我没有半点关系。它们不属于我，我只有一个细小的名字，躲藏在其中，轻微得仿佛看不见。我十几年的时光，轻薄得就像一张纸。站到它们面前，我的心在微微战栗。

我不想让自己的一生，轻轻地飘过。

我不能再沉默下去，我必须让自己沉实起来。在无法逃离无处倾诉的巨大寂寞与悲伤中，我苦苦寻找出口。黑暗之中，我看到一串串的词语，从我的脑海中奔涌而出。这些文字，完全不同于新闻报道里的模样，它们有光，带着神性，像萤火虫一样，在我的面前漫天飞舞。许多年前，它们曾无数次地光临我的内心，但办报的这些年，它们离开了我，躲藏到我捕捉不到的地方，我也几乎忘却了它们。现在，它们突然闪现，久违的形状和力量，让我欣喜和亲切。仿佛是神的旨意，我毫无准备就开始了停顿多年的言说。

我已经太久没有表达。我的见闻，我的思考，还有我的忧伤，都急切地等待我去呈现。每天晚上，从报纸的文字垃圾中走出，我又在另一条词语铺就的道路上，开始跋涉。我用笔，把密封起来的黑暗，捅开一个个细微的孔洞，从中观察外面的世界，也观照自己的内心，并将它们贯通起来。这些文字，完全属于我自己，它们真实，生猛，带着生命的体温和气息，我仿佛伸手就能摸到它们的棱角，感觉到它们在手心里跃动。它们轻轻地落在纸上，但重重地打到我最柔软的地方。看到它们，我就看到了真实的自己，真实的世界。它们都是我亲生的儿女，我思想的基因，全部刻录到了它们身上。我的生命，在它们身上得到了延伸和阐释。它们也许没有价值，但对我自己具

有意义，它们让我找回了丢失已久的尊严，让我的每一天都过得明白，让我踏实，安稳，不再稀里糊涂地老去。

我意外地发现，在黑暗的夜晚，还有另外的一些人，也在用书写迎接黎明。他们是我的同事，有的是副总编，有的是普通编辑，有的是机房的录入人员。他们隐秘的文字，锐利而深沉，完全不同于工作和新闻中的表现。他们也像我一样，把真实的自己，隐藏在孤独的言说中？那一刻，我突然充满了温暖和力量。我感到自己并不孤单，我不是一个人在战斗。

现在，是凌晨五点，我坐在书房中，四周一片寂静，窗外一片黑暗。我用钢笔，激情澎湃地记录下上面的这些文字。这段时间以来，我写下了大量的小说、散文。文字，已将我从昏睡中唤醒；写作，让我在黑暗中找到了一条秘密的通道。我知道，文学这条通道同样深不见底，但无数萤火汇集起来的光亮，肯定能把我们暗无天日的生活照亮，尽管，它无比微弱。

原载《湖南文学》2016年第3期

一座城市的时间之门

老街道

这些年，我总是莫名其妙地想起洞庭老街，想起洞庭老街上的诸位先生。

洞庭老街在岳阳。岳阳是一座有些古味，也有些文味的城市，而洞庭老街偏偏又弯在这座古城的旧城区——沿着洞庭湖，挨着慈氏塔，傍着岳阳楼——因而愈发地显得古老起来，文化起来。

洞庭老街不宽，街道两边的房舍也不高，多是两层的小楼，砌着青砖，盖着鱼鳞瓦，铺着木楼板。沿着木楼梯爬上楼，木楼板踩得噔噔直响，推开雕花的木格窗棂，伸手就能摸着街边粗老的香樟或是梧桐的枝叶。木楼的临街层虽说都做了店铺，但干的多是些高雅的营生——开中药店的叫杏林堂，卖茶叶的叫君山茶庄，开书店的叫万卷书社。街上来往的人虽不穿长衫，但大都显得斯文，他们多是千里迢迢赶来朝拜岳阳楼的文化人。而街道两边平平仄仄、曲曲折折的青石板巷廊，更是让人踩出一种淡远和闲适。

洞庭老街真是一个修身养性的好去处，洞庭湖的博大，岳阳楼的高远，慈氏塔的安宁，旧木楼的朴质，青石板的古旧，茶庄的清气，药号的淡香，都会让人变得随意、从容。我喜欢这个地方，我怀念这个地方——我曾在街边的一栋古旧楼房里，生息了几近三年。

那栋旧房紧挨着中医院，往北走数步，是一条铺着青石板的幽深小巷，再往北走数步，便是岳阳楼了。这栋房子不是我的，我只不过是租住它的一个过客。我住的这间房子是临街的一个门面，白天，我就守着三尺柜台，卖些经史子集，再就是喝茶，读书；晚上，我就躺在简陋的阁楼上，谛听隐隐

的洞庭风涛，再就是喝茶，读书。那些年，我的脚步很少走出洞庭老街。

我的书店叫万卷书社，书是没有一万卷的，生意也清淡，有时我安静地读完厚厚的一本古书，还没有一个顾客敲着玻璃柜台提醒我收钱。我有点急，也有点不急，急的是明天又要喝粥，不急的是店里还有好多书我没品读，有的是事做。

下雨的日子，我就把店子交给喜欢诗歌的女友去打理，自己则携一把油纸伞，沿着平平仄仄的青石板路访友去了。那时节，我的朋友不多，但都住在附近。往北走两步，拐进一条小巷，再拐一个弯，一间黑不溜秋的平房里住的是精通数门外语的易先生；往北走两步，穿过街道，爬上四楼，开门的是写散文的朱先生；进岳阳楼公园，派出所里有写诗的漆先生，蜡像馆里有写小说的邹先生；往东走两步，进一个大院，穿过一片草地，烟砖旧楼里住的是藏书甚丰的丁先生。我就是在拜访诸位先生当中，打发闲暇的时间，充实自己的生活，营养自己的精神。

易先生那时节只怕快八十岁了吧。每次开门他便问我，日文学得怎样了？我总答，正在用功。他便高兴地说，那好，那好。其实我并不十分用功，到他那里去，也并不是为了请教日文，而是想看他说了多次但一直没有见着的宋版线装书。我们坐着烤火，喝茶，然后就谈到线装书，易先生却说，学通了日文再来看吧。我一直没有学通，所以一直无缘看到。

朱先生那里我去得多，他总是那么热情。才坐下，他便开始背诵自己新近创作的散文片段。背完他不忘问我：好吗？好。我答。他便更加热情起来。不过后来他终于看出了一点问题：你每次都说好，莫非我的水平快赶上范仲淹了？我笑答：只差一点，只差一点。他便会心地笑起来，呵呵，呵呵……

丁先生是一个沉默的人。这个新中国成立前从清华园出来的老先生，读了很多的书，也藏了很多的书。敲开他的木门，他说，来了。我答，来了。之后便没有更多的话讲。他用紫砂壶沏龙井给我喝，他自己却不喝，舍不得。我细细地喝一口，他便微笑着点一点头。我又细细地喝一口，他又微笑着点一点头——一切内涵均在那淡淡的茶香和微微的笑意中。

先生们也偶尔到我的书店中来，不问生意好坏，只问又读了些什么书，作了些什么文章。我无奈地告知：总是下雨，生意不好，心情也就忧郁，读不进正书，作不出好文章。先生们便感慨：世风日下啊，世风日下啊，这么多好书怎么就没人买呢？但走时，又不忘叮嘱我，书还是要读，文章还是要作。我点头，目前他们的身影渐行渐远，眼里有一种酸楚，心中有一片温暖。

阳光和煦，照着洞庭老街，照着我的万卷书社，照着书社里长长短短厚厚薄薄的书，也照着我有些忧郁的心空。我听从了先生们的忠告，静下心来读书，读书，再读书，终于把书店里所有的书都读完了，当然也差不多把书店的本赔光了。但我那时并没有十分后悔，我想，我输了金钱，但赢了知识，而且还感受到了什么叫平和，什么叫淡远，什么叫真情，这些并不是任何人拿几万元钱想买来就能买来的东西。

后来，我在岳阳的新城区有了一套完全属于自己的房子，平时没事很少到洞庭老街去，之后又为了生计、为了理想四处奔波，离洞庭老街是越来越远了。而洞庭老街的诸位先生，同样也离我渐来渐远：丁先生已于三年前作古，我送了他一个花圈；易先生房子被岳阳楼管理处征收，不知所终；朱先生退休之后应聘到外地任教，音讯全无；漆先生还在岳阳，不过换了单位，家搬走了，电话也变了；邹先生四海为家，行踪不定。而我，现在则离妻别儿，远在长沙，孤身一人，守着一盏青灯，面对四壁空墙，在把那熟稔的洞庭老街细细思量。老街也许依旧，人事却已全非，想起真叫人愁从中来。

如若有缘，我真想约请诸位先生坐到岳阳楼下，煮一壶清茶，来细细品味人生淡淡的幽香，淡淡的忧伤……

破房子

那地方，原本是有名字的。但叫什么来着，我又忘了——都是好几年前的事了，谁还记得那么清呢？何况，打搬到那里起，我就没用心去记过它的名字。我一直自作主张地唤它为学府山，原因是山下有一所大学，我觉得这么叫来显得文气些。

山不大，也不高，长满了桃树，当然也间杂着伸出些苦栎、马尾松和香

樟的枝叶。山腰的树隙间，藏了一座屋舍。两层，八间。房东住两间，余下的全出租了。我租住在一楼紧挨山壁的一间，晚上起来小解相当方便。

这栋房子只怕有了些年纪吧？虽是红砖构就，但四壁却黑不溜秋、洞隙丛生，不但没有粉刷，连砖缝间刮的泥浆都不甚饱满，俨然就是一个工棚。加上屋舍周侧古树参天，荫翳蔽日，房里光线极是暗淡，整栋房子于是愈加显得破败残落。我曾问房东，为何不装修一下？这么好的地方，能租大价钱。房东一脸神秘，还劳神做啥，马上就要征收了。这样的住所，一般人自然是看不上眼的，租居者多为引车卖浆者流。

我原本也是不愿来此屈居的，但因了此处离我现在的妻子、当初的女友家较近，便于约会，也就凑合着住了下来。没想到我这一住便是两年有余，到我买了新房搬家时，我竟对这地方恋恋不舍起来。

这地方最大的一个好处便是静。我原本就是一个沉默的人，这里的环境正好吻合了我的秉性。每到夜晚，我便早早地关好门窗，躺靠到那张也不知到底都睡过一些什么人的破木板床上，读一些无聊或有趣的文字。有时也作点文章，写几行诗。但总是作不好。书读累了，文章也写不出来时，我就找几张旧报纸铺在地上，跪着练贾平凹的字。贾氏的字有灵气，有文气，我喜欢。

房客我都不熟，至于干何营生，那就更是不甚了了。但猜得出来，他们都是早出晚归的下苦人。不过也有例外的，是一个女孩，住在我房子过去的第三间，她一般白天睡觉，晚上活动。房东悄悄跟我说，这女子白天蛮丑，晚上倒妖艳，只怕有些问题，莫不是坐台的？我说，也许是吧，管她做甚？

房东是一个半老男人，无业，靠几间旧房养活一家大小。他对我的寡言很恼火，常说，读了这么多书，却说这么少的话，真是可惜了。好在他终究知晓了我是个老实人，以后也就不再与我交流张三长李四短的。我暗暗谢他。

女友并不常来，担心家人发现。找个借口溜来了，帮我整理好床铺衣物后，稍稍温存一番便匆匆赶回去交差。我倒也不留恋。她不来，我正好用心地去修行。

这真是一个修行的宝地。打搬到这里起，我便差不多在同事们、朋友们的视线中消失了——我不敢告诉他们我住在这破地方，更不敢把他们带到这里来打牌喝酒。极度的虚荣和极度的自卑把我的心灵孤独地囚禁在这片荒山野岭上，在这样的境况里，我除了修行自己的心性外，还能做些什么呢？

屋后的小山是我爱去的地方。有一条小径，曲曲折折地爬到林子的深处。在有星子和月亮的夜晚，我常不紧不慢地到这里散步、参禅。林子里很寂，我的心也很寂。但当我踱到山顶，望着山脚校园里通明的灯火时，心又热了起来，于是赶紧跑下山，关上房门，就着微暗的青灯，读起厚重的黄卷……

我在学府山住了两年零三个月，读了百十本书，作了百十篇文章。我的新房装修完毕后，女友便催我赶快搬过去。我说，不急，不急，待油漆味散尽后再去也不迟，今后要享受到这样的清气可难了哦。

果然如此。自从我拥有了自己的房子后，我便变得庸凡起来，许多宝贵的时光，都在无聊的俗事中打发掉了。我想，学府山上的那段时光，可能是我人生中最为丰富和厚实的章节了，尽管，当时我过得很清贫，活得很孤独。

我搬家后再也没上过学府山，甚至羞于向人提起那段尴尬的往事。前不久，我终于耐不住对往昔的怀念，带着妻儿上山看房东去了。山上的屋舍还在，木床还在，甚至连我贴在房内的书法也在，一切都是旧模样。我问房东，怎么还没征收？他笑笑，不急，不急。然后摸着我儿子的头问，几岁了？我答，九岁多。房东说，日子过得真快。我说，真的是快。

旧工厂

当年的岳州之野，是一片杂草丛生的荒芜之地，除了几座等待拆迁的农舍，蓬蒿深处，只藏有一个不大不小的工厂和若干饿得寡瘦的鸟雀。我从长满庄稼的平江山地，坐了好几个小时的汽车赶到这里来报到时，初秋的太阳已快掉进西边的洞庭湖中了，那暗黄无力的余光，把我的影子耀得瘦长瘦长。十九岁的我独自一人走在这片旷野上，心中竟有了一种孤单和苍凉的感觉。野地上，推土机推出了一条土路，路两边丛生的野菊，正清寂地盛开，

微寒的晚风吹过，它们便齐刷刷地左右扭动，似是对我表示欢迎，更像在向我摇头。我的心中不由愈加地寒凉起来，但我别无选择，只能沿着这条高低不平的路往前走。荒野里的这座工厂，注定要成为我生命中不可绕开的一个劫数。

这是一家挂靠在某行政单位的私营企业，我来到这里的时候，据说建厂近八年了，怪不得院子里已显现出一些破败的景象来。但工厂里的上百号人马，从老板到炊事员此时却个个豪情万丈，原因是这片沉寂的郊野将变成火热的开发区，工厂将与一国有大企业联合组建股份有限公司。几十名招聘员工和七八名应届大中专毕业生，因此得以融入这家工厂，我是这些人中的一名。

在同事们羡慕的目光中，我毫无悬念地成了老板的随身秘书，帮他提包，买单，写材料。此后的五年时间里，我差不多天天在重复着同样的劳动，修炼到后来，我可以三十分钟给他写一篇千把字的讲话稿，一个晚上炮制出一篇七八千字的可行性分析报告。在工厂，我的材料和老板的脾气同样著名。

老板常骂我，骂得我狗血淋头，找不着北，欲哭无泪。我到现在还在想，当初他骂我时，为什么没想到离开？是留恋那份工作，还是钟情那份事业？我想都不是，根本的原因是我还不懂人生的滋味，不知生活的深浅，懵懵懂懂，只知跌跌撞撞地前行。因而挨骂之后，又非常自觉地回到办公桌前，继续给他创作那些天花乱坠的文字。我的青春与才华，就这样毫不吝惜地挥洒到了这片荒野之地。

但后来我竟然恋上了这片野地——我的友情、爱情和理想，都在这里蓬勃生长。由于工厂远离市区，职工们又都住在一个院子里，因而大家可谓是真正的朝夕相处。每到傍晚，我们便相约着出去散步，看蓬蒿满地，听鸡鸣狗吠，有时也到农户开的小店中去炒几个菜，光着膀子喝啤酒。在这种纯净、朴质、乡土的氛围中，是谁也不会虚伪、做作的。友情的种子，在乡风的吹拂下，渐渐就生根发芽了。在此后的若干年里，我换了几个单位，结交了很多的朋友，但其中最贴心的朋友，仍大都是从这里走出的。直到今天，我们还亲如兄弟。也就是在这片野地上，我找到了自己的爱情，一个在车间操作微机的女孩，陪她在月下散了若干次步后，她终于投入了我的怀抱，并最终成了我的妻子。我爱情的代价，委实是廉价和划算。还是在这片野地上，我的文学梦愈做愈大，在最初连有线电视都没开通的工厂里，寂静的长夜对于一个热爱文学的青年来说，无疑充满了营养，多少个夜晚，我就躲在自己的小房间里，蘸着月光，餐着清风，写下了一篇又一篇长长短短的文字……

　　一晃，我就在工厂生息了五年，一晃，工厂便扩大了好几倍，一晃，野地便开发得热火朝天起来。就在我们对未来无限憧憬时，坏消息却一个接一个传来。先是说工厂投资过多，运作艰难，要裁员减薪；后来又说银行逼着还贷；再后来确切消息来了，是一家大企业要全盘收购工厂。四十来岁的老板仿佛一夜之间苍老了许多，那一阵子他天天找人谈话，谈完话就请吃最后的晚餐，之后走人。我一直在等他与我谈话，但好几天他没找我，而且破天荒地一周没骂我。直到对方人马要进驻的前一天，他才对我说，把厂里的文件找出来，重要的大材料你想留就留下吧，今后找工作也许能证明你的能力，其余的全烧掉。我把早已准备好的材料搬了出来，加起来大约有两个我高，但我一份也没留，我想，这些玩意对一个曾经年产值过亿元的工厂都毫无用处了，它又能证明一个二十四岁青年的什么呢？我与老板蹲在垃圾堆前，一份接一份地烧，我们都没说话，我们的心都在隐隐作痛，我五年的青春和心血就这样在火光中灰飞烟灭……

　　走的时候，老板执意要用他曾经引以为荣的奔驰600送我。上车时，我最后一次回望我的工厂，我看到昔日机器轰鸣人来人往的厂区一片死寂，连偷食的鸟雀都不见一只；我看到我起草的厂规厂训仍写在办公楼的墙上，字影朦胧；我还看到我栽的一株广玉兰，枝叶已伸出了围墙；而西天的太阳，又一次把我的身影扯得瘦长瘦长，我莫名其妙地竟想起了五年前那个不祥的傍晚。

　　离开工厂后，为了生计，我一直在外奔波，七八年了，一直都未回去过，每次坐车经过那里，我都要把头伸出窗外，遥遥地望它。那栋当年我曾挑过基脚泥土的七层楼厂房，如今仍在，楼顶上那块阔大的厂标，仍在阳光下熠熠生辉，不过已不是原来的名字。对工厂，我有着一种说不清的感伤。

如果说老家是我生命的起点，那么工厂就是我事业与独立生活的起点，它们对我的人生，都有着无可替代的重要意义。我既对工厂充满了感激，又充满了怨恨，当初那不短不长的五年时光，已永远地融入了我的血脉与生命之中。

前段时间，因为公干，我去了一趟工厂。如今的工厂已成了新城区的一部分，门前还建了一个大批发市场，整天人欢车叫，热闹得不行。我熟门熟路地跨进厂门，门卫却拦住我，盘问了半天，又登记了一番，才得以入内。厂里的景象跟多年前比并无大的改变，但我昔日的同事们，如今却天各一方了。厂里依然人来人往，但没有一个是我认识的。匆匆办完公事，我便离开了这个万分熟悉的陌生之地。在我的脚步刚跨出厂门的瞬间，年轻的门卫便砰的一声把铁门重重关上了。我的心不由得一颤：这里属于我的记忆和时代早已终结，时间之门已将一切都关进了历史，而一个新的轮回，又在我的面前慢慢开始。

原载《鹿鸣》2016年第3期

水边书

纤 道

看到那条长河，我突然又想起了自己的人生。

这里是长江中游，云溪区陆城镇的郊野。深秋的黄昏，我淋着毛毛细雨，站在长满杂草的大江南岸，来看一川逝水，看一条道路的由来与延伸。

暮色中的江面，辽阔而苍茫，我看不清它的来处，也不能确定它的所终。它在混沌的天地之间，虚虚实实地穿行，仿佛刚刚从西边的云端淌出，很快又要没入东边的天际。它的虚幻与短暂，让我对未来和归宿无端地怀疑、担忧、恐惧。在这条穿越时空的长河面前，我根本无法把握它的全部，只能紧盯着眼下这截片段，细细地打量。我面前的水域，看上去平平静静，仿佛睡着了一般，但我知道，它醒着，像时间一样，醒着。它在按照自己的节奏与方式，暗暗地流逝。天空的鸟音，岸边的牛哞，城镇的喧嚣，村庄的烟火，都不能挽留它的离去。水面上，漂浮着一些枯枝败叶，被河水柔软而牢固地挟持，缓缓移动，有的老老实实，漫无目的地随波逐流，自己也不明白到底要被带往何处；有的想改变一下方向，却被浪头拍上河滩，让一生的行程，瞬间终止；更多的则是翻滚，挣扎，然后沉落到浑浊的江底，好像世间许许多多的事物一样，转眼就消失得无影无踪，一点痕迹都没留下。

这条悄无声息默默流淌的河流，莫名地让我焦虑与忧伤。最近两三年来，我变得愈来愈敏感、消极、惊慌。我害怕看到日历，看到钟表，看到一切流动和消亡的过程。是不可更改的年龄和不可预见的将来，让我挫败，无力，心事重重。四十二岁，真是一个尴尬的时段啊，生命之舟，已经进入了人生的中游，回溯、停顿，或者重新出发，似乎都显得有些身不由己，或是

力不从心，而且，也并不能阻止越来越快的流速，浩浩荡荡地奔向终点。我曾经设想，就在现今这条危机四伏破败不堪的泥泞路上，继续跌跌撞撞摇摇晃晃地滑行算了，做点无聊也还轻松的勾当，混些不高也不算低的工资，将剩下的光阴平铺直叙地打发掉，也并不是一件十分困难和离谱的事情。身边的好多人，都是这样平淡地活着，然后平静地死去。但多年的经历和煎熬，证明这些都不是我内心所需要的。我还不是很老，以这样的方式终结和离场，心中实在不甘。也曾想过改变，转身，或者割裂，可是江湖的陌生和险恶，又让人望而生畏，不敢草率地投入与尝试。我已不再年轻，经受不起风浪和碰撞……站在长江南岸，我仿佛就像那些漂浮物一样，找不到自己的道路，也看不清生命的流向。

河水静默无语，缓缓流淌。我沿着堤岸，追逐着水流往东行走。一大片长满野草的滩涂地，像一块碧绿的地毯，承接了我的脚步。堤呢？岸呢？路呢？长江也像我一样，在中游地带迷失了自己吗？朋友指指不远处的山峦："寡妇矶就在那里。"寡妇矶是陆城的一个景点，全国重点文物保护单位，那里埋伏了一条著名的纤道。我到陆城来，不是为了哀悼逝水流年，而是来追寻一条坚固的道路。

穿过青草地，我们来到山峦脚下。这座名叫马鞍山的小山，像一个筋骨粗粝的拳头，刚硬地打入江水之中。这里最早叫作大矶头，叫成寡妇矶，还只有百余年历史。我在长江中游的这座城市生息多年，城陵矶，寡妇矶，道仁矶，白马矶，到处都是带"矶"的地名，但直到现在，我才明白矶是指伸入江河的石山。它们阻挡了水流，也隔断了交通。就像上帝之手，猛然调拨了人生的航向。

朋友是当地人，他说先前的大矶头，简直就是一个鬼门关。由于矶石阻止了水流，马鞍山下形成一个深潭，上游船只都随着急流冲向石壁，一不小心就船毁人亡；而下游船只逆行至此，纤夫无路可行，只能攀爬在临江峭壁上，艰难而危险地拉纤，稍微不慎，便跌入江中，永远从人生的道路上消失。千百年来，这片凶险的水域，不知吞没了多少身强力壮的生命，摧毁了多少苦难脆弱的家庭。

我完全能够想象出当年的场景：一艘艘疲惫而又亢奋的航船，历经万苦千辛，终于从上游狭窄而曲折的河道中顺流而来，开阔舒缓的中游，让满船的货物变得真实、安稳、牢靠。船主、货东、水手、纤夫，都站到了船头。不远处的汉口，或者南京，很快就会承兑他们或厚或薄的希望，家中的老少，也就有了生的依靠和活的指望。他们的笑容，在阳光下灿烂。但是，只有一瞬，所有的美好和温馨，都被坚硬的矶石击碎，埋葬到冷酷的水底，只留下一些哀伤的碎片，等待亲人们千里迢迢前来打捞。而下游逆江而上的纤夫们，则弓着腰，背着绳，赤着双脚在嶙峋的峭壁上探行。他们每前进一步，脚掌就被划开一道血口，斑驳的暗红印记，成为矶石上一条模糊而疼痛的道路。船体在激流中战栗，乌鸦在山林里哀啼，一块岩石滚落了，一条道路中断了，一群生命不见了，更多人的生活与未来坍塌了……暮色苍茫中，我仿佛看到一大群的寡妇们，长跪在矶头上，与江涛一起呜咽。纸钱如雨，鞭炮如麻，破碎和断裂的声音，让我阵阵惊悸。

道路，还有流向，不单改变了一条江河的形态，更是颠覆了众生的命运啊！想起自己面临的种种，我不禁又一次悲愁起来。我朦胧而又清晰地看到，在我人生的某个年龄段，也潜藏着一个或者多个险绝的矶头，它们也许就在眼前，也许在望不到的下游，但可以肯定的是，它们的存在，会让我原本艰难的行程，突然中断，跌落，沉陷，最终走向虚无。

但现在，我面前的江水却安安静静，温温柔柔，一点也不凶残。朋友说，是一个寡妇，改造了矶头，修筑了道路，改变了水流的方向。原来寡妇矶的得名，是为了纪念一位女性的善良和坚强哦，我还以为是痛陈它的悲绝和险恶呢。朋友说，寡妇是清代一个大盐商的妻子，盐商在这里船毁人亡后，她变卖了全部家产，招募劳工，建起了一个通畅而安全的矶头，从此悲剧再也没有上演，百余年来，无数的生命获得拯救，无数的家庭得以圆满。那条壮观的纤道，至今依旧保存完整，它坚牢地垒砌在长江南岸，坚固地构筑在人心深处。

我第一次踏上这条久远的古道，眼前恢宏的场面和磅礴的气势，瞬间将我震撼。这个矶头，或者说是纤道，全部用粗大而规整的长条麻石铺陈，垒构，紧紧围绕着伸入江流的礁崖，形成一个优美而圆润的长弧。纤道共分三级，每级宽阔得可通行一辆小车，平坦地延伸向远方。朋友说，这些每块

几吨重的花岗岩，都是用船从对岸的蒲圻运来，可万千年不被风化。站在临江一级的纤道上，我看到旁侧的江水深不可测，江涛轻轻拍打着道基，偶尔还有水花溅湿衣裤。但我的双脚和内心，却感到无比踏实、安稳。是坚硬牢固的路基，给了我安全和力量。我顺着江流缓缓前行，右侧的石墙，高大浑厚，也全是用麻石错缝构建，平整得没一丝沟隙。矶墙的条石上，隔几步就均匀地凿出篙窝、钩眼、坑槽，供水手撑篙、系缆，供纤夫抓手、施力。我把自己想象成水手或是纤夫的姿势，用手轻轻地抵触、抓拉这些沧桑的标识，它们陷落在时光深处，但瞬间却在我的内心复活，我的生命，似乎很快就有了强大的支撑和坚实的依靠。在二三级纤道的壁墙上，我还看到麻石上刻着几条粗长的蜈蚣，它们昂头摆尾，伸爪扬须，显露出一股凛然的霸气。朋友说，这是镇江宝物，水妖最怕蜈蚣，见到它们，再也不敢兴风作浪。我看看眼底的大江，确实犹如当年知县的题字一般——道广波平。但我心中明白，蜈蚣只是一种图腾，关键的作用，是那条圆润的长弧，它强硬地抵挡了浪头的冲击，又温柔地导引了水流的方向，让它们不再冲动，不再刁蛮，不再任性。

江水安静温存，我的内心，也慢慢地平静下来。一个弱小的女性，一个无名的寡妇，用她一个人的力量，在阻碍了万千年通行的峭壁上，开辟出一条宽广的道路，并彻底改变了滚滚长江的走向，这该多大的气魄和决心！她耗费如此多的心智和资财，来修筑这条并不能给她带来直接好处的道路，到底是因了对亡夫的深爱，还是对苍生的博爱？在这个宏伟的工程面前，我心中的那点烦愁和负重，是多么微不足道。这些年来，我常常被现实中一些微不足道的东西牵引，拴牢，无力摆脱，以至前方的道路越来越溃烂，模糊，最终陷入惊慌和绝望之中，兀自神伤。现在，我明白过来了，我缺乏的不是前行的脚力，而是内心的决断。只要有决心和勇气，性别、年龄、时间都不是问题，无论是一条江，还是一个人，都能在改变与修正中，获得重生。

站在万千人曾经过往的古道上，我仿佛看到那个远方的女子，像一个向导一般，正在矶头给我指引。她的身后，有一列长长的队伍，他们是一大群不知名姓的善人和劳工，他们沿着江流慢慢行走，走着走着，就一个个匍匐下去，化成了一块块坚硬的麻石，永久地成就一条通达之路——我们通过了江河的险阻，而他们，通往了人生更高的境界。

暮色笼罩下来，天地很快变得昏暗，但奇怪的是，先前迷茫混沌的江流，这时在天光的映照下，反而显得一片银亮，我能清晰地看到它的流向。而建在矶头的长江28号太阳能灯塔，这时也自动开启，把三条古老的纤道，照得崭新。江风从水面吹来，我听到许多人的声音，在耳边回响。我的内心应和着他们：我会对生活的世界，做出高于现实的判断与构思。我才四十二岁，生命的旅程还很漫长，我将在一条全新的道路上行进，让人生的长河，流得更远，更深。

清　溪

我到清溪去，是为了忘记一些东西，或是寻找一些东西。

清溪在云溪的山中，离城不太远，但我们之间，却似乎相隔着遥远的距离。在城里，我成天为生计、为名利忙碌，喧嚣的市声，淹埋了自己的记忆和内心的光亮，即使是夜半惊醒，也从没想过要逃离，或者转身。我已习惯了虚假的热闹和脂粉的风景。我的脚步，在急促和沉重中变得麻木，没有时间，也没有兴致，从自己修筑的城池中出走。很多最值得亲近的事物，我都无意地疏远了。因此近郊的清溪，离我很远很远。那天，当云溪的朋友谈起它的清幽与从容，我突然心中微微一颤，这个荒野中的古老村寨，真值得我抬起头来，认真去细细打量。那里面，一定潜藏了我遗落的珍宝和急需的养料。

去的时候，天空下起了小雨，纷纷扬扬，我的内心灰暗而潮湿。车子驰过街市，奔上国道，很快没入一条狭窄的乡村公路。回头打望，那座日夜匆忙的城市，已被我抛弃在烟雨之中，只剩下一个朦胧的背影，虚幻而且飘忽。这一天，是周四，一大堆的麻纱，堆积在办公室里，等待我去清理，安顿。现在，它们只能兀自纠结，我已抽身离去了。我突然有了一种私奔的快意和叛逃的惊慌！

清溪用它温柔的姿势，迎接了我们的进入。我后来才知道，清溪并不是一个单一的地点，而是一个复合的区域，它包括清溪水道、清溪水库、清

溪峡谷，还有木岭古村。车子爬上水库大坝时，一泓碧清的水面，瞬间把我的心境打开，天光云影，随之在心海里轻轻荡漾，让人变得澄澈，明净，辽阔，所有的羁绊和烦闷，像微不足道的沙石，一粒粒沉落进了幽深的水底，无影无踪。清溪水库是娇羞的，它的水面，光洁，柔软，像美女的两条大腿，慵懒地伸进青山深处，优美而圆润。这诱人的景致，让人迷醉，我真愿化作一株睡莲，枕着她的肌肤，忘记来路与归程，就这样慢慢变老……

朋友却没有停车，从大坝拐上左侧的山道，沿着水库的"左腿"，弯弯曲曲，高高低低，顽强地往绿里钻。山道不宽，两边的林木遮天蔽日，浓浓的绿影，酽得化不开来，我们像是在梦中穿行。转个弯，抹个角，那条清秀的美腿，便在我面前艳丽地翩若惊鸿，很快又隐入绿色的裙裾，遮挡得严严实实。它的若隐若现，若即若离，让我想起某个曾经友好的女子，想起自己残缺而破败的生活。我突然想弃车步行，回归到现实的道路上，去看清被遮蔽的真实。朋友说，天雨路滑，到木岭还有七八里，如何使得？我呵呵两声，暗笑自己终归是个俗人。我到清溪来，原本就是为了看木岭的简单和散淡，为了远离和忘却市井的喧哗，怎么又记起这些无尽的纷繁？

木岭是以版画的形态，出现在我眼前的。它仿佛静止在那里，凝固在那里。这个库尾的古老村寨，三面环山，一面临水，几十幢烟砖瓦屋，安详地卧在青山脚下；如丝如线的麻雨，不急不慢，轻轻地飘落到满山的翠绿上、满园的碧青上、重重叠叠的鱼鳞瓦上，悄无声息地滋润着心灵，洗涤着风尘；石板路、石拱桥像一段历史，连通着村寨的古今，但见不到一个行人；梦幻似的雾霭悬在半空，一动不动，入定般地连接了人间烟火……打开车门，我感到嘈杂的内心，瞬间变得清幽和静谧。

这真是一个古旧的村寨。所有的房舍，都是陈旧的，斑驳的，沧桑的。最早的听说已有百十年历史，最迟的，也经历了六十年风雨。除了一条新修的进村水泥路，从外表上看，没有半点现代文明侵袭的迹象。木岭，它好像还停滞在晚清，或者是民国。烟砖上层叠的苔痕，房梁上暗淡的图案，墙壁上久远的标语，都在默默地印证着它的时代。它好像被外面的世界遗忘了，又好像根本无视别人的热闹，只顾按照自己的时间与节奏，从从容容地活着。多少年来，山外的村镇和城市，都以一种领跑的姿势，筋疲力尽地追赶着多变的潮流，它们拆除了祖屋，推平了旧房，建起了红砖屋、楼房、小高层、电梯房……但它们的生命，其实早已在无数次的转换与变更中死亡。现在的它们，只不过是旧坟上的新坟，它们的历史和记忆，已深埋到地底，跟它们没半点牵连。而木岭，却还活着。它活成了一个长寿的老人，淡然地打望着别人的沧海桑田，安静地守护着自己的家园。在木岭，我们都没了故乡。

是的，木岭有着自己缓慢的时间，或者说是没有时间。没有时间，也就意味着没有边界，没有约束，会更加长久。我淋着麻雨，与朋友在村寨中穿行。石板路湿漉漉的，没有一个脚印；屋檐上的水珠，半天才滑下一滴；屋角一株矮柚树，结满金黄硕大的柚子，熟透的果实把两个树丫都压折了，低垂到泥土中，也不见人从季节中匆匆跑出，来忙乱地采摘，收拾，占有。我们就像行走在真空里，感到世界的虚无与旷远。想想平日明明暗暗的争抢与掠夺，真是让人羞愧啊。在时间的尺度里，我们都在急着追赶与获取；而没有了限制和比照，那会活得多么随意、从容！在一栋烟砖屋前，我们看到了一个老太婆。她坐在屋檐下，静静地看雨、喝茶，似乎什么都没做，什么都没想，纯粹就是坐着，享受自己的清闲与存活。她的神情坦然而满足。一只大黄狗，昂着头，细眯着眼，在她腿上蹭来蹭去，挠痒，撒娇，同样安逸而舒坦。这样的场景让我嫉妒和羡慕，我在城里牛马般地奔忙，费尽心思而不得的安宁，木岭这个没牙的老人和没名的土狗，轻轻松松简简单单就达成了。我问她高寿，她呵呵地笑："快九十吧，日子太稠，记不清。"她是从民国起，就一直这样坐着的吗？她连年龄都忽视了，肯定不会有"星期四"的概念，当然也就不会有急着清理的麻乱和内心的负重。她的房屋是破旧的，茶叶是粗老的，眼界是狭窄的，她对生活缺乏算计，但她幸福而长久地活着。我们在城里有车有房，但能说比她更加强大吗？时间始终在折磨我们，而她早已消灭了时间。

木岭是安静的。我们在村寨中穿行了好久，只听见自己的脚音。一些房屋紧锁着，一些房屋废弃了，而敞开的屋舍里，只有一只狗，或是一群鸡。鸡和狗也与世无争，慢腾腾地踱着步子，侧着脑袋看着我们，任由朋友拍个不停，一不跑，二不叫。它们也习惯了缓慢和沉默？村寨的前面，是一大片

菜园，麻雨飘落到肥硕的菜叶上，没有一点声息，反倒是它们的苗壮，仿佛让我听到了生长的声音。在一块菜地里，一个老人在细细地扯草，动作迟缓而舒展。他告诉我们，木岭以前有三百多人，现在只剩下三十多个老人，年轻人大都搬走了。这里除了几声鸟叫，所有外部的声响和威胁，都被水库和青山牢牢遮挡。我突然想，要是我在木岭住上一晚，一定能很快酣然入梦。好多年来，我一直失眠，起初以为是日夜不息的噪音，但封闭阳台、装上双层隔音玻璃，还是无法入睡。我的内心和耳边，始终嘈杂一片。现在，我明白了，是城市密集的欲望与阴谋，在暗中发声，我得从这些细微和隐秘的动静中，做出自己灵敏而及时的判断，因此内心深处，永远不得安宁。而木岭，给我安全。它的安静，是真实的安静，人心的安静。

村寨的中央有一条小溪，弯弯曲曲，清清浅浅，大概就是清溪吧。傍溪是一条古老的官道，溪上横跨着几座石板桥。官道据说先前热闹，是通往临湘的必经之路，如今淹没在绿树丛中。石桥用整块粗大的麻石垒就，至今仍显出时光的厚重。我和朋友沿溪往山上走去，路变得越来越窄，但并不妨碍前进和通行。两边绿树的枝叶，一不小心就打落到我们面前，晶莹的小水珠，从叶片上滑落，很快渗入我们的衣服和肌体。两边的山岭高耸入云，左边叫小木岭，右边叫大木岭，是云溪的最高点，惊心动魄的绿海，无边无际，仿佛随时会从天上倾泻下来，把我们埋葬。林子中飞出的鸟音，清亮，婉转，悠长，让绿色显得更加幽深。我燥热而驳杂的内心，很快也变得清凉和纯净。那些灰暗的、漆黑的、猩红的、粗糙的、肮脏的心思，通通退场了，逃散了。那个柔软的地方，只剩一种底色，绿得没半丝杂质。绿，是故乡的颜色，是生命的本色。它让我洁净，轻快，生气勃勃。我不能忘却。

从山上下来，我还想去看清溪峡谷。朋友说，下次吧，天色不早了。我一惊，这山中一日，怎么好似短短一瞬呢？这里的时间，到底是快还是慢啊？同事们也不断打我的手机，询问工作的长长短短，还说明天一早要开大会。我只得坐进汽车，与清溪作别。我恋恋不舍回头打望，烟雨迷茫中，青山一程，碧水一程，送了我一程又一程……

乙未年的深秋，我在清溪，在木岭。我忘记了时间与喧嚣，记起了简单和纯净。我匆匆忙忙地进入，又慌慌张张地离开。清溪，木岭，我还会再来，我们之间是有一些距离，但我终将慢慢抵达。

湿　地

我是无意中进入这片湖洲湿地的。我没想到，我荒芜已久的内心，会在这片被人遗弃的野地里，遇见深埋的春天和久违的生机。

湿地在城郊的君山区。我真不知怎样来描述它的具体方位——它没有名字，更没有名气，普通得就像我一样，几乎可以被这个庞大的世界忽略不计。我只能说，它大致在洞庭湖大堤外侧的湖汊深处，隔着莽莽苍苍的杨柳，隔着透明的阳光和氤氲的水汽，与君山岛景区的盛大和热闹，寂寞地遥遥相对。它还是像我一样，沉默在尘世的边缘。

我与这块湿地的遭遇，其实并不完全是偶然，是相同的处境和不同的命运，让我在看到它的那一刻起，便不由自主地一步步靠近，深入。我们的交集，似乎是一个隐秘的约定，或者是必然的通达。

这些年来，我总是感到生活就像一块硬板，越来越没有痕迹。长年的夜班和机械的工作，让我在黑暗与昏睡中慢慢老去。我看不清季节的轮回和时间的流逝，也感觉不到外界的音信与响动，曾经生机勃发的内心，如今寸草不生，一片荒凉。在坚硬的现实面前，我已失却了对理想的追求和对生活的期盼，常常觉得天空灰蒙蒙的，有一种看不见但又真实存在的东西，遮蔽住了自己的激情。我就像一只受伤的鸟，成天龟缩在自己的窠巢里，昏昏沉沉，没精打采。

妻子想把我从沉沦中拯救出来。我们结婚多年，热度早已消散，她成了我没有血缘的亲人。每到周末，她就唠叨着把我赶向户外。但是，王家河、千亩湖、金鹗山、珍珠山、南湖广场、巴陵广场，城区所有的公园和景点，都没能医治我颓废的心灵。我觉得这些地方跟我日夜所见的街市一个模样，并没有本质的区别，它们虚假，窘迫，灰暗，阴沉，缺乏光亮与活力，让我厌弃，疏离。于是，我们漫无目的地把车开向了城外，开上了高高的洞庭湖大堤，湖滩中央这抹汪汪的绿，就像一个丢失多年而又记忆犹新的梦，猛然朝我的内心逼近。

　　我们弃车走下大堤，堤脚是一条狭长的湖汊，湖汊中间的浅水区，钓鱼人用石块混合湖泥，铺成一条简陋的通道。我们小心翼翼从这里踏上对岸的湖滩，然后迫不及待地奔向前方。我远远地望见，在湖洲的深处，湿地像一块温润的碧玉，安静地漂浮在湖水中央。它绿得透彻，而且透明，没有一丝杂质，让我感到这个糟糕的世界，依然存在纯粹的事物。

　　首先迎接我们的，是一大片绿得有些虚幻的杨柳——它们像极了一幅巨大的油画，朦胧而真切。突然置身于这样的美好之中，我一下变得手足无措起来。我很想大声呼喊，激情拥抱，但又生怕自己的冲动和粗暴，伤害了它们的纯洁与安静。我只能拉住妻子的手，傻傻地看着它们，就像看着云端之上一尘不染的梦想。这些杨柳，不同于城市人工培植的垂柳，没有款款低头的娇羞，也没有软弱无力的阴柔，更没有腰肢乱扭的轻佻。它们的枝条伸向天空，叶片对接阳光，给人一种强盛和奋发的力量。很多的杨柳，都只有一截粗矮的树桩，歪歪斜斜地站立在潮湿的湖泥上，有的甚至还躺倒到地上，裸露出大半边根系；它们粗老的干部，树皮脱裂，纹理扭曲，有的半边腐朽，有的几乎空心。我明白，是强劲的四季湖风，将它们拦腰折断，而汛期长达数月的浸泡，更是无情地把它们的摧残。但是，无一例外，它们都顽强地活着，精彩地活着。一到春天，密密麻麻的枝条，就从它们九死一生的躯体上生发出来，扩张开来，很快又葱茏成一片耀眼的风景。它们的沧桑与倔强，苦难和绚烂，都让我没有来由地敬重，仰望。我感到沉陷已久的内心，正从俗世的浊流中，一点一点地浮升上来。

　　我们在林子里盘桓了很久，低头看看这棵树的根，抬头望望那棵树的冠，轻轻摸摸这棵树的皮，小心碰碰那棵树的叶，俨然是在透视和把握生命的根本。苍老和娇嫩，粗粝与柔软，扭曲和挺直，深度与高度，这些生命的不同形态，在我眼里一目了然，而又一脉相承。它们自然而适时的转换，仿佛让我看到灵魂的强大与不灭。林子的地上，积满了枯枝败叶，也零星地长了一些青草，越往深处走，草就越发地茂盛起来，而杨柳，却渐渐地稀疏了，退场了，最后终于完全让位给了郁郁葱葱的野草。生命在这里又进行了一次悄无声息的流转。我们从林子里穿越出来，回头打望，只见一团浓酽的绿云，完美地呈现在阳光之下，而它千疮百孔的内部，已沉淀到了我的内心。

　　草地像一块巨大的绿毯，在我们眼前徐徐打开，一往无前地舒展进苍茫的水天相接处。它似乎在指向遥远的地方，又好像在指引我应当不断深入。野草长得非常密集，严实地覆盖了湖洲的每一寸土地；它们的品类也很繁杂，有瘦高的灯心草、利剑似的菖蒲、低矮的薹草、水墨似的野芹、散乱的丝茅、柔软的野韭……更多的，是我叫不出名字的——杂草。它们用高大或弱小的身躯、俊俏或丑陋的形容、嚣张或低伏的姿态，共同编织成了这个庞乱而蓬勃的世界。而在汛期的时候，我只看到这里一片汪洋，浑浊的湖水淹没掉了一切的绿色和想望。它们来自何方？又走向了何处？我只能想象，它们深扎的根系和卑微的种子，潜藏进了厚实的泥底，是永恒的希望和耐心的等待，让它们迎来了生命的另一个春天。

　　是的，我又看到了春天的景象。春天并不只是一个季节，更是内心深处的一种色彩和气韵。草地莽莽苍苍，无边无际，仿佛让我看见了青春的颜色。我紧紧拉着妻子的手，像初恋一样，狂奔进梦幻般的远方。空旷的天空和广阔的绿地，让我们的身影显得无比渺小，四周的绿海，汹涌着把我们淹埋，吞没，融化。我感到自己已然变成了湖洲上的一株青草，变成了它们当中普通的一员，与春天融为一体。

　　我躺到了草地上，俨然像沉睡在春天的怀抱。已经长出的草们的叶、茎和根系，全都清晰地呈现在我面前，它们肥嫩、洁净、饱满，明亮地与我对视，逼人的生机和活力，像电流一般，源源不断地输入我的内心，让我一颤，一颤，又一颤。更多的草们，才刚刚从泥土中生发出来，它们露出一点点的白芽或绿意，尖锐地向我表达各自的意愿。它们在地下沉陷很久了，但始终没有沉沦，现在，它们苏醒过来了，要重新进入这个薄待它们的世界。躺在湖洲上，我感到很多的事物都在觉醒，都在用自己的响动，认真地与世界对话。我听到了大地膨胀的声音，沉闷而雄浑，像雷声一样，从遥远的地方滚滚而来；我听到了种子搏杀的声音，沉着而顽强，它们用的是暗力，默默地抵制着泥土的压迫，从黑暗中爆裂出崭新的希望；我听到了很多昆虫奋斗的声音，微弱而高亢，它们来自地上，或者地下，尖利地割开缠绕在身上的束缚，用力地扑打遮挡视线的障碍；我还听到了植株生长的声音，细碎而

连绵，它们的根系像一个个钻头，嗞嗞地扎穿一切的阻挡，茎秆啪啪地拔着节，像一根根指针，争先恐后地追赶着时间……这些四面八方的声音，嘈杂地回响在我耳边。它们是春天的声音，生命的声音，更是我内心的声音。我感到蓬松的湖泥和柔软的草丛，正用一种看不见的力量，慢慢地把我的躯体托举起来，举向一个新的高度。

躺在发酵的湖洲上，我还闻到了春天的气息。它们恍恍惚惚，若隐若现，有一些潮湿，有一些膻腥，有一些暧昧，有一些青涩，还有一些芬芳。这些独特的气味，混合在一起，直抵我的胸腔。它们来自大地的深处，来自草木的内部，来自一切生命的场。它们从很深很远的地方生发出来，带着母体的温度和孕育的激情，让我的内心燥热、骚动。我感到体内沉寂已久的许多东西，正在剧烈地动荡、冲突，奔涌着寻找出口。我赶紧从草地上爬起，以站立的姿势，去迎接自己的春天。

妻子在不远处的沟渠边向我招手，她在忙着采摘藜蒿和芦笋。这两种野菜，清新而爽口，市场上多为人工栽培的货色，这个意外的收获，让她快乐得像一个纯情的少女。她天真而满足的神情，让我又一次想起久远的初恋，想起多年前那个万物生发的春天。

阳光静静地从高空倾泻下来，温煦地沐浴在我们身上，我突然感到浑身轻松、舒展，内心贮满了幸福。我发现天空没有一丝云彩，明净如洗，蔚蓝的底色简洁得让人不敢忧伤。远处的杨柳和身边的野草，青翠欲滴，散发出令人迷醉的耀眼光芒和蓬勃生机。而天空快速掠过的鸟音，清脆得像一把利器，切断了所有的沉闷和愁郁……

多好的湿地啊。多好的场景啊。多好的春天啊。一切都不曾老去，一切都不曾死去。所有的事物，都在这里向着太阳和未来，苏醒，并且生发。

我和妻子手拉着手，带着各自的收获，与湿地作别。站到洞庭湖大堤上，我感到新的生活，即将在我面前展开。因为，我荒芜的内心，已在不远的彼岸，变得澄澈，丰盈，郁郁青青。

原载《山东文学》上半月刊2018年第1期

第二辑

若干年前的体温

深埋的竹笋在唱歌

惊蛰一过，我的耳边便响起一片声音，浑浊，低沉，嘈杂，像是什么东西在躁动、喊叫和搏杀，它们好像在很远的地方，又好像就在我的身体内。在黑暗的春夜，我看不见它们，它们躲在哪里呢？奶奶睡意蒙眬地说，傻孩子，是节令来了呢，藏在地下的东西睡醒了，它们打着招呼准备起床呢。那竹笋呢，深埋在后山的竹笋也会出来吗？当然，时候到了，该出来的都会出来。奶奶淡淡地说。

后山的竹园，一片苍翠，想起童年，我的眼前便会呈现出一片生机勃勃的绿意。那是我人生最初的底色。这抹柔软的色调，让我感到温情、清新和轻快。我和伙伴们，在竹园里追逐，在竹竿上攀爬，在竹林间捕捉蚱蜢、蜻蜓、蝴蝶……林子里的那种淡淡的清爽气息，将我们的整个童年暖暖醉倒。而最是让我喜欢和牵挂的，却是园里那些深埋在地下的竹笋。这些隐藏的大山的精灵，总是让我等待、期盼、寻觅、感伤，当然还有悬念和惊喜。

还在冬天，我便关注起竹园里的冬笋。我发现村庄的大人们，立冬后不久便扛着锄头，背着竹篓，像窃贼一样出没在竹林里。他们弓着腰，这里踩踩，那里挖挖，手段高明的，小半天工夫，背篓里便装满了黄澄澄的笋子。想到这些可爱的精灵，即将面临刀切油炸的酷刑，我幼小的心灵突然锐痛起来，我感到那些挖笋人，不但是偷盗竹园孩子的贼，而且是斩杀生命的凶手。我不知道笋子们到底在哪个地方泄露了自己的秘密，我只希望它们隐藏得深一些，更深一些。后来年长一些的伙伴们告诉我，冬笋是长不成竹子的，如果不被人挖出来，它们便只能在泥土中腐烂。从此我对挖笋人便不再厌恶了，我甚至觉得他们是一个拯救者，有时看到他们屡挖不中时，我还暗暗为他们祈祷。好些次，看到他们空手而归，我兀自躲到林子的深处无限感

伤。我觉得每一只冬笋，都是大山的孩子，它们都不应该深埋在泥土中，不应该还没来得及看上外面的世界一眼便可怜地消亡。我也是大山的孩子呢，如果今后没有人来发现和挖掘，那我也会老死在村庄里吗？

又是奶奶告诉我，地下的冬笋只要能熬过立春，就都会变成春笋长成竹子。我的心立马又热起来。我飞快地跑到竹园里，很想大声地把这个好消息告诉那些隐藏起来的兄弟。竹林里一片静谧，阳光如剑，从竹叶间直插进泥土，地上躺满了枯黄的落叶，一些蚂蚁，在冒着严寒四处奔忙。地下的东西，我什么都看不见，我的心灵却似乎已经洞达了一切。我分明感受到了冬笋们深埋的气息，黑暗、沉重、压抑、窒息，但有一柱希望的阳光，将黑暗撬开了一条缝隙。那缕希望，就在春天。

努力吧，兄弟！坚持吧，兄弟！春天就要来了，我在心里轻轻地说。

我和竹笋们一起，盼望着春天的到来。立春那天，村里照例在竹园的进口立了一块标牌：已经立春，严禁挖笋。那八个粗黑的大字，陡然让我感到敬畏，那是对生命和拼搏的尊重啊！也让我感到激奋，一场历尽艰辛的孕育之后，随即而来的，将是惊心动魄的爆破？

雨水很快就来了。雨水是一个节令。雨水像一群诡秘的空降兵，倏忽就从季节的深处飘然而至，它们落在村庄，落在山岭，落在竹园，它们细碎的脚步声，成天在我的耳边回响，它们在奔跑啊，它们在啸叫啊，它们在行色匆匆地去赶赴一个至关重要的约会啊。趴在阁楼的窗子边，我看到后山一片迷蒙，竹园的上空，一片碧翠，那团酽酽的墨绿，正从竹叶上一点一点地往下滴呢！我突然不顾一切地光着头冲进雨幕，像一只小鹿一样，几步就弹射进了竹林。林子里一片潮湿，嘈杂的声响，一波接一波地敲打着我的耳鼓，雨水沙沙沙地降落到竹叶上，雨滴窸窸窣窣地从叶尖上滴落，竹鸡（一种野鸟）在扑扑扑地甩打羽毛……更重要的是，我听到了一种钝涩而又锐利的声音，朦朦胧胧，若隐若现，从深埋的地下时断时续地传来。我用脚踩踏园里的泥土，感到前所未有的肥厚和柔软，我明白过来了，那种声音，其实是大地在膨胀，深埋的竹笋在膨胀，一切的生命在膨胀。我的内心，莫名地也跟着膨胀起来。

雨停了，天晴了。我和伙伴们又来到了竹园里，我们很想掌握有关竹笋的秘密，但我们什么也没发现，我们只能把自己的愿望，用树枝或石头在泥土上标识出来，这里会长出一只，这里也会长出一只，这里应该长一只……这样的游戏，村庄的少年好像每年都要玩一次吧，我们是在赌各自的运气，更是在比彼此的眼力。那些充满悬念的日子，总让人感到世事变幻莫测，生活遍布玄机。

惊蛰真是一个玄秘的节气。自从奶奶把这个节令的奥秘告诉我后，我就常常独自跑到竹林深处去倾听。我果然听到了。我真的听到了。雨水时，那种声音混沌，缥缈，现在，它变得清晰，明亮，真实。你听，唧唧唧，那是爬虫在地下叫唤；呱呱呱，那是竹蛙在洞里高喊；吱吱吱，那是蟋蟀在泥中吵闹；啪——！那是竹笋在深处拔节啊！这种暗力发出的脆响，远比爬虫、竹蛙、蟋蟀们的喊叫震撼人心，那是它黑暗中的追求，上进时的啸叫，对压迫的反击，是它蓄积了一冬的力量的爆发，充满了金属的坚强，土地的浑厚。我对村庄里的草本木本差不多全都熟悉，但唯一只有竹笋，能让我听到它成长的声音。春分、清明前后，深埋在地下的竹笋，一个个争先恐后地往外长，这个时候，如果来到竹园，满园噼噼啪啪的拔节声，没有来由地让人肃然起敬。那是生命的气势和成长的歌唱呢，它来自地上，也来自地下，更来自你的内心深处。听到这此起彼伏、连绵不绝的拔节音，你不觉得自己的骨子也在噼啪作响吗？

往后的叙述便变得简单了。满园的竹笋，很快就长成一片新绿。而我，最终并没有像一只深埋在地下的冬笋那样，老死在村庄里。我的伙伴们也大多没有，我们都走出去了。正如奶奶所说，时候到了，该出来的都会出来。不过，我们赌的不是运气，我们就像竹笋，用的都是暗力。

原载《鹿鸣》2015年第2期

绿得耀眼的青春

那个秋季，沿着汨罗江的支流——一条叫芦溪的水道，我跨上破单车，高高低低地上路了。我要到离家几十里远的大山深处，去做教书匠。此前的十八年，我一直生活在父母和先生密不透风的庇护下，现在，我出发了。我人生的车轮，在顽强地前进，驰过热闹的集镇，驰过茂密的村庄，驰过旷阔的田野，驰进了墨绿的大山。在跨过一道古朴的石桥后，河，愈来愈瘦；天，愈来愈窄；路，愈来愈陡。水道两侧高耸的大山，把我的视线挤压成铅灰的一线。一只苍鹰，突然从高天上俯冲而下，旋出一条圆润的弧线后，又振翅插入云霄，那优美而快捷的转折，如一根火柴，猛地在我的心头一擦，腾起一片生动的光亮。

这真是一段险绝的通道，狭窄而漫长。芦溪河像一个钝涩的犁头，吃力地将大山掘开，谷底忽隐忽现的水流声，仿佛是它痛苦的呻吟。一条铺满沙石的土路，扭着腰，坚贞地随着水流往前爬。我推着单车，上坡（太陡，不能骑），下坡（太陡，不敢骑），周而复始地转了九个大弯后（后来才知此地叫九弯头），眼前豁然一亮，一个不大不小的盆地，毫无准备一下就跳现在我面前，它像一个连着十二指肠的胃，慵懒地蜷卧在秋日的阳光下。四周高耸的群山，像胃壁一样严严实实地封闭着它，呵护着它；芦溪河和它的支流，像一缕缕血脉，营养着它，鲜活着它；沿着山脚，是一圈高高低低、连绵不绝的房舍，像胃壁上一排排粗糙的褶皱；盆地的中央，一片金黄，成熟的稻子，让这只胃显得饱满和充实。站在高出盆地的山口，我一眼就把它轻松地包容了。我站着没动，盆地的宁静，让我肃穆。我用目光细细地打量它，轻轻抚摸它，我知道，从此以后，我便是这只胃里寄居的一个生命了，我的生活，将被它细细咀嚼，慢慢消化。

　　我任教的地方，叫高家学校。一排平房，像一只烤焦的馒头，孤零零地搁在"胃壁"的边缘；三间教室，关着百十个娃娃，叽叽嘎嘎，像一群鸭子；三位老师，洛沧桑如一棵松，版粗黑如一块岩，我瘦弱如一株麻，我们都把手中的教鞭，挥舞成一杆牧鸭的长篙。

　　我到现在都感到讶异，十八岁的风华，怎么一下就楔入了大山的安宁与淡定，没有过程，没有磨合，连半点痕迹都不显现。在铺着稻草的破床上，我能夜夜睡出美梦，那梦境，像满山的香樟，绿得苍翠欲滴，让人无限向往；在乌黑的饭桌上，我能把青菜、豆豉吃得韵味悠长，表情生动；在打满阳光的走廊上，我能把自己坐成一尊佛，满目慈爱地注视着操场上快乐的弟子……洛拍打着手上的粉笔灰，把一脸沧桑收缩紧凑，然后轻轻释放：你只怕前世就注定了要到高家来教书。我淡淡一笑，静候他的下文。洛果然感慨：我二十岁就来了高家，到如今修炼了三十多年，似乎还达不到你的功力！然后他满腹的牢骚，就像校舍前的溪水一般，滔滔不绝地从我耳边流过。说他几十年调离不出这块巴掌大的山窝，说他要退休了还评不上高级……在他的心里，这片山地俨然就是幽暗的地狱。我只做他虔诚的听众，从不妄加评论，但他依然满足和感动，每次都要很友善地提醒我，快点想办法调出去，莫在这个狭小的地方浪费了美好的青春。青春？我才十八岁哩，我的青春才刚刚开始，我不怕浪费。那满山的碧翠，生机勃勃，让我没有来由地想起青春的颜色。

　　我对这块盆地慢慢就熟悉起来，阳光、群山、庄稼、炊烟，还有天空飘荡的略带青味的草木气息，都一寸一寸地深入到了我的内心。每天傍晚，我都要骑上破单车，走遍村庄的每一条道路。漫无目的，又刻意为之，好像在进行一项不明就里而又必不可少的仪式。这种类似的仪式，遍布我们的日常生活，只不过好多年以后，我们才知道是哪一根神经需要它。一路上，孩子们、山民们唤我老师的声音此起彼伏，应接不暇。那种真诚的称谓，常让我心生感动和自豪。好多年后的今天，这种声音仍在温暖着我的心窝，让我备感珍惜。我把单车骑得很慢，我不是去赶赴某个具体的约会，山村里的每一个元素，都是我的心灵之约，骑车本身，也就成了我要做的重要事情。我很喜欢用这种方式，来亲近这片土地，还有这片土地上生长的温情。我常常骑着骑着，就把单车停下，用一只脚点到地上，看路边的庄稼，望远处的

群山，或是与任何一个山民熟稔地攀谈，之后将单车一支，随意地坐到了他家的饭桌边，新鲜的糙米，碧绿的青菜，烟熏的笋干，让我亲切和熨帖。那个秋季，我的晚餐（学校的工友只做中饭，晚餐得自己做）差不多都是在热情的山民家中解决的，一家接一家，一路吃过去，到一个学期快结束时，仍有许多人家在真诚地随时等待我的光临。他们不需要我任何回报，有很多人家，根本就没有孩子在我班上就读。他们对我的热情，是源于好客的秉性，他们对我的尊敬，是源于对师道的尊敬。我出入于他们的饭厅，也穿行于他们的生活，他们的喜怒哀乐，牛羊鸡鸭，在我眼中一清二楚，脉络分明。那些琐碎，那些真实，让我感到人生的厚重与驳杂。我越来越觉得，这片山地，并不像洛说的那样狭窄和幽暗，人心的宽广与善良，让我的青春，像苍鹰一样自由飞翔。

　　我没想到在这片山地的其余两所学校里，还有我的两个同学在任教。勇在芦溪，坚在古源。三人的距离，差不多是一个等边三角形。这种距离和形状，恰到好处地稳固和平衡着三人之间的友情浓度。勇好读书，坚会玩，这都是我所需要的，我们差不多每天都要见一次面。勇的宿舍堆满了作业本和教学仪器，床上整整齐齐地码了半床书。他在搞自考，劝我也搞。他说，一个小学老师，不读点书真的不行。在一个封闭和狭窄的地方，读书无疑是一件最宽广最深厚的事情。我听了他，从此每天早晨学生晨读时，我也端坐到讲台上，大声朗读古代汉语、大学语文、文选，读着读着，学生们的声音就渐渐淡下去，最后只剩下我一个人在忘情地诵读。那神韵一定像极了古时的书生吧，学生们全都充满敬意地望着我。我发觉后，他们哄然一笑，慌忙又拿起课本，咿咿哇哇起来。我蓦然想起了古时的某个塾师，那个落魄的秀才，也是这样与弟子们一道发愤用功的吗？他端坐在狭窄的乡间教室里，心原上一定耸立着一座庞阔的京都，还有皇城传胪的灿烂。我那时记性好，一篇千把字的古文，一个早晨就记住了，晚上与勇见面时，便得意地背给他听，很炫耀的样子。勇先是静静地听，听着听着，禁不住就大声地与我一同背起来，背完后两人相视大笑，猛击双掌，很有些英雄相惜的意味。我们的热闹与放肆，让兀自对着墙壁抽乒乓球的坚很是郁闷，他不耐烦地说，再不进山，路就看不清了。我们准备进山放套，捉野兽。野猪、麂子，甚至传说中的一头小豹子，都在我们的阴谋之中。套子是坚花了几节自习课做成的，也许是做得不得法，也许是运气不济，总之连着几个晚上，我们都一无所获。星期天是我们所期盼的，背着猎枪，到山里打竹鸡（斑鸠），提着渔网，到芦溪河拦白头鱼，每次都能让我们心安理得地到山民家去改善伙食。其实斑鸠也许只有一只，且瘦，白头鱼顶多斤把，山民尽管还要赔酒赔肉，脸上却笑呵呵的。坚甚至还带着我们到古源去相亲（真是乱弹），骗女孩子的布鞋穿，骗"岳母娘"的鸡蛋吃。他打着饱嗝说，这种日子，真他妈的有味。其实，让我们热爱和快乐的，是没有任何负重的心灵。

春暖花开的时节，山里一派清新，树叶嫩绿，杜鹃火红，菜花金黄，连空气中都有一脉甜淡的暗香。这个时候，学校前面铺满鹅卵石的机耕路上，便不时有摩托或是单车，呼啸而来，冲进我的宿舍。他们都是我山外的同学。七中的松，县城的曙，中学的英，信用社的刚，广播站的鹃……一个接一个。有时是一个人来，有时是三两个人来，有时是一大群来。我至今都没弄太明白，这个狭窄闭塞的山地，到底有什么吸引着他们？他们都住在县城和镇上，天宽地阔，为何要跑几十里的山路，不辞辛劳地来看望我这个并不有趣的朋友？是我的真诚连通了他们的真诚？还是山野的纯净契合了他们内心的需求？他们的到来，无疑让我的生活更加丰满。轮番的代课，常让孩子们快乐得尖叫；采花挖笋，让我们自己的青春漫山飞扬；彻夜长谈，又使我的夜晚明亮厚实。松后来不仅爱上了这片山地，而且喜欢上了山里一个叫碧的女孩。有一段时间，他差不多每到周末就来了，来了就去找碧。碧的父亲很正式地告诉他，家里没有儿子，是真心就入赘吧，到高家教书也是很方便的。吓得松落荒而逃，很久不敢进山。而碧，一到周末便来学校晃悠，我骗她说，松到市里进修去了，要一年。她紧抿嘴唇，双目忧郁地凝视着灰白的山口，仿佛凝视着遥远的大海。她是否觉得，那短短的距离，如今已变成千里万里？

阳光饱满，把日子捏圆又拉长，夜色像一条幽远的巷道，不知深浅。树在唱歌，生灵在舞蹈，山风悄悄地在田野上游走，挨家挨户耳语岁月的秘密——时间是思想最好的营养，新鲜是艺术最好的老师——富得流油的时间，美得炫目的风景，让我十八岁的青春，踩踏进了诗歌的平仄。我的钢笔，像一挺机关枪，啪啪啪，啪啪啪，每天都要扫射出一排排长长短短的文

字。在无数次凶猛强攻之后，终于攻克了一个个的山头。就这样，蓝墨水上游一个叫高家学校的小学教师，通过文学这扇天窗，把他的信息和触角延伸到了山外广阔的天地。市里、省里寄来的样报和信函，成了我每周三（邮递员每周只在这天来一次）最大的期待，那些鼓舞人心温暖人心的文字，让我感觉山地的天空无比旷远。其中一个叫彬的文友，在不到一年的时间里，与我通信达二十余番。每封信他都用方格纸填写得工工整整，字迹清雅，文辞真诚。我们谈诗歌，谈理想，也谈生活。他那时还在读大三，正在市里的晚报副刊实习。一年后，我离开高家，跑到市里谋食时，他理所当然地成了我第一个去拜访的人，我们的见面，亲热如兄弟重逢。那时节，我们没有电话，没有手机，更没有电脑，是信函这种最古老最原始而又最真实的方式，把两颗远隔千山万水的心，紧紧地连到了一起。

现在，是若干年后的深秋，夜色苍茫，天气寒凉，我坐在安静的书房里，敲打这些陈旧的往事，彬、勇、坚、松……一个个熟悉的身影，在我的眼前频频闪动。我很想一一给他们打个电话。我们如今都生活在同一个城市，他们的名字，全都清寂地居住在我的手机里。但我翻出他们的号码后，犹豫再三，始终没有拨打。勇在我离开山地两年后，也跑到了市里，如今是一家每天晚上都在央视打广告的产品的地区总代理，房有数套，车有三台，我们除了最初几年有些往来外，现在一年到头就剩下几条互发的祝福短信。坚比勇稍迟一点来市里，从开小餐馆开始，折腾来折腾去，如今终成正果，成了一家海鲜酒楼的老板，清蒸螃蟹、油焖大虾、红烧鲍鱼、冰糖燕窝，每天给他带来滚滚财源。前不久我在他那里跟一大群人吃了一餐饭（但记不清都是些谁），他进来敬了一杯酒后，便匆忙赶去招呼其他更重要的客人去了。松是和我走得最"近"的人了，他进城后读了本科又读研究生，如今在理工学院物理系任教，边教书边读博士。我们倒是偶尔通通话，曾相约某个周末带上老婆孩子好好玩一天，结果约了三年，至今未成。彬在我刚到市里那些年，给了我诸多帮助，我们因文学而相聚，最终也因文学而疏远（多年前便都不写字了），我只知道他在一个机关做着一个不大不小的官，连他的号码都是我偶遇他老婆时获得的……

从青涩的少年，走到圆溜的中年，从狭窄的山地，来到宽广的城市，我不但没有拓宽自己的心路，反而愈走愈窄，愈来愈暗。我现在的生活真是沉闷到了极点，每天除了到办公室草草审读同事们交来的"本报讯"，到民院附小接送七岁的儿子外，唯一与外界的交往，可能就是菜市场里的讨价还价了。家，办公室，学校，菜市场，这四个单调的点，不规则又很规则地把我每天的生活，圈入其中。我的脚步，理想，还有渴求，全都封闭在这片狭窄的空间里。好多年来，我便感到在这个人口越来越多，道路越来越宽，面积越来越大的都市里，我的熟人越来越多，朋友却越来越少；生活越来越好，心情却越来越坏；笑脸越来越多，快乐却越来越少……是的，我的人生已越来越空洞，心原越来越收缩，灵魂越来越孤独。如今，只有家和书房，才是我最舒展最开阔的地带。

城市真是一个怪异的东西，一方面，它宽阔、热闹、客气，这是它具体的表象；另一方面，它又狭窄、孤寂、冷漠，这是它隐藏的本质。它就像一只畸形的胃，容纳着一切，用欲望这剂超强的胃酸，腐蚀掉了人心最宝贵的许多东西。忙碌、功利、冷漠、提防、虚伪、敌视，像一堵堵柔软而又坚韧的墙壁，隔断了城市的宽广，拉开了人心的距离。宽广的地方，就这样被人心这把刀子，慢慢分割成了一个个窄小的格子，囚禁着我们的热情与真诚。大街上人来人往，熙熙攘攘，但每个人都把自己的心门紧紧关闭，那里面，藏满着自己的秘密甚至是阴谋，剩下的空间，狭窄得已容不下另一个人的心。每一个人，都是城市的一堵墙。行走在宽敞明亮的大街，内心深处的那份逼仄与压抑，总让我感到幽暗。在这个秋天，多年前的那些宽广记忆，其实并不能医治和改变我的什么；那些曾经绿得耀眼的青春，只能让我更加感伤、慌乱。

原载《鹿鸣》2017年第5期

一条河流的走向

一

　　那条河流，总是在我的身体内奔流不息。一想起它，我的眼前便浮现出一些人物的形象与命运。他们是河流永远不灭的灵魂，河流是他们源源不断的血液。这么多年来，我似乎一直与他们血脉相连，从未分离。

　　这真是一种奇妙的感觉，简直就是我人生中的一个不解之谜。更为奇怪的是，在离开这条河流二十多年后，我又毫无征兆地成为一项科考活动的策划者，一步一步往它的源头上溯。我仿佛听到内心的深处，有一种声音在呼唤我回归。

　　大端阳过后不久，河水就壮阔起来，天气也变得晴热。正是科考的大好时机，我们赶了很长的路，带着一堆先进的现代仪器，来探究一条河流的古老秘密。在中游一个叫澄潭的地方，科考队的专家们打开马达，发动机器，热火朝天地开始测量起各种水文参数。他们的专业与激情，都让我钦佩，但我总觉得突然如此喧嚣地打扰一条沉静的河流，有失敬意。这是我们事先没有考虑过的细节。我觉得如果先加上一个简单但不失虔诚的仪式，可能更加妥帖。我躲到一个僻静的河湾，站在岸边的大岩石上，默默地看着脚下的水流。我想用有别于专家的方式，来跟自己的河流对话。河水流得很慢很慢，就像静止了一般，忧郁得能照见人的影子和内心；河水有些灰暗，甚至可以说是混浊，正午直射下来的阳光，在接触到水面的瞬间，就消失得无影无踪了——我根本看不清河底埋藏的秘密，一如无法透视久远历史的真相。

　　这条叫作汨罗江的河流，是我的母亲河。四十多年前，我降生在它一条支流的源头，并在那里生息到整整十八岁，然后才沿着水流的方向磕磕碰碰地走了出来。我当时根本没有想到，这条河流不单是我生命的源头，也极有可能是我人生的最终归宿——我一生所有的努力与追求，其实都是围绕这条河流展开的。比如这次科考，在专家们看来，是为了解决学术上的一些疑难，而在我的心中，却是为了寻找人生的某些答案。

我们这次活动的名称叫"对话汨罗江"，计划从河流的入湖口，一直上溯至源头黄龙山。除了一般的水文问题，重点考察三大疑团：汨罗江到底是流入东洞庭还是南洞庭？汨罗江中下游河段为何出现倒流？汨罗江的源头是在平江还是在修水？听完水文局熊见红局长、市政协潘刚强老师的简要介绍，我马上代表报社表示愿意参与发起并全程报道。熊局长是水文方面的专家、高级工程师，潘老师是中国作协会员、洞庭湖与汨罗江人文专家，我对他们都充满了信任。当然，最打动我的，是那三个核心问题——它们关乎的都是汨罗江的流向——我一直都想弄明白，河流的流向与人生的走向，到底有怎样幽微的关联？

从小至今，我一直对河流保持浓烈的兴趣和热爱，地图上那些弯弯曲曲的蓝色线条，总是让我感到无比亲切。这可能是我的出生地过于贫瘠，也可能是我的内心长期干涸，以至渴望得到流水的浇灌与滋润。

我面前的澄潭，现在正以它的丰沛与宽广，接纳着远方的来客和归乡的游子。每年的端午前后，是江南的雨季，四面八方的雨水，汇集到汨罗江中，奔腾而下，但一到澄潭，河水就变得缓慢起来，凝滞起来，忧郁起来。它似乎是在等待一个失散的亲人，又像是在怀念一个伟大的灵魂。那深不可测的潭湾、横无际涯的水面，常常让人感到这条河流的悲壮与幽深。

我们之所以把这里作为科考的一个节点，是因为两个原因：一是传说屈原在此投江。屈原的投江之地，一般认为在下游汨罗市的河泊潭，但民间和学界，却一直有人认为是在中上游平江县的澄潭；二是每年端阳前后，汨罗江都会发生罕见的倒流现象，最远的时候，据说河水能从洞庭湖逆流抵达澄潭。汨罗江的两个重大主题，一个关于人文，一个关于水文，就这样跨越时空交汇于此。把澄潭作为我们与自然和历史对话的场所，无比恰当，也理所当然。

水文组的专家在组长熊见红的带领下，驾驶着冲锋舟，操控着无人机，

背着各种仪器，在河流的上空、水底和表面进行探测。我知道，凭着他们的设备与专业度，关于这条河流的一切自然参数，很快都能被打捞出水面，而且会精准得让人无法怀疑。但我总觉得，那些活蹦乱跳甚至还滴着水珠的数据，虽然新鲜，但缺乏温度，它们的机械与冷硬，只能让我远远看着，根本无法触及与抚摸。是科学，把我阻隔在专业的门外，也阻挡在真相的门外。

人文组组长潘刚强倒是非常接地气，他戴着遮阳帽，拿着笔记本，拨开河边的草丛，细细寻觅历史的蛛丝马迹；用亲切的平江土话，与老乡随意攀谈，各种掌故与传说张口即来。潘老师是我认识二十多年了的亦师亦友、亦兄亦父式前辈，他对乡土的热爱和对研究的执着，常让我感动。但我缺乏相应的知识储备，进入不了他的学术世界，更进入不了久远的历史现场。

看着忙碌的队友，我这个新闻组长无事可做，摄影、摄像和文字记者，都在水上、岸边进行深入采访，我需要做的事情，就是不给大家添乱。我沿着河岸独自行走，静静思索一条江的由来和一个人的去处。走着走着，想着想着，我的脑袋突然被一道灵光照亮——我们在汨罗江澄潭的考察，无论是水文，还是人文，本质上其实都是拷问同一个问题，那就是一个人到底该顺水而下，还是逆流而上？

不是吗？

细想还真是的！

二

"对话汨罗江"大型科考活动持续了好几个月，由于时间的关系，我没有每次都跟随专家实地考察，但前方源源不断发回的报道，却总是让我不由自主地回想起自己与这条河流的渊源。

第一次进入到真正的汨罗江时，我已经十五岁了。

此前的那一段漫长时光，我都在它的支流芦溪河畔，挥霍自己灰暗的童年与苍白的少年。那些贫穷的、封闭的、饥渴的、干硬的、疼痛的伤痕与烙印，很多年后甚至是到如今都没有完全愈合。这块破败的土地，一直让我自卑与惭愧，它就像原罪，附着在我的胎印之上，永远无法洗白。

　　芦溪河发源于平江与浏阳的界山寒婆坳。寒婆坳海拔一千三百多米，是两县的分水岭，往南，是捞刀河水系，往北，就是汨罗江流域了。当然，那时节的我是分不清方位与方向的，只知道混沌地生活在一个叫芦洞的大山窝里，把自己的前途与命运，交给同样迷糊的父兄。

　　芦洞是一个乡的建制，地形俨如一只倒放的葫芦——四周全是高大的青山，一大一小两个盆地错落在山间，由一条狭长的通道紧密相连，而唯一的自然出口，更是狭窄得只有几十米宽，像极了一个葫芦的蒂——古人取名真是形象而传神。后来当我读到《桃花源记》，曾坚定地认定这里是全世界最像它描述的地方。可惜的是，芦洞人并没有桃花源人的怡然自乐，他们留给我的记忆更多是苦难与悲伤。这里似乎是天的尽头和世界的末途，进入到葫芦的深处，就再也没有出路。唯一让我快乐与怀念的，只有那条贯穿整个芦洞并流向远方的芦溪河。

　　我家住在葫芦蒂上的蒋山，但隔芦溪河出口还有几百米距离。芦溪河流出蒋山后，就是另一个乡镇的地盘了。我常沿着家门口的小河，呼朋引伴奔跑到芦溪河边上来玩。在我的眼里，芦溪河是一条宽阔的水道，河里的游鱼、卵石、沙子、水草、螃蟹、小虾、老鳖、野鸭，等等，都能给我们带来无穷的欢乐，甚至是斑斓的梦想。我六七岁就学会了钓鱼，八九岁起，几乎每个周末，都会与只长我几岁的表叔，一人拉住一条拦江网的两端，赤脚逆流而上捕鱼。我们背着鱼篓，不知不觉就经过了塔坳、到湾、洞下、冷水井、斩石口、古源、高家，有时甚至还抵达接近源头的五等。十几里的路程和数小时的劳作，仿佛一瞬间就消失了。我背着满满一篓的白头鱼和河鲫，抬眼望天，碧空明净如洗；低头看水，河流清浅透明；而两岸的山峦上，绿树自由伸展枝叶，花朵开得汪洋恣肆，它们都在无拘无束地欢快成长。我突然想高声歌唱，还想迎风舞蹈。我们沿着河堤回家，不时有熟悉的大人小孩过来打招呼，他们热烈地表扬我们能干，热情地邀请我们喝茶歇息。他们是我们的亲戚或本家，好客、识礼、刚直、倔强，能够忍饥挨饿，也好打抱不平——沿芦溪河上行，一路都有我这样的亲人。我至今都觉得怪异，当初我们为什么只往上游走，一次也不下行，难道仅仅是下游水深吗？或是下游是别人的地盘，有着太多的不确定性，对我们来说缺乏安全感？可是下游同样

有我们众多的亲戚与本家呀。

我只能说，一条河流的源头和一个人的故乡，才是最清澈最透明的，它让人没有由来地信任与亲近。这是一种本能，也是一条真理。

我的人生从汨罗江支流芦溪河上游开始了。这里的河道有些陡峭、狭窄、弯曲，河水常常受到岩石的阻挡，或是河堰的中断，但每每撕裂、跌倒、摔伤，它们很快又重新聚拢和站立起来，继续欢快地前行。蛮荒之地上的这条河流，在年少的我看来没有任何功利之心，只有满河的爱与欢乐在哗哗流淌。

芦溪河从蒋山的狭窄出口冲出了芦洞，我也从山里来到山外读书。我们都走向了陌生的地带和无法预知的未来，并用各自的方式与途径，进入到了真正的汨罗江（严格地说还只能叫汨水，汨水与下游的罗水汇合后，才称汨罗江，但我们习惯把这条河流都叫汨罗江）。

那是高中的第一个学期，年轻的班主任组织的一次野炊活动，让十五岁的我第一次走进了汨罗江古老的河床。我们秋游的地方，是江边一座奇特的山峰，学名叫了得岩，当地人称"穿眼对金钱"，传说山上那个贯穿的岩洞，是全县的风水之眼。站在峰顶，我看到一条壮阔的河流，浩浩荡荡，从天际迤逦而来。那种大气与豪壮，是芦溪河万万没有的。这就是汨罗江？就是两千多年前屈原投江的汨罗江？就是历史书地理书语文书上都清楚记载着的汨罗江？原来它离我如此之近，它就在我的身边！我顾不得欣赏山上那神奇的风景，邀上几个同学啸叫着冲下山来，兴奋地一路狂奔进汨罗江的河床。汨罗江真宽啊！汨罗江真清啊！我们感叹着，躺到河边的沙滩上打滚，以释放自己内心的崇敬与激动。有同学提议到江水里洗个澡，我想都没想就答应了。我觉得自己应当到这条著名的河流里接受洗礼，因为它不单有屈原的灵气在流淌，也有我家乡的来水在注入。班主任后来带领同学们从山上下来，在这个叫雷家滩的河床上，用汨罗江的水洗菜、煮饭，搞了一场声势浩大的野炊。我们几个因为擅自下河游泳，受到严厉批评，差一点被勒令回家喊家长。但我却一点也不愧疚，因为我感到自己十五岁的人生，已与两千两百多年前的一个伟大灵魂，在江水中建立起了某种秘密的联系。

不久我才知道，雷家滩河段并没有接纳我家乡的来水，芦溪河的入口还在稍稍下游的双江口，而且，这条没有几个人知道名字的溪流，同样也接纳了一个伟大的灵魂。他的名字，叫杜甫，字子美。

是学校紧接着组织的另一次活动，让我知道了身边的这些隐秘。我们整个高一年级，从学校出发，步行了大约六里，到一个叫小田的地方参观杜子庙。名师李正平先生向我们做学术报告，详细讲述了杜甫沿汨罗江上行，卒于船中，由芦溪河上岸归葬小田的史实，同时带我们实地参观了杜文贞公之墓。小田我听说过，母亲常常到这里的麻衣殿敬麻衣老爷（菩萨）；杜子庙我也知道，那是一个古老的学堂，我的老舅舅就从这里毕业，他与我们这里走出去的一位作家，是同班同学。我根本没有想到，这个离我家只有十来里的地方，竟然真的是我从小就诵读了他若干诗篇的诗圣遗阡之地——我与诗人竟然共着一脉流水；我与诗歌原来只相隔了一片丘陵。望着缓缓流淌的芦溪河和近在咫尺的汨罗江，我不由痴痴地想，要是当初与表叔沿河下行捕鱼，只需走十二里，我们就能在小田遇见杜公；再走五里，就能到汨罗江上朝拜屈原。这么短的距离，我们是完全能够做到的。我们去上游捕鱼，还不常常一走就是十来里？可惜的是，这么崇高和重要的一件事情，一念之差，却让我晚了好几年才得以实现。我第一次意识到，河流的走向和人生的方向，冥冥之中可能有着密不可分的关联。

汨罗江的丰沛与幽深，颠覆了我对贫瘠乡土的认识。我开始热爱起这片土地，在此后的三年时间里，每到周末，我就骑着自行车，沿着主流和支流，深入到附近的每一个村庄。河坪、永兴、鸣山、横冲、安永、小田、上黄、大桥、中县、官滩、渡头、爽口、沙塅、三市、清水、浊水……到处都留下了我好奇的足迹。在不停的行走与仔细的观察中，我越来越清晰地知道了河流的走向，也朦胧地看到了自己人生的方向。

三

早年的行走与探索，让我看清了一条河流的来历和去向，也让我打捞起一堆驳杂的历史碎片，它们漂泊在我的血管中，不时从心底里翻涌上来，催促我去思考一些人物的人生与命运。

诗祖屈原和诗圣杜甫，为何都将最后的归宿选择在同一条并不出名的河流？是偶合还是必然？是神的旨意还是心的指引？在我看来，这真是汨罗江最神奇最费解的地方。我没有想到，数十年后，我当初的疑问，竟然会成为"对话汨罗江"科考队想深入探究的课题。

如果不是两次被流放到沅湘之间，地位很高心志尤高的屈原，我估计永远也不会与蛮荒之地上的汨罗江发生任何交集。"屈原者，名平，楚之同姓也。"《史记·屈原贾生列传》的第一句，就明确地指出了他高贵的身份。他做过三闾大夫，三闾是指芈姓的屈、景、昭三氏，三闾大夫就是总管王室三家贵族事务的高官。此前他更是怀王的左徒，"入则与王图议国事，以出号令；出则接遇宾客，应对诸侯"，多忙啊，多牛啊，多核心啊！这么一位生活在郢都重重宫阙之中的大人物，又怎么会想起几百里外一条陌生的河流？我怀疑最初的时候，他很可能连这条河流的名字都没放到心上，甚至是对它一无所知。

但是，他的耿介与高洁，又注定他会与这条河流发生关联。

我在十二岁时就知道，家乡平江春秋时期属于罗子国。这里的一些文人墨客，至今仍喜欢将名号取为古罗散人、古罗闲人之类。屈原之所以最终走进汨罗江并在这里获得永生，最关键的原因，我想应当就是当中的那个"罗"字。罗子国、汨罗江、古罗人，"三罗"共同接纳和安妥了这个伟大的灵魂。

罗子国是一个子爵国，它由罗人建立。罗人与楚人同宗同姓，都是"芈"姓。他们最初发源于河南的罗县，后来因为联络卢戎国一起攻打楚国，被楚王赶到了长江以南。从此，他们就在洞庭湖南岸和汨罗江流域生息下来。如今的湘阴、汨罗、平江，都是罗人的地盘。至于汨罗江，俨然就是芈姓罗人的一条私家河流——我一直疑心它是"芈罗江"的变音。

因为"举世皆浊我独清，众人皆醉我独醒"，屈原不可避免地遭到贵族的排挤与诽谤，先是被流放汉北，后又两次被放逐江南。第一次放逐江南时间较短，他到了楚国最早的封地长沙；第二次放逐则有整整十六年，而大部分时间，他都是与罗人一起，生活在汨罗江边。

屈原为何对汨罗江情有独钟呢？当然是因了同宗同姓的罗人。芈姓的共同血统，被逐的相同遭遇，让他们互相信任与亲近。在这片远离故国的土地上，他们只能互相依偎，互相取暖，这是一种情感的必然归属。而汨罗江的坦荡与澄清，又吻合了他高洁的人品，这也是一种人格的必然选择。

那么屈原到底是在澄潭自沉，还是在河泊潭怀沙？科考队的专家说法各异。按照民间传说，屈原五月初五投江后，江边的罗人们划着舟子上下打捞了十天，最后才在距投水点几十里外的玉笥山下找到遗体。这也是汨罗江流域的人民，有五月十五再过大端阳的由来。水文组用精密的仪器，测得澄潭水深十七米，潭底面积有五千多平方米，平时江水澄清，汛期江水混浊，是一个很大很复杂的水域；河泊潭水深只有四至六米，面积较小，因接近河口，江水长年混浊；两个地方汛期时因湘、资、沅、澧四水入湖流量剧增，加上长江来水顶托，均有可能发生湖水倒灌造成河水倒流现象，但测得一般只倒灌五十公里左右，也就是说到达中游澄潭的可能性较小。屈原如在河泊潭投江，是可能十天后被河水倒推至玉笥山下的；如在澄潭自沉，同样可能十天后被河水顺流带至玉笥山。人文组的部分专家认为，澄潭江水澄清，更符合屈原的人格追求，他连俗世的尘埃都不愿沾到身上，最后的归宿肯定会选择一个清澈见底的河段；何况，平江之名，原本就是为了纪念屈平而来，如与他无关，又何必更改地名？另外，据考证，澄潭实则原名"沉潭"——这不正是屈原自沉之潭吗？

说实话，作为平江人，我当然希望屈原是自沉于澄潭，但同为平江人的潘刚强老师却坚定地认为，河泊潭才是屈原真正的殉国之地。他引经据典地讲了一大堆理由，我虽然听得迷迷糊糊，但没法不相信他说的都是事实。望着深不见底的江水，我静静地想，从科学的角度出发，屈原无论是顺江而下，还是逆流而上，最后的结局可能都是一样的，但从精神的高度分析，果真还是一样的吗？

我无法回答这个问题，估计一千两百多年前，坐着一叶孤舟从这里逆流而上的杜甫，也同样无法回答。

穷困潦倒的杜甫是在大历三年（公元768年）冬季抵达岳州的。他在岳阳楼上留下了一首著名的诗——"昔闻洞庭水，今上岳阳楼。吴楚东南坼，乾坤日夜浮。亲朋无一字，老病有孤舟。戎马关山北，凭轩涕泗流。"至今读来仍让人无比辛酸。大历四年正月，他从岳州前往潭州（长沙），投奔堂

舅、潭州刺史崔瓘。住了三四个月后，遇到兵乱，崔瓘被杀死。杜甫赶紧带上家眷出逃，坐着一只小船，由潭州逆湘水而上，准备去郴州投靠录事参军、亲舅父崔伟。时逢湘水大涨，船行至耒阳方田驿再也无法前进，且一连六七日缺粮，他在接到县令送来的牛肉和白酒后，只得又顺流而下。最后费尽周折，在这年冬天进入到洞庭湖中，计划穿湖而过，北归老家。然而洞庭湖上此时北风呼啸，浊浪滔天，一只破烂的小船，又如何抵挡得住巨大风浪？一个年老的病人，又如何经受得了这等折腾？他迫切需要一个港湾来停靠船只，同时也休憩心灵，于是，东洞庭湖边上的汨罗江，就从此永远与他在一起了。

在我看来，杜甫逆汨罗江而上，除了客观原因迫不得已需躲避洞庭湖风浪外，更多的可能是内心的指向和屈原的召唤。如果只是为了避避风浪，他完全可以随便找个湖汊停泊就行了，根本没有必要逆着流水吃力地上溯。也许，他是想到屈原自沉的地方凭吊一番，等到天气好转后再北归回家；也许，他是明白自己已病入膏肓，来日无多，特意选择到这条河流来陪伴一个伟大的灵魂。当然，还有一种可能，是他想沿汨罗江至昌江（今平江）县城投靠朋友——当时因安史之乱，朝中确有徐安贞、陈希烈、刘光谦、白琪、李安甫、陆经善六相隐居在此，但并无任何证据，证明他们发生关联。

不管杜甫真实的想法如何，最后的事实是他终老在了汨罗江上，并永远埋葬在江边不远处的小田。

关于杜甫的死因，历来有多种说法：一种是牛肉白酒饫死，也就是胀死；一种是牛肉变质中毒而死；一种是溺水而死；还有一种是病死。前面三种，无疑跟耒阳县令相关。因为水退之后，他到方田驿寻找杜甫，结果只捡到一只靴子，以为他因上面三种原因死了，就大哭一场，回去修了一座衣冠冢。事实上，杜甫离开耒阳后，还写了不少诗，"水阔苍梧野，天高白帝秋。""北归冲雨雪，谁悯敝貂裘。""舟泊常依震，湖平早见参。"就是明证，所以这三种说法不足为据。而他病死在汨罗江小船上的说法，完全符合当时的处境与行踪。平江民间甚至还传说他病死的确切地点是澄潭——汨罗江水流湍急，逆水行舟比较困难也比较颠簸，病重的他在船舱中昏昏沉沉睡了几天后，突然感到变得平稳快捷，便要船夫打听到了何处。有人告诉他们这里是澄潭，三闾大夫投江的地方。杜甫一声惊叹，挣扎着要爬起来拜祭，但他的身体已没有力气帮他完成这个最后的心愿与仪式。望着船舱外几近凝滞的江水，他情绪激动，老泪纵横，之后便陷于昏迷，并很快追随着屈大夫的灵魂飘然离去。

杜甫是否病死在澄潭，科考队的专家表示没有确切依据。但老百姓的这种合理想象，我觉得是完全可以理解的，一方面表达了他们对杜甫最后归宿的美好愿望，另一方面也表明了他们对两个灵魂的归类与认可。

杜甫病逝后，昌江县令在当时的县城中县坪迎接了他的遗体，并在县城对面芦溪河（如今又叫止马河）入口不远处的铁匠塅起灵上岸，安葬于距此只有三里的小田天井湖。从此，这个伟大的诗魂就永远留在了汨罗江边——他逆流而上一百多里，终于抵达了圣洁的精神源头。

汨罗江全长只有两百五十三公里，但这条短短的河流，却同时成为诗祖和诗圣最后的归宿，这既是这条河流无与伦比的慷慨，同时又是它无以复加的光荣。河流接纳了他们，他们也成就了河流——是这两个伟大的诗魂，让汨罗江当之无愧地成为蓝墨水的上游；他们与河水融为一体的道德和节义、思想与情怀，更是连绵不绝地浇灌和净化着一代又一代人的心田；而河流，则因此流得更远，更广，更加深刻。

四

从十五岁起，我就知道汨罗江是一条奇特的河流，它不像绝大多数河流那样自西向东流淌，而是反其道而行之——它的流向，是罕见的自东向西。这种逆反与偏执，常常让我想起自己孤傲的性格，想起江上那两个逆行的灵魂，当然，也会想起河流两岸万万千千个倔强的乡党。

其实，汨罗江独特的走向，与那些都没有关联。它只与自然有关，与地形有关，与孕育它的土地有关。

汨罗江绝大部分河道流经平江，而平江的地形，是典型的三面环山东高西低——东边是高大的湘赣两省界山罗霄山脉，往西是略低的湘东山地，接着是丘陵地带，直到靠近汨罗的地方，才进入较为平坦的洞庭湖平原；加上

北有幕阜山脉，南有连云山脉，两山的主峰海拔都在一千六百米左右，就像两堵高大坚实的围墙，严密地阻挡了它的逾越与扩张。往西行走，是河流迫不得已的选择，也是它唯一的出路。

这样的流向无奈而且决绝，总是让我感到悲壮、坚硬和刚烈。一条河流不仅流过高低有致的空间，也会穿越错综复杂的时间。呜咽着往西流淌的汨罗江，和迎面走来的两个孤独而高洁的灵魂的激情相会，让河流的秉性变得更加清晰和鲜明——"汨罗江，水朝西，屈大夫，犟脾气。"传唱两千多年的民谣，不单蕴藏了一条河流的文化密码，也道出了平江人的性格源头。人的性格不会改变河流的走向，但河流的走向绝对影响人的性格。

"对话汨罗江"科考的一个重要课题，就是寻找和确定它的源头。地理的源头，往往比文化的源头更加明确，但有的时候，遥远的文化源头反而更易获得一致的认同，而就近的地理源头，却常常引发争论——它事关现实的利益和情感的归属。河流的源头，其实也反过来左右着河流的文化。

很多年来，关于汨罗江的源头，官方出版物均表述为"江西修水县黄龙山梨树涡"。河流从这里发源后，先是往东流入修水境内，之后拐一个大弯，又从龙门流回平江，再一路向西，浩浩荡荡流入洞庭湖。这个说法，很多年来在学界和民间都有不同的声音，特别是平江人和修水人争吵激烈。平江人认为，汨罗江发源于两县交界的黄龙山没错，但源头在平江，流向修水的是支流，流向平江这边的才是主流，并将这里取名为汨水源。一条河流简单的源头，缘何会引发这么复杂的争论？我想，这不是它太长，而是它太重。

水文组的专家用现代先进仪器，精准测出了汨罗江真正的源头——黄龙山黄龙村黄龙寺附近的大坳。在此之前，科考队曾专程拜访"平江通"彭以达先生，多次实地考察过的他对河源有着非常详细的描述：汨罗江发源于黄龙山平江侧的土地坳，然后流向修水侧的另一个土地坳，再流经修水六十多里后返回平江。平江原来的汨水源，确实只是支流。我不知道土地坳是不是大坳的另一个名称，但私下觉得这真是一个最佳的结果：一方面照顾了平江人的感情，自己的母亲河终究是发源于自己境内；一方面也保留了修水人的面子，汨罗江的主流毕竟是从他们那里过来的。大自然真的很神奇，它也懂得平衡和兼顾？

　　非常遗憾的是，我没有随同科考队现场到源头考察。我只看到一组发回的照片。照片上的那脉流水非常安静和清澈，但看上去无比弱小。对于既狭窄又阴暗的土地坳或大坳来说，我总觉得源头这个词语似乎过于盛大与辉煌。可是谁能想到，这脉细流很快就会壮大为一条浩瀚的大河；又有谁能想到，这个微不足道的地方，竟然根深蒂固地影响和左右着一条河流的流向，以及千百年来万千平江人的人生走向与价值取向。

　　平江人历来都有"走出去"的传统，普遍认同"人不出门身不贵"的乡谚。这正像汨罗江，要先出平江入修水，然后再下洞庭进长江，才能奔向更加遥远和宽阔的世界。我从懂事起，就知道身边有很多人在外面搞事，或在南京当将军，或在北京当部长，或是留洋吃面包，或是上天开飞机……他们都是乡人心中的楷模和嘴边的传奇。我也从记事起，就接受父兄们连篇累牍要走出去的教诲，这些连方位和方向都分不清的人，竟然大都能清醒地看到人生与命运的玄机。后来我更是知道，沿着汨罗江走向全国和世界的乡党，还真是大有人在。比如将军，共和国出了六十六个，其中上将就有五个，另外还有七十来个省部级干部；民国出了九十个；晚清更是多达三百三十多个（从三品游击以上），很多人是跟着李元度出去打长毛获得功名的。将军县的头衔真是名副其实。如果以为平江人只是些没有文化的赳赳武夫，那就太小看屈原和杜甫对这片土地的影响与眷顾了——单宋朝平江就有进士五十三人、举人一百一十七人，有三次全省乡试，登榜者全是平江人；现当代作家，更是层出不穷，我所在的村庄周边十里，至少就出了七位中国作协会员，至于省市级会员，简直是多如牛毛；在汨罗江畔，吟诗作对和写写画画，甚至都不好意思说是特长，这只是人们理所当然认为应当掌握的一门技能和内心的一种需要。

　　一代又一代的平江人，就这样把"崇文尚武"作为自己的价值取向，把"爱国忧民"作为自己的行动指向，把"走出去"作为自己的人生方向，沿着一条自东向西流淌的河流，艰难而决绝地走向了远方。他们有时是坐船，有时是坐车，有时是骑马，有时纯粹就是步行，尽管方式和速度并不一样，但最终的目标却空前一致——那就是寻找出路，成就自我。

　　我也是这样随着西去的流水，一步步离开生命的源头。

五

我离开故乡平江县和母亲河汨罗江已二十多年了，但内心却始终觉得跟它们在一起。

这么多年来，我就像那条孤傲的河流一样，坚持着自己的理想和方向，冲开重重的阻拦与障碍，不顾一切地朝着目标奔跑，其间的种种艰难、屈辱和疼痛，常常让我感到疲惫和悲伤。我无数次想放弃自己看重的某些东西，无数次想回到母亲的怀抱和故乡的土地，无所拘束地痛哭一场，然后不再出发，但血管里连接的汨罗江水，又一次次把我推涌向更远的远方。

我十九岁时沿江而下，出平江，过汨罗，穿越湖区茫茫的旷野，最后落脚到洞庭东岸的一座古城。在这个几乎没有一个熟人的地方，我就像汨罗江里的一滴水，瞬间被漫无边际的江湖淹没。它们的阔大与汹涌，显得我无比卑微和渺小。面对这个陌生的世界，最初的时候我充满了担忧、焦虑和惶恐。但很快，我就发现体内奔涌的汨罗江水，并不比任何大江大湖的水质差，在不少的领域甚至还表现得更加优秀和高洁。此后的二十多年里，我就在这座别人的城市扎下根来，读书，写作，工作，谈爱，买房，结婚，生子，养儿，挣钱，吵架……其间我大约换了六七个单位，在每一个单位，我都是从事着与文字相关的工作；每一项工作，我的专业与敬业都广受同事们的赞誉；然而，在每一位领导的心中，我似乎都是最边缘的那一个。我发现不单自己是这样，身边好多平江乡党的命运也差不太多。"幕阜山的材料班子，连云山的写作班子"，几乎成了这个城市的常态与共识。我很多才华横溢的乡党，写瞎了眼睛写光了头发，但做到办公室主任或是秘书长就止步不前了，顶多退休前混个副职，能做到单位主官的微乎其微。听说平江人在部队也是这样，尽管一个个都很能干，但大多数人终生只担任副职或者是参谋长。总而言之，平江人似乎注定只有一个做幕僚或副手的命，他们的才华与激情，只能辅佐别人开疆拓土，自己永远处于被埋没和被遮蔽的位置。作为一个沿着汨罗江走出来的平江人，这么多年来，我与乡党们一样，深深感觉到了生活的虚幻和现实的荒唐。

为什么会这样呢？乡党们聚在一起聊起这个话题，几乎会异口同声回答：汨罗江，水朝西，平江人，犟脾气——一头犟驴，再有能力，也不可能被领导喜欢；再有水平，也不可能当好一把手。我们都把各自的命运，与一条河流的走向紧紧地联结在一起。

但我们从来没想到过改变。每每受到打击的时候，我的眼前总是自然而然地浮现起这条倔强的河流，总是难以置信地想起这条河流上那两个伟大的灵魂。我当然不是自比屈杜，只是想从他们身上寻找温暖和力量。

眨眼之间，我便人到中年，内心越来越感到疲惫和退缩。在梦里，我无数次逆流而上，回到故乡。我不知自己是去放牧心灵，还是寻找支撑。

"对话汨罗江"大型科考活动的适时出现，让我再一次相信了机缘，相信了冥冥中的某种精神感应。我与专家们沿河而行，对这条曾经无比熟悉的河流进行细致的考察。断断续续几个月的时间里，我从自己的实地观测、专家的学术报告、同事的新闻通讯中，看到了一个全新的汨罗江。关于这条河流的倔强、正直、澄清、幽深、壮阔等特质，我有着比往昔更加复杂的认知与判断，很多东西甚至是颠覆性的发现。我看到河流在平静地流淌时，常常会把随身携带的东西抛弃和忘却，它们就像逝去的青春一样，被了无激情地沉积到时间和泥沙之下；我看到河流在遇到岩石或是山体的阻挡时，障碍物反而加快了它原本萎靡不振的流速，那种反抗精神和顽强斗志，瞬间奔涌而来；我看到河流有时候也会经历难以想象的偏离和扭曲，但最终还是会回到既定的轨道上，不可抗拒地在时间和空间上接近它的目标，仿佛有一种神秘的力量在引导着它不断前行。

我还看到了平静如镜的江面上，清晰地倒映出水流两岸的生活；看到深不可测的江底，埋葬着各种力量不屈不挠的厮杀与抗争；看到整个流域甚至是更加辽阔的地方，人民的命运跌宕起伏。比如我的家乡芦洞，原来竟是卢戎国的故地，它的得名，其实并不是地形像葫芦，而是直指遥远的历史；而芦溪河，最初的名称是"卢水"，后来又称"罗水"（非下游汨罗市境内的罗水），我怀疑汨罗江真正的得名，是由于"芈（汨）水"与它的汇合——因为平江最早的政治、文化中心，都在这条河流的两岸——最早的县治，就在芦溪河中下游河畔的金铺观（现安永村），鲁肃任太守的汉昌郡郡治（现

上黄村），也在离此不到五里的河边，而杜甫起灵的汉昌县城中县坪（现中县村），则在芦溪河入口的汨罗江边。至于若干年后带着一大帮平江子弟走出去的李元度，故居刚好正对着"风水之眼"，他的部下余虎恩，后来带领平江勇成为左宗棠收复新疆的先锋和主力……这些厚重甚至是沉重的历史，还有那些意外但真实的发现，让我对贫瘠乡土的自卑一扫而空，也让疲软的精神变得振作。站到生命的源头，我的内心除了莫名的惊慌与疼痛，还充满了爱和感恩。

我又一次想起了汨罗江的源头和独特的流向——从平江出发流经修水县六十里后，又心急如焚地返回到平江的土地上，仿佛是受了委屈的孩子，设法要回到其出生地似的。又像是一个迷路的人脱离既定的方向后，受到了某种力量的召唤，重新回到原来出发的地方。我终于明白过来，怪不得平江人出去之后，最终都要回到自己的家乡，这不单是源于一条河流的走向，更是因为自己内心的需要。也不单是平江人的需要，而是很多很多人的需要。比如沉降在汨罗江上的那两个诗魂就是如此——屈原有家不能回，只能逆流走向罗人住地而死，"鸟飞反故乡兮，狐死必首丘"；杜甫有家回不去，只能走向精神之家而死，"窃攀屈宋宜方驾，恐与齐梁作后尘"。回家，回到精神的家园，是人类最终的共同命运。

壮阔而幽深的汨罗江，洗涤着我日益沉沦的内心。这次完全没有预兆的科考活动，对我来说，真是一次最好的实地洄游，更是一次难得的精神回溯。从一条河流的走向，我看清了人生的方向——我们每一个人，其实都是顺着河流走出去，然后又逆着河流找回家。

原载《湖南文学》2020年第9期

从码头出发

这是一个码头。东洞庭湖边上的一个大码头。坚固，雄浑，壮阔。湘、资、沅、澧四条水道出湖的货物，长江入湘的航船，还有漂洋过海运来的集装箱，如今大都豪壮地泊在这里，转运，卸载，停歇。湖面上的汽笛，此起彼伏，声音喑哑但深沉有力；码头上车来车往，机器轰鸣，人声鼎沸，那派繁忙和激越，常常让我莫名地振作，又莫名地感伤。其实，若干年前，这个叫作港务局的地方，也是这般的热闹和喧嚣，那时节，这个两千吨级的临湖码头，正在热火朝天的建设之中。我在一个夏日的黄昏来到这里时，夕阳正在湖面上随波跳跃，在刺眼的逆光中，我看到成千上万的身影，赤裸着上身，抬着粗笨的石头，站在齐膝深的湖水中，哦嗬喧天地劳作。我看不清他们的表情，只知道那幅斑驳的剪影里面，有我的乡友和亲戚。我在寻觅他们。我来投奔他们。我根本没有想到，从那一刻起，这个湖边的泥泞滩地，会成为我人生的第一个码头。我更加没有想到，若干年后，我堆积在这个码头上的重重往事，还在发酵成一种动力，不断催我前行。

那个黄昏的场景真的让我压抑和失望。我从二百里外的老家，给班上的孩子们发放完成绩单后，就急匆匆地往这里赶。我不想在狭窄的乡村终老一生，也不想吃一辈子的粉笔灰，我才十九岁啊，我渴望到外面广阔的世界去搏击，去追寻自己的理想。而洞庭湖边的这座城市，正好在此前不久被国务院列为沿江开放城市。更重要的是，我的亲表叔，一个叫刘蛮子的名字与职业很不相称的乡村教师，在两年前辞职来到这里，成了一个包工头，如今正带领着几十名乡友在修码头，他回乡时的派头和行头，仿佛让我看到了洞庭湖的广阔和自己的未来。我义无反顾地来了。我迫不及待地来了。我充满希望地来了。我想，我一定能在这个开放的城市，找到自己理想的坐标，最

不济，做个表叔的助手或是秘书，帮他搞搞管理，跑跑业务，写写东西，也要比窝在大山里教几个鼻涕流得老长的孩子强。但是，现有，我看到脚下的土地，潮湿、糜烂、肮脏，凌乱地丢满了稻草绳子、水泥袋子、蛇皮袋子；漆黑的货场上，煤灰、沙子、块石堆得像小山般壮硕；几条铅灰的水泥路上，覆盖着厚厚一层尘土，狼奔豕突的拖货汽车，卷起漫天阴霾，让人睁不开眼；夕阳下横七竖八排列的货房和工棚，低矮，昏暗，丑陋；一阵湖风吹来，满鼻的腥臭让人作呕……我来时无比灿烂的心空，此时瞬间变得暗淡，直到表叔热情地跑来接我，我才感到心中泛起一丝温暖。我不知道，八百里洞庭边上的这座古城，能否给我一个广阔的前途，一片明净的天空。

　　我别无选择地住进了表叔他们的工棚。这个八面来风的平房，紧挨着洞庭湖，没有门，只有一个窗户，三十来平米的地方，挤住着近四十个人，房间内密密匝匝地摆满了双层或三层的木床，床上铺着稻草，乱七八糟地堆放着脏衣服。走进房间，稻草的腐朽味、衣被的汗馊味夹杂着湖风的腥臭味，让人窒息。作为包工头，表叔唯一的优待，就是在靠窗的地方，用木板围起一个狭窄的包间。我没想到，在家乡人眼中风风光光的表叔，竟然生存在一个如此恶劣的地方。他背后的幽暗，让我没有来由地感到惊慌。我只想尽快找到工作，在这里住上几天后赶紧逃离，至于做他的助手或是秘书，那就让它见鬼去吧（其实他也根本就用不着助手或秘书）。然而，此后的整整三个月，我的生活都在这里无奈地演绎。

　　我找工作的事情非常不顺。显然是高估了自己的能力和城市的肚量。我原本以为凭着几十篇发表的文章，就能轻易在一个陌生的城市为自己打开一扇大门，在无数次的碰壁和失望之后，我终于明白，一个乡下人，要想在别人的城市、别人的土地上生根发芽，真的不是一件容易的事情。即便是像表叔那样，拥有一个简陋的暂时栖身之所，也要付出种种的艰辛与努力。我最初想到报社谋一份文字活。当我拿着表伯（他在城里当了一个乡亲们看来很大其实并不咋样的小官）的字条和自己的作品找到报社领导时，他一面热情地接待我，一面却翻都不翻一下我的作品，只是一味地强调，几篇文章算不了什么，复旦大学新闻系的几个毕业生他都没有接收。之后我又跑了好几家工厂和公司，想做秘书或是广告文案，无一例外，他们都是叫我回去等待那遥遥无期的消息。我知道，他们是为了不直接得罪表伯，想用拖的办法来将我温柔地拒之门外。近一个月劳而无功的奔波，终于让我满腔的激情和十足的自信，慢慢地消融、淡去。我就像一个无家可归的孩子，漫无目的地漂泊在别人的屋檐下。

好在还有表叔的工棚接纳我。我像一尾受伤的鱼，泅游进自己的巢穴，成天封闭在工棚里，再不出去游荡。我在心底里暗暗决定，再等十天半月，如果还无好消息，就打道回府，继续到乡下去当我的娃娃头。现在，我什么都不想了，就在工棚好好睡上几天吧。

奇怪的是，那些天睡在工棚里，我竟然没有感到热，也没有感到气味难闻。我在慢慢融入这个团体？我在渐渐喜欢上这个地方？走出工棚，我看到广袤的洞庭湖水天一色，气势恢宏，热烈的阳光倾泻在远处的湖滩上，倾泻在湖滩的工友们身上，他们弓着腰，三五成群地在搬抬石头，用来修围堰，打基脚，砌码头。他们拼命劳作的身影，在蔚蓝的湖面和辽阔的天空这两个巨大的背景下，显得无比卑微和渺小。他们就像阳光下的一群黑色蚂蚁，在手忙脚乱地抬运食物，为自己也为别人的生计忙碌。我的心中突然一颤，好像有一道闪电击中了自己的神经，我不由自主地往湖滩走去，我想走近他们，走进生活的深处，我隐约觉得，在这片湖滩地上，潜藏了我所需要的东西。我很快就找到了表叔他们的队伍，他们全都讶异我的到来，要我赶快回去，这里没有我需要掌握的技能，而且还有血吸虫。我微笑着在一块餐桌大小的麻石上蹲下，静静地看他们，看他们劳作。我第一次近距离地看到他们搬运的石头，竟然是那么硕大，那么坚硬。这些石头，大的有吨把重，小的也有几百斤，用千吨级的货船从外地拖来后，全部需要工友们凭一双手，卸载，砸小，抬运，垒砌。他们挥舞着磅锤，用力砸打石头，姿势像雕塑一般刚劲，粗笨的麻石，被他们的力量和汗水瓦解，分裂；他们熟练地用粗大的钢索，套牢笨重的石头，插进竹杠后，弓腰，起身，吆喝，行走，完美得一气呵成；他们赤裸着上身，汗流浃背，面对满地的石头，心中却似乎全无负重，一个个谈笑风生。是劳动，让他们沉醉与快乐……正在我欣赏他们的劳作并跃跃欲试地加入到他们的行列时，一个矮个子施工员找麻烦来了，呵斥他们没有按要求修筑围堰，要返工。他们群情激愤，据理力争，但最终看到

事情不可能有转机时，又全都放下手头的事情，嘻嘻哈哈大笑着一齐去拆刚刚完工的围堰，那种心情的转折，轻松得就像从头再做一次游戏。他们似乎完全没有想到，刚刚凝固成不多的几张人民币的汗水，又将在更多汗水的浇灌下，化作泡影。我感到他们的坚强，比石头更加坚硬。我也感到自己的内心是多么柔弱。我决定放弃先前的想法，继续自己的追寻。

因了这次有意无意的深入，我很快就成了全体工友们信赖的朋友。此前，我们虽然生活在同一个工棚，共同呼吸着浑浊的空气，但彼此总觉得是两个不同世界的人，他们对我客气、礼貌，但并不亲近，我对他们尊重、文明，但并不热情，我们之间，隔了一张无形的膜。现在，这张膜在渐渐地淡化，消融。他们不再是我眼中肮脏的民工，我也不再是他们心里神圣的文人，我和他们一起，敲着搪瓷钵子到民工食堂打饭，彼此夹食对方碗里的菜，表叔外出时，他们一个个抢着给我出餐票；我和他们一起，穿着短裤，打着赤膊，到港务局前面一条叫寒家湾的小街边，吃两元钱一盘的嗦螺，五元钱一盆的龙虾；我和他们一起，趿着拖鞋，到竹荫街去观夜景，呆头呆脑地东张西望；我和他们一起，躲躲闪闪，神神秘秘，瞒着表叔，到先锋路去看据说儿童不宜其实什么都没有的录像……是共同的地缘、境况和感受，将我们的心拉近，融为一体。在异乡，我们其实都是亲人。

与我接触最多的一名工友叫廖柏树。他比我大不了多少，但已在外面打工多年，小伙子不高，讲话有点轻微口吃，笑起来时，两个酒窝让他显得腼腆。每天下午，别人都下湖做事去了，他却躺在床上死睡，睡醒了就找正在看书或写作的我闲聊，讲一些奇奇怪怪的事情给我听：红船厂有一个光头，打桌球能一杆通吃，五块钱赌一局，一天能赚百把块；火车站的扒手有三大帮派，最大的是湖北帮，老大才三十多一点；天岳山某发廊一个女子，漂亮得很，屁股上还文了一朵红色的玫瑰花……他每天都不忘问我一声有没有好消息，有时甚至我无聊出去转了一圈回来，他都嚷着说是不是去面试了，他好像关心我胜过关心他自己，又好像生怕我找到工作后没人陪他渡过空虚的下午。我问他为何做半天休息半天，他不屑地反问我，你听说哪个人靠抬石头发了财？又说不能让自己太吃亏，搞垮了身子不值，自己还要做大事业呢。我问他的大事业是什么，他支支吾吾地说还没想好，但绝对不能一辈子都这样过。他说这话的时候，开始眼神有些迷茫，但最后却有一丝坚定在闪烁，那丝亮光，也像火石一样，在我的心中擦出许多火花。我感觉到这个工友们眼中好吃懒做的伙计，其实是一个不错的青年，他今后的人生，一定会有别于这个湖滩上绝大多数的劳动者。若干年后，我当初隐约的判断，果然变为现实，他在广东打工多年后，利用学到的技术，回家开了一家工厂，成了一个小有名气的老板，家乡的人都说他财运好，只有我知道，他的工厂，其实若干年前，就已在洞庭湖边的这个简陋工棚里，开始了最初的设计。

王三民是我特别记怀的一名工友。他是一名孤儿，与我同年，长得黝黑、寡瘦。两年前，他在洞庭湖边的这座城市流浪时，碰到了我表叔，是共同的乡音，让表叔收容了他。他是这个工棚里最早的一批住客，又是这个工棚里最边缘的一个人。由于力气小，没有人愿意和他搭配劳动，每次派工，都需表叔强行安排，小组的工头才勉强答应，但别人每天的工钱是十二元，他却只有八元。大家基本上没把他当一个正常的劳力，甚至没把他当一个正常的人看待。他自己也确实有些不争气，每天早出晚归辛苦一天，人家都省吃俭用，想尽量多节余一些钱带回家，他却不把当天的工钱花光不睡觉。每天晚上，我都能听到他躺在床头念念有词地算账：早餐牛肉面一碗，一块五；中餐加蛋两个，两块；晚餐加啤酒一瓶，两块五；一块五，两块，两块五，哦嗬，还有两块啊，干脆吃掉算了。一会儿他就用餐票（工地上通用的货币）从小卖部换来一瓶啤酒两个饼，照例是他自己吃一个，丢一个给我。吃完了，他总是一副很享受的样子，说一句"今天又了结了"后，倒头便睡。我疑心是多年的流浪，让他形成了怕饿肚子的心理，养成了只管今天不管明天的习惯。工友们最初都很同情他，慢慢地便瞧不起他了，觉得他是一坨糊不上壁的瀣泥巴。但后来发生的一件事，却改变了大家对他的看法。那是一个月黑风高的夜晚，我们被工棚外边湖滩上一阵激烈的打斗和高声的叫唤吵醒，跑去一看，王三民被人打得满身血迹，躺在泥地上痛苦地呻吟，几个黑衣人，瞬间消失在寒家湾昏黄的灯影里。原来是王三民起来到湖滩上大便时，碰到几个来偷钢筋的躁子。躁子要王三民带路去找港务局的建材仓库，合伙干。王三民不从，躁子便打，打一阵又逼他，仍是不肯，再打，还是不肯，一直打得他死去活来，仍是不肯。王三民哭泣着对工友们说，我

讨饭时都没做过贼，现在有吃有住的，怎么还能去偷东西？我从小没有家，现在工棚就是我的家，我不能做对不起家里人的事啊！看到蜷作一团的王三民，许多工友都难过极了，大家都感到，这个瘦弱的青年，其实是工棚里的一条好汉，他的脊梁骨，与湖滩上的石头一样硬。

还有刘湘金，我也想说说他。他是刘蛮子的亲弟弟，也是我的亲表叔，不过在工地上，他并没有任何的特殊，同工友们一样，他每天早出晚归，从船上下沙石，到湖里抬石头，吃一元钱一餐的民工食堂，睡几个人挤一块的破木床。他是工友里面力气最大的一个，百斤重一袋的水泥，他一次能扛两袋；他也是工友里面负担最重的一个，他从老家跑到这里来做事时，他的第四个女儿刚好满一岁。他不吸烟，不喝酒，不打牌，把积攒下来的工钱，一分一分地寄回老家。他也很关心我找工作的事，每天收工后，都不忘问我一声最新的情况，看到我总是摇头，他也摇头：你最主要的是多读了那么一点点书，一点点！从他说这话的表情来看，我弄不清他是在嘲笑我还是在嘲笑他自己，是在景仰知识还是在蔑视知识。他的这句话，让我想了很久，很多。这句话，他后来又跟我说过两次。一次是我帮港务局一名职工写了一份检讨，对方送了我两包湘南烟，刘湘金知道后，硬是找那名职工给我要来了一条软白沙。给烟我时，他淡淡地说：你最主要的是多读了那么一点点书。另一次是我对找工作失去信心，想到工地上劳动攒钱时，他坚决不同意，斩钉截铁地对我说：你最主要的是多读了那么一点点书。我总算明白了，这个力气过人的乡下汉子，是在用他特别的表述方式，提醒我要看重和正视自己，不要自我作践，不要轻言放弃。他的话让我感到，在这个工棚里，我比任何一个人，都有着更重的责任和更多的担当，原因就是，我比他们"多读了那么一点点书"。顺便说一句，若干年后的今天，刘湘金的四个女儿，全部都考上了重点大学，大女儿毕业后，在深圳从事涉外翻译，月薪过万。他用他一个人的力气，和"多读一点点书"的力量，彻底改变了他的后代和他自己的命运。

还有表叔刘蛮子，还有老乡丘国保、李东军、黄建明、李样华、彭河清……我都很想在这里说说他们，但是这篇文章的容量，已不允许我再啰唆下去，我只能暂且打住，把他们一一收藏进自己的记忆。事实上，这么多年来，他们的身影，总是不断地在我的眼前闪现，他们从来都没有离开过我的内心。这些真实的、灰暗的、杂乱的、斑驳的身影，组合成一部原生态的黑白纪录片，一下就将我的心牢牢抓住，将我带进往昔的烟尘，带进生活的深处，带进无尽的思索。我不是这部纪录片的观众，我是隐藏在它背后的一个角色，每一次看见他们，都会让我用心思考：下一步，我该如何审慎、稳妥地出场？

还是回到我求职的事上来吧。日子在洞庭湖上浮起又落下，落下又浮起，转眼之间，就到8月底了。父亲从老家打来电话，说乡文办给他最后通牒了，问我到底还回不回去教书，如果不想回去，就干脆辞职。面对久觅不着，像湖上的烟雾一样缥缈的工作，我犹豫起来，动摇起来。两个月的努力、等待与失望，让我感到自己的苍白与无力，我想，也许是命中注定，我这辈子可能真的只能做一个默默无闻的乡村教师了。既然如此，那么，就坐明天的早班车回家吧。我把自己的想法告诉表叔，他非常坚决地劝我，既然出来了，就不要往回走。工友们也一致反对，他们七嘴八舌地说，你在乡下教小学，无非是混口饭吃，混口饭吃还不容易，我们一没文化，二没技术，不照样能在城里混到饭，何况你还读过书，教过书，会写文章呢。他们那一脸的乐观，那真诚的鼓励，又让我冰凉的心，慢慢地复苏，变热。

我没有坐早班车回家，我成了无业的游民。每天上午，我带着自己的作品和希望，穿街走巷，找寻工作；每天下午，我又拖着疲惫的脚步，心情沉重地回到工棚。听我讲述一天的经历，成了工友们每晚的期待。昏黄的电灯，拥堵的空间，劳苦的脸庞，迷蒙的未来，让我的心一天比一天焦灼，我越来越觉得，我寄生在这个工棚里，不劳而获地吸食着表叔他们的血汗，实在是一件太不道德的事情。迷茫、焦灼、无助、自责，像一只只沉重的磅锤，每夜每夜都在砸打我的心。工友们看出了我的心思，除了不断地鼓励我外，都纷纷表示，不要担心吃饭的问题，我们每天多抬几个石头就是了。廖柏树甚至还提出，他愿拿出工钱，到梅溪桥去进一些打火机之类的小商品，陪我去摆摊。

我来城里的目的当然不是为了摆摊。我决定厚着脸皮再去找一次报社。在我纠缠了半天之后，报社领导一边走出办公室，一边指着电梯门口摆放的痰盂对我说，这样吧，我们这里还差一个清洁工，如果你不嫌弃，明天就来

倒痰盂吧。工友们听完我的讲述，一个个激愤不已，说领导太欺负人了，你好歹也是一个人民教师，怎么能让你去做这种事呢？我自己反倒很平静，一来是残酷的现实已容不得我挑三拣四，二来是契合了我想进新闻单位的情结，三来是我并不觉得领导是在欺负人，他有他的难处。我甚至还想，就算是倒痰盂，也要比在其他单位更加接近我热爱的文字。觉察到我的意图后，丘国保，这个瘦高的汉子，从床上弹了起来，二话没说，拉起我的手就往湖滩上走。我不知他要干什么，一脸疑惑地望着他。他用手电照着一个石头问我：这块石头有什么不同？这块石头，正是我每次到湖滩上看他们劳动时蹲在上面的那块，平整，方正，硬实。丘国保说，这块石头比一般的石头都要规则，是块砌码头的好材料，可是它丢在这里很久了，我们一直没用它，不是它没有用，而是现在没有适合它的位置，我们要把它留着砌码头最上面的那一层，那里才能体现它与众不同的价值。如果把它砌了基脚，那就埋没了一块好材料。你现在就是这块石头，你懂不懂！丘国保的话让我猛然惊醒，我虽然不觉得自己是一块特别优秀的材料，但内心深处还是自视甚高，倒痰盂尽管不是一件什么见不得人的事情，但于我来说，确实是有些不合适，也体现不了自己应有的价值。这时，我又想起廖柏树的话，想起刘湘金的话，我感到一个人确实不应当随随便便去处置自己的人生，而是应当努力地去找寻适合自己的位置。感谢丘国保，是他，在这个黑暗的夜晚，用一只手电，照亮了我的道路；是他，在这个旷阔的湖滩，把一块石头和一只痰盂，牢固地垒砌进我的内心。这么多年来，这块石头和这只痰盂，一直都在警示着我的人生。离开工棚后的第七年，我成了省城一家报社的记者，五年后，我又从省城回到洞庭湖边的这座城市，体面地成了我最初求职的那家报社的一名员工，并主编着其旗下的一张子报。没有人知道，我为什么要从大城市跑回这个小地方，只有我内心深处那只盛满辛酸的痰盂，才真正明白我的心思。如今，我每天都在报社拼命工作，而且不近人情地要求我的部属，也像我一样拼命，有时因了他们的失职与失误，我会把他们一个个骂得狗血淋头。如果他们有机会读到我的这篇文章，我希望他们能理解我的一片苦心——如果不努力，那么，我们就只有倒痰盂的份儿了。

我绕开了报社的痰盂，但我绕不开现实的无奈。就在我快要崩溃的时候，好消息终于来了。一个表伯曾打过招呼的股份制大公司老总，从俄罗斯出差回来了，他约我去见面。第二天一大早，当我和表叔赶到老总的别墅时，他还没有起床。他在卧室里接待了我。简单地问了一下我的情况，翻了翻我的作品后，老总说，你到楼下去写一个东西，谈谈你为什么要到我公司来工作。我现在马上要去公司开会，一个小时后，我派司机来接你。我正要下楼时，他又说，你表伯帮了我不少忙，我很感谢他，但我在乎的是你个人的能力，希望你把稿子写好。我紧张地坐在桌子前，脑子里一片空白，写什么呢？对他个人，我毫不了解，对他的公司，我一无所知，我眼前交替出现的，是布满湖滩的石头，工友们劳作的身影，还有我在工棚的日日夜夜。那么，就写写坚硬的石头，写写艰苦的民工，写写辛酸的求职，写写我们的生活和渴望吧！我铺开稿纸，文字像暴雨般的倾泻下来，那里面，有我的眼泪，有工友们的汗珠，有我内心的呼喊……直到老总派来接我的凌志轿车，在门外长长地叫起喇叭时，我才发现，短短的一个小时内，我竟然写了将近两千字，要命的是，写了这么多，我居然还没有提到他的公司。我赶紧在稿子的最后加上一句：希望公司能给我这块饱经风雨的石头，提供一个适合的位置，我相信，有我的加入，公司的事业大厦，必将更加坚牢。我将这个四不像的求职报告交给老总时，他正在主持董事会。我忐忑不安地站在会议室的外面，等待他的宣判。我估计，这次求职，肯定又是一场伤心的回忆。出乎意料的是，几分钟后，老总把我叫进会议室，当着全体董事的面宣布，从现在开始，我就是他的秘书了。走出会议室，我的眼里噙满泪水，我抬头望天，发现天空阳光灿烂，明净如洗，我的心里一片温暖。

我就要离开码头上的工棚了。离去的前一个晚上，工友们提前收工，在寒家湾的一个大排档里，凑钱请我吃了一顿丰盛的晚餐。表叔说，工棚就是你在城里的家，想来就来吧。丘国保说，如果在那里做得不开心，千万别委屈自己，告诉我们，大家再帮你想办法。廖柏树说，一定要常回来哦，我还有好多故事要跟你讲……望着眼前这些与我朝夕相处了整整三个月的兄弟们，望着夜色中熟悉的码头和工棚，泪水又一次蒙眬了我的双眼。

当我再一次回到工棚时，已是腊月二十四。这一天，是农历的小年，我特意向老总请假从长沙跑来，来看望我的亲人。到公司后，我一天到晚跟着

老总东奔西走，北京、长沙、上海、南宁、广州，飞来飞去，找项目，谈合作，写材料，总有忙不完的事。尽管我时时在想念着工棚，想念着工棚里的兄弟，但人在江湖，身不由己，我只能把思念压缩到内心的最深处。今天，我看望他们来了，我向他们感恩来了，我带来了厚厚的一沓钞票，我要在寒家湾最好的酒店宴请他们。但当我熟稔地走进工棚时，往昔热闹的房间里空无一人，一片狼藉。正在我感到讶异时，我发现灰白的墙面上，用黑炭粗粗地写了一排字：脊梁，码头完工了，我们已回老家。你一个人在城里，要多保重！我痴痴地望着这排字，发呆。我的心，不禁又酸酸涩涩起来。

……

一晃很多年就过去了。这么多年里，我不知到这个码头上来过多少次。我带女朋友来过，带妻子来过，带儿子来过，当然更多的是独自一人来。我不知自己到底为什么要来这里。这个地方，早已没有我的一个熟人，我是来追忆什么？还是来找寻什么？我只知道，每当我站在这个用千千万万块石头垒砌而成的高大码头上时，眼前浮现的那群身影，还有脚下的这些石头，就会迸发出一种力量，让我瞬间变得坚强。我常常调整好身姿，背向码头，重新出发。

原载《广西文学》2012年第3期

那些年的古典生活

古庙参禅

在连云山中，芦溪其实也算得一条大水道，叫溪，委实是委屈它了的。但没办法，都叫几千年了，谁叫它折七折八地窝在山里生息不出大气象来呢？

芦溪的源头，有一块岩坪，巴掌般大，趴着几栋黑不溜秋的平房，孤苦伶仃。这里，是山里的一座学堂。

那一年，我十八岁，刚刚走出校门，被乡文办主任委派到了芦溪这地方，做教书匠。用破单车驮进两大捆书，用草席铺好一张床后，我便在这个古庙改成的学堂里，开始了耕耘。

校不大，人也不多，百十名学生，三位老师，半个工友。一块废铁板，悬在廊梁上，早晨八点或许还迟一点，叮当敲几下；下午五点或许还早一点，又叮当敲几下。数棵粗樟树，扭了腰，葱茏半个操场。几只鸟雀，叽喳在树巅，跳过来，又跳过去。

阳光从树隙洒到走廊时，洛爹就拍着粉笔灰，弓腰从教室钻出，教案卷了毛边，蜡黄如村妇的脸。棋盘却新，还是塑料的。版叔总是敲着棋子，急着说，还不来，又下不完了。洛爹说，下不完接着下，日子稠着呢，几十年都这样下过来了，还急了这半时？我想也是。我才十八，学棋慢慢来。

阳光如剑。从屋顶刺进。三束。照着的，是三张稚脸，当然还有三条未干的鼻涕。鼻涕忽地一缩，脑袋就齐齐转向窗外。我的鼻子也一紧，吸到的是一股菜香。咽口水的声音，就哗响如一条溪。洛爹喊，放学吧，该吃饭了。我说，放学吧，是该吃饭了。

一碟豆豉，几棵青菜，搁在乌黑的饭桌上。老工友一脸愧疚，洛爹却一

脸感激。揭开锅，我闻到的，是一股清香。版叔说，小伙计，多吃点，柴火饭养人哩。我说，是该多吃点，我才十八啊。

夕阳斜长，无力地映着古庙，愈加地寂。洛爹与版叔推出单车，说，我们回去了，你好些修行吧。我苦笑。挥手看他们的身影扭过山角。回转身，看见两只老鸦，在树梢哀哀地啼。

天色就昏黑起来，夜雾如烟。一星台灯，倒亮；闹钟的脚音，也响。坐在那把油光的古椅上，我信手"啄、啄、啄"地敲打桌面，果真就有禅意，从远古涉黑而来，抵达我的心灵。

翻读几页闲书，寡淡。就起身，踏了平仄的石板路，敲响福爹的店门。店亦如庙，福爹独自打坐如僧。见我，忙扯过条凳，请坐。之后无言。半刻，又说，原来的宋老师也常来。宋老师在这里待了几十年，去年才退休，福爹常念。就谈宋老师，说他真耐得住清寂，要是出家，肯定能成得道的高僧。福爹说，你信不信，芦溪真是个出高僧的道场。先前的永清禅师、静远禅师，等等，都是从这里得道升天的。那时的香火，旺呢。我说，我信。福爹就高兴起来，给我讲古，讲禅。我静静地听。讲久了，福爹就累，叹口气说，其实这日子也就这么个鸟味。我说，是就这么个鸟味。福爹说，没味就早些睡吧。我说，是要早些睡。推开门，那两只老鸦却还在哀哀地啼。

文人清梦

那些年我才二十刚出头吧，人长得漆黑、寡瘦，梦却做得斑斓、阔大，一天一个，蔚为壮观。多少年过去了，当初的许多大梦如今均已依稀、淡忘，独独一个文人梦，至今仍时时在校正着我人生的方向。

那些年我的生活主要是读书和做梦——读了书就做梦，做了梦又读书，周而复始，循环往复。在书香与梦乡的穿行间，一群穿着棉布长衫，戴着黑边眼镜的人物，屡屡打我眼前经过：他们在毛边纸上作诗、作文；在旧楼房里办《新青年》《语丝》；二十几岁三十出头就在北平、上海或者昆明做教授；《晨报》《京报》《申报》的副刊隔天就能见到他们的名字；当官的、读书的、卖菜的，见了他们都恭恭敬敬地称先生——沈从文先生，徐志摩先生，梁实秋先生，钱玄同先生，刘半农先生，鲁迅先生，俞平伯先生……
这些人物，我真正是爱极了他们。我幻想自己有朝一日也能成为这样的先
生——睿智，博学，儒雅，舒展。

于是，我决计要做一个文人。二十二岁那个春雨绵绵的季节，我有点豪
迈也有点悲壮地辞去了收入不菲的差事，跑到岳阳楼边上开了一家书店——
我有些天真也有些固执地认为，开书店实在是成就文人的最好途径，也是成
为文人以后的最佳职业。我想象，在我书店的内间，钱玄同先生、内山完造
先生、朱自清先生、鲁迅先生等人正在与我坐而论道，而在书店的前厅，
庐隐、萧红、阿累等人则静静地在翻看着书架上的《铁流》《呐喊》《围
城》，店前马路上来来往往的长衫短衣，三轮车黄包车，全都游走在我们的
六根之外……

我的书店文文气气地开张了，一年之后又安安静静地关门了。这期间，
钱玄同没来看我晚上抄古碑，俞平伯没来淘线装的《红楼梦》，钱锺书躲在
围城里很少出来，古怪的张爱玲更是难得一见，倒是房东、工商、税务、文
化稽查，屡屡来吵搅我的清梦，以致后来"举家食粥酒常赊"，只得关门大
吉。但是，尽管如此，开明书局，三联书店，仍在历史的巷廊里招引着我的
理想。我不怪我的选择，只怪我的书店开错了时间和地点，如果是开在上世
纪二三十年代的北平或上海，我倒真是要做一回痛快的文人了，那时候，《边
城》两个银圆一本，《小说月报》四毛一册。而一担大米，顶多只需五毛。

我的文雅的书社黯然地失败了，但我的孤高的梦想却并没有破灭。开
不成书局，那就去办刊物做编辑吧，旧时的文人，走的总是这条路子。夏丏
尊、林语堂、王统照、沈雁冰、丰子恺、李叔同……这些照亮上世纪二三十
年代夜空的文曲星们，哪一个没有做过编辑呢？我实在是太想步前贤们的后
尘了，但冰冷的体制却无情地阻挡住了我的脚步。我只能徘徊在报社、杂志
社的大门前，老老实实地做它们的作者，而坚决不能成为它们的编者。那两
年，我寄身于一家企业的办公室里，让写惯了散文小说的笔，天天做些等因
奉此的文字。我的文人清梦，在那些枯燥、干巴的字里行间痛苦地呻吟。

但我仍然在做梦，在做我的文人梦。我想，做不成编辑，同样能做作
家。我想起沈从文在北平的地下室写小说，想起周作人在上海的亭子间写散

文，他们不也养家糊口、功成名就了吗？于是，我一本正经地端坐在办公室里，在方格稿纸上写下一行"关于某某某的报告"后，便旁若无人地接在下面做起小说散文来，之后就铺天盖地地寄往全国各地。我期待自己也能凭此过上周作人们当年的生活：写一篇文章，得到的稿费能买几百斤猪肉；家里太太丫头一大干人，靠稿费全都活得有滋有味；来兴致了，还可到杏花楼去会一会女文友张爱玲。然而，收到一张张五元十元的稿费单后，我的脊背却冷汗直冒：幸亏没有一时冲动辞职去做自由作家。

就在我的文人清梦快要变得支离破碎时，二十六岁那年春天的一个契机，又使它在我眼前生动起来。那一年，体制的松动，让我有幸成了省城一家报纸的编辑，此后至今的漫长时间里，我一直在这个行当里谋取稻粱。每一天，我都在与文字打着交道，但每一天，我又都在远离着我的文学。深夜拖着疲惫的脚步回到寓所，我总是想不明白：当年的先生们做编辑时，怎有那么多时间去忙自己的事业？是时代不同了，还是自己压根儿就不是一个做文人的料？

一晃很多年就过去了，尽管那个文人清梦至今还在左右着我的人生，尽管身上或多或少地沾染了一些文人的习气，尽管身边的一些朋友半真半假地把我看作了文人，但我知道，这辈子，我是肯定做不成一个真正的文人了，那只能是我的一个理想和寄托。我只能在夜深人静时，在老婆孩子都酣然入睡以后，泡一杯苦茶，坐到书房的旧藤椅上，翻翻线装的《边城》，看着发黄的《雅舍》，然后望着窗外的月光，一边抽烟，一边把自己的灵魂浸润到那个做了很久的清梦中去。我的事业与人生，就在这个清冷的梦境里，慢慢地沉睡，老死。

棉布长衫

江南古城。木质旧楼。烟花三月。油纸雨伞。青石巷廊。棉布长衫。那些年里，这些镜像总是在我的眼前交错出现，挥之不去。我不知道自己是在追求什么，还是在等待什么，抑或是在逃避什么。那袭青灰色或是天蓝色的棉布长衫，总是在时空的深处，无声而执着地招引着我的魂灵，让我的内心一次又一次地战栗。

想起棉布长衫，我总是没有来由地想起曾祖父。我曾在我的很多文章中，不厌其烦地记述他人生的章节。我出生时，他已离开人世三十多年，如今我又长到了三十多岁，但每每回到老家连云山区，他的名字依旧鲜活在乡亲们的口碑之间。他是一位名医，一位技高德劭的传奇名医。他的出现，让我们苦大仇深的家族顿时蓬荜生辉。我从来没有见过他，连画像都没有，但一想起他，便固执地看到他身穿棉布长衫。我也弄不明白自己为什么非要这么认为。也许，是因为这四个普通的文字，能浓缩我对他的无限敬仰和全面评价。在我看来，棉布加上长衫，便能演绎出许多深厚的含义，譬如乡土，譬如质朴，譬如传统，譬如文化，譬如道德，譬如儒雅，譬如飘逸，甚或，譬如清高，譬如虚荣，譬如破败，譬如固执，譬如迂腐……我想，作为一名旧式郎中，曾祖父肯定会把这些词集于一身，他一定穿一袭青灰色或是天蓝色的棉布长衫，提着药箱，背着油纸雨伞，穿行在乡村的黄泥小路，出入于城镇的青石巷廊，妙手回春，救死扶伤，留下一生的传奇，一世的清名。

我的想象，在父亲的嘴里得到了证实："你曾祖父长得高高瘦瘦，穿着棉布长衫儒雅飘逸，比你祖父穿着好看多了。"

祖父也穿过长衫，但一生只穿一次。他年少时多次央曾祖教他学医，但曾祖见他粗心大意，怕误人性命，坚决不肯，最终送他学了裁缝。他一生给人做过无数的长衫，但自己从来不穿。祖母问他为什么不穿，他只淡淡地回答三个字：不够格。直到临终前几日，他才从箱底下翻出多年前就为自己缝制好的一件长衫穿上。也许是想了却自己的一桩心事，也许是想验证一下自己的手艺，也许是想满足自己的一个愿望，总之，他穿上了。但很快，他又脱下了，边脱边说：终归不是穿长衫的料，穿了也不见那种精神。这个故事，祖母给我讲过，父亲也给我讲过。讲这个故事时，他们没有半点嘲笑祖父的意思，都充满了感慨，充满了敬意。如今，我把这个故事讲给七岁的儿子听时，心里同样充满了感慨，充满了敬意。如果说曾祖的长衫，让我推崇知识与道德，那么祖父的长衫，则让我景仰人格与自知。他们从不同的思路，读透了长衫的含义，都把长衫穿出了别样的风骨。

想起棉布长衫，从我的眼前打马而过的，更多的是旧时的文人。他们

都称先生，沈从文先生，林语堂先生，李叔同先生，胡适先生，丰子恺先生……他们穿着青灰色或是天蓝色的棉布长衫，读书，作文，授课，讲演，引领着我在艺术与精神的家园中穿行。他们把长衫穿出了品味，穿出了神韵，穿出了内容丰富的含义。他们长衫飘飘，昂首前行，我只能在字里行间去追寻他们的足迹。我常常一边跌跌撞撞力不从心地追赶他们，一边大声呼喊：先生，等等我！先生，等等我！

这样的先生，这样的棉布长衫，我真是爱极了他们。在江南这座多雨的古城，我已生息多年，其间的风风雨雨、磕磕碰碰，常让我脆弱的心灵受到创伤。每每心中郁闷时，我便静坐到书房中，找这些穿着棉布长衫的先辈们、先生们倾诉，请益，渴望他们能给我知识的力量、人格的力量、精神的力量。我不知自己到底是在追求进步，还是在逃避退缩。

追求也好，逃避也罢，在一个秋雨纷飞的午后，静坐了半个时辰的我，竟然突发奇想，决计为自己做一件棉布长衫——我觉得我的灵魂迫切需要这件道具来包装，来温暖，来慰藉，甚而是来虚张声势。

我第一时间把这个想法告诉了老婆，她睁大眼睛望着我说：你脑壳没进水吧，你要穿了，就别进家门！我又把这个创意告诉了我最信任的一位朋友，极具知识素养和新闻敏感性的她听后哈哈大笑：你做了快穿吧，我们报纸给你发个新闻图片。我哭笑不得，失望至极。

此后的一周，从城南到城北，从城东到城西，从新城区到旧城区，我大街小巷寻找能做棉布长衫的裁缝店。店主无一例外地都跟我说两句话：一句是问我“你是要唱戏吧？”，一句是“我们不会做”。最后终于找到了一个仙风道骨的老裁缝，开口便说我找对人了，他什么衣服都能做，技术全国第一。我大喜，忙问要多少钱。他说，那怎么知道，我又从来没做过。见我有点动怒，他又补充：如今谁还做这玩意儿，我当然是能做的，但没人做过怎么知道要收多少钱？他打量了我一下，叹气说，做了你也不能穿，太矮了，穿不出味。我彻底死心。

棉布长衫穿不成了，我的心里好些天都充满了感伤，我不知道，这种感伤，是否关乎我的理想、我的精神、我的寄托，还有我的人生。

原载2007年《岳阳晚报》

若干年前的体温

那时节，我们都年轻，年轻得让现在依然年轻的我，生长出许多的思路和无限的羡慕。我很少去刻意回想当年的样子，但那些浓浓淡淡的时光碎片，总是很自然地闪现在我的眼前，比如：在我独自一人枯坐书房时，在走过某个熟悉的路口时，在看到某个人的名字时……我不知这是不是叫怀旧。我想我还应当没到那样的年龄。也许，人生原本就是如此，一个阶段的生活，经过时间的剪辑之后，慢慢就定格成一些永恒的镜头，储存到记忆的深处了。只要心灵的电源一接通，这些记录就会瞬间鲜活生动起来，断断续续地演绎出一部完整的人生。

1999年前后的时候，岳阳的温度似乎比现在要高。当然这只是我的个人感觉，事实上，据说全球的温度都在逐年上升，岳阳这个地方，怎么又能例外呢？可那几年，我真的不感到冷，我的头顶上，好像永远燃烧着一轮不灭的太阳，明亮，火红，耀眼。冬天里，我从来没有穿过棉袄，我不多的几个朋友，也都没有穿过棉袄。我们感到温暖，火热，血脉偾张。

当荣是一个比我更不怕冷的人，我疑心是他小我一岁的原因——年龄越小体温（激情）越高，这话我现在是越来越相信了。瘦高的他，隆冬里常穿一件洋气的黑衣服，单薄，紧身，闪闪发光，俨然是一个赶场子的舞男。他常像幽灵一样，夹着一个时髦的皮包（其实里面装着他写的几首破诗、几篇小小说），带着满脸络腮胡子的忠应（若干年后的今天他反倒把胡子刮得干干净净），出现在我的办公室。有时我正枯坐着无事，便和他们海阔天空地神聊；有时我正在写材料，他们就强行把我的纸和笔收起，要我向领导谎报军情，称去图书馆查资料，然后与他们漫无目的地满城乱跑；有时我在隔壁开会做记录，他们便落落大方地在我办公室坐下喝茶，天花乱坠地胡扯，

声情并茂地背诵自己写的爱情诗，把我的女同事骗得一愣一愣……他们有时一天来一次，有时来两三次；偶尔没来，连女同事都觉得怪异。来的次数一多，领导终于有意见了，他把我喊到办公室，狠狠地训了一顿。可这并没能阻断我们兄弟一般的粘连，他们照来不误，我也照出不误。我豪迈地对他们说：工作与我们的事业相比，算个卵！一副随时准备牺牲的样子。真是勇敢啊，若干年后的今天，领导一句拐弯抹角的指责，便能让我吓得屁滚尿流，当年怎么就敢如此藐视令人生畏的权威呢？

我们"神圣的事业"是文学。这是一个我如今害怕谈论甚或是羞于谈论的话题。我们写诗，写散文，写小说，写一切能够发表的文字。文学几乎成了我们的日常生活，我们充满激情地想把它做大，把我们卑微的人生做大。我们不敢想象，如果没有文学，我们的生活会是多么暗淡和寒冷。

当荣在龙柱子附近租住的房子，是我们待得最多的地方，熟稔得就像自己的老家。上楼，进门，两室一厅，昏暗，陈旧，拥挤，浓浓的煤球味，淡淡的霉湿气，斑驳的旧家具，慈祥的老母亲，让我们亲切而又压抑。他母亲睡客厅，开夜班的士的弟弟睡进门第一间，与阳台连通的那间，则是他和小瑰的乐土。我们坐在他窄小的床上破旧的藤椅上没靠背的板凳上，通宵达旦地谈论文学，常常快到天亮时才横七竖八地挤在床上地板上睡下。我，当荣，忠应，宗福，还有一位如今做了某部门领导的诗人，曾多次在这间房子里正儿八经地举行会议，想把大家的作品，用一个共同的笔名，像导弹一样向外发射，以改变步枪式单兵作战的威力。当荣的女友小瑰很友善，我们一去，她便很自觉地去买西瓜、葡萄或是瓜子，然后夸张地吻一下当荣，把时空大方地留给我们，自己则回娘家睡去了。小瑰不丑，爱笑，跟着当荣好多年了，但我总是担忧他们的爱情，我觉得当荣对文学的热情甚于对小瑰的热情。几年之后，我的这种担忧果然变成了现实，我不知小瑰当时哭了没有，我想她应当痛痛快快哭一场的，把自己哭成一枝梨花春带雨！可我一想起小瑰，眼前浮现的总是她灿烂而甜美的笑。多好的女孩子啊，多善良的女孩子啊，是虚幻的文学，射杀了她坚贞的爱情！

我的爱情也与文学一同前行，像两条并行在原始森林里的河流，明明暗暗，缠缠绵绵，时隐时现，时分时合。我到现在都没弄明白，到底是我的文字征服了爱情，还是爱情成就了我的文学。我不知疲倦地写着长长短短的句子，奉献给我心仪的女孩，女孩的似水柔情，又让我激情万丈地创作出更多的篇章。那些年，我真的单纯得只剩下爱情与文学。但方块文字的营养不良，终究滋润不了爱情的健康成长，在迷离的幻影一个个被现实击成碎片后，几分几合的爱情，终于顺江而下，漂流到了千里之外的上海。我大病一场，在文友的搀扶下，一次次到公用电话亭打女孩的传呼，一次次与她沪上的有钱舅舅套近乎，但这一切，都无济于事，远去的航船，总是不见回归最初的渡口。我死心了，我单纯的生活，如今就只剩下唯一的文字了。我想我只有写出更多的文本，才能填满虚空的日子和坍塌的感情，可提起笔来，女孩的身影又让我一次次追逐，蓝墨水里流出的思想，最终化作了一行行哀艳的诗句。我一首一首地写，一首一首地发，甚至还在女孩站在南湖雕像边的照片后，写下了如今读来让我肉麻不已的文字——"你匆匆地远去/连我的祝福都忘了捎带/只把一双忧郁的眸子/写在南湖/让我负疚的心灵/不思卒读也不知/今夜的黄浦江边/你站成了一个怎样的姿势/我只是想/此后的千年/你将一如你身后的石雕/在我的心间永远坚固/而我凄清的泪水/更是夜夜把你打湿/漉漉的思念/万年不干"，然后把这些印成铅字的诗句，要她的妹妹带往上海。一周之后，女孩便带着她的泪水和我的诗歌，回到了岳阳。如今，女孩已成了我的女人，成了我儿子的妈妈。我想，我比小瑰要幸运，文学，拯救了我的爱情；而我的女人，却没有小瑰幸运，文学，断送了她一生的富贵。

文学和爱情，就像两朵摇曳在山谷中的花蕾，充满了神秘和吸引，她们都需要温度和激情的持久呵护，才能灿放出绚丽的风景。而那些年，我们虽然生活得很穷，但我们不乏火热的温度和满腔的激情。尤其是对于文学。当年的好些句子，我至今仍能触摸到它的体温。

我租住的房子在一座小山的半腰，两层，八间，房东住两间，余下的全出租给一群来历不明的家伙。我住一楼最东边那间，窗外是一株枝叶繁茂的香樟，豪强地霸占了一方云天，阳光费尽了周折，直到中午才畏畏缩缩地漏下几片斑斑驳驳的光影。就是在这间大晴天也须开灯的房间里，我不知疲倦地把一个个方块文字，从我的心灵深处，追赶到稿纸的方格里列队集结。我曾一天时间写过四篇千字散文，晚上兴趣不减，又连写了三个小小说，第二

天上午居然还一边打吊针，一边修改稿子。我这样玩命地写作，根本没有谁拿鞭子在背后抽我，一切都是我自愿。我感到自己有说话的冲动，我感到写完后浑身愉悦。如果不把这些魔鬼一样的文字排泄出来，我的体内便燥热难耐。在一个也很燥热的夏夜，我，当荣，忠应，还有宗福，四人坐在金鹗山顶，听当荣讲他苦难的经历。黑暗把我们紧紧压缩，除了当荣低沉而感伤的声音，四周一片死寂；山风像一把锥子，艰难地撬开令人窒息的沉闷，刚让人呼出一脉感叹，又瞬间抽走；几只萤火虫，围着我们在高高低低地飞，像野鬼们一双双诡秘的目光，在窥视我们的人生。我们差点把夜都要坐穿才回去。回去之后，我感到周身发热，毫无睡意，文字像雨点一般，打落在昏黄的台灯下。第二天上午，一个关于当荣的八千多字的故事，便敲开了龙柱子附近的木门。当荣看后也热血沸腾，当即一起跑到打字店打印，校读，然后以特快专递的形式寄出。小瑰一次次打传呼，要我们回去吃饭，我们无动于衷。我们觉得不赶快把这样的"绝妙佳作"送走，既对不起全国人民，更对不起我们神圣的追求。这篇后来发表在《短篇小说》的稿子，除了当时给我带来二百六十元的稿酬外，也许没有其他的任何价值，而那些至今仍让我感到滚烫的文字和生活，却永远地留在了我的心中。

生活有时很真实，有时又很虚幻，文学似乎也有这样的特征。那些年，我们就是沉浮在这样的真实与虚幻中。我们真实地混在一起，写作，扯谈，消夜，喝啤酒。我们虚幻地感受着文学所带来的精神慰藉，同好的互夸，前辈的鼓励，编辑的来信，这些原本平常的礼节性的客套与尊重，常让我们有一种飘的感觉，感到生活无限美好，心里无比满足。我们带着宗教般的感情给全国各地的大作家写信，贾平凹、陈忠实、王蒙、余秋雨，一封又一封。我们并不指望也不需要他们给我们回信，我们只是觉得他们代表着中国文学，我们的名字和文字能抵达他们的案头，接受圣光的辐射，也就是一种幸福。

文学像一剂毒品，常让我们的青春，发出阵阵兴奋的尖叫。那些年，我们的足迹很少走出省门，但我们的文字却坐着火车、轮船、飞机，毫不胆怯地周游全国。我们的名字，抽象而又真实地代表着我们，把我们的生活和思想种植到了全国的每一个省份。每当我看到自己的心血变成油墨飘香的铅字，心跳便会瞬间加速，体温便会陡然上升，我感到自己的天空，清澈，开阔，明丽，和风拂面，阳光灿烂。好些天，那些刚刚发表的符号，像一条条欢蹦乱跳的鱼，频频跃现在我的眼前，激起我又一次创作的冲动。在焦急的期待中，我又迎来了下一波的兴奋和激动……那种幸福、快乐得让人眩晕、沉醉的感觉，至今仍让我羡慕不已。可惜的是，这种感觉如今我是再也寻不到了，我已退却了对文学的高烧，多年不再写字，就算偶尔收到被人转载的旧作，连信封都懒得撕开。文学，还有激情，已随着我的青春，在我的人生中慢慢老去，是现实这剂更加腐蚀、凶猛的毒药，让我的神经变得淡漠，麻木，朽烂。

　　1999年，眨眼就过去好多年了，多年前的这些往事，我不知当荣、忠应他们是否还记得。当荣如今远在武汉，偶尔也到北京，掺和在娱乐圈里，做些令人倍感荒唐、无聊和功利的事情。他的职业是记者，却自称是明星操盘手。没有几个人知道，这个瘦高的网络红人，曾经是一个热血沸腾的诗人。忠应如今做了我的同事，谨小慎微，战战兢兢，每天按部就班，端坐在电脑面前，敲敲打打，编些扯皮绊筋的民生稿件。我与他交流的话题，除了工作，居然只剩下家庭。当年他与我坐十几小时硬座到郑州开全国小小说笔会时的豪迈气概，如今已荡然无存。宗福早在几年前便到一个县级市做了副市长，把智慧和热情全倾注到了县级市的人民身上，一年难得见两次面，只有我，偶尔还在回味他妻子当年款待我们的桂花鱼。而那个我们一直敬称为老师的抒情诗人，多年前就已不再抒情，如今则做了我们报纸的副总编，分管着毫无诗意的创收工作。我很少叫他老总，仍是固执地称他老师，我想用这种似乎更加真情的称谓，表达我对他的敬重，表达我对往昔的纪念。至于我自己，天天行走在人来人往的都市，默默无闻地应付着那份赖以谋取稻粱的工作，编稿，审稿，熬夜，值晚班，睡懒觉，不单对工作、对文字已毫无兴趣，就是对当年若干诗歌追回的爱人，也渐失了激情。

　　在这个炎热的盛夏，我花了几个晚上的时间，把若干年前的这些前尘旧事从记忆的深处找出，放到阳光下翻晒，连我自己都感到诧异，我不知道，这是一种珍惜，还是一种抛弃，抑或是一种了断？我感到我现在的体温，正平稳地运行在37度汞柱上，日子过得平静，平淡，平庸。我不知道，这是一

种本原的生活，还是一种潜伏的危险？而当年的热度与高烧，到底是一种病态的人生，还是一种对病态的反击？所有的一切，都只能在我的人生里收拢，让时间来沉淀，破解，掩埋！

原载《延河》下半月2014年第4期

第三辑

一个村庄的半径

锋利的预言

　　曾经有很长一段时间，赊刀人是牛角冲最热烈、最神秘的议题。他们就像神明一样，指引和拯救着牛角冲人濒临坍塌的生活。

　　那时牛角冲的人，总是暗暗地盼望着赊刀人出现，又暗暗地害怕他们到来。

　　牛角冲是一个偏僻且封闭的地方，它就像一个弯曲而狭长的牛角，尖利地插进连云山的腹地，两侧高山上茂盛的植株和绿色，铺天盖地地倾泻下来，生生地把它掩埋，而冲口一个庞大的水库，又活活地将它隔离，这里面的三百来户人家，仿佛被外面的世界遗忘了。在没有修通水泥公路之前，这里除了几只过往的鸟雀，顶多就山那边浏阳的几个牛贩子偶尔来活动一下，平时连个生人都很少见，至于操不同口音的外地人，一年都难得来一个。但是，赊刀人却知道这个地方，惦记这个地方，隔个三年五载，或是更久一些，他们就会背着一大包沉重的刀具，咣当咣当，仿佛像从天而降的神明一样，毫无征兆就出现在我们面前。他们对我们的熟悉以及我们对他们的茫然，让牛角冲的人确信：赊刀人即便自己不是神明，也一定是神明派来的使者。

　　与赊刀人一同到来的，除了锋利的刀具，还有同样锋利的预言。赊刀人把那些在人们看来匪夷所思荒诞无稽的预言，与刀具紧紧捆绑到一起，高价赊给牛角冲人——如果预言没实现，他们永远不来收钱，刀具白送！可是，若干年后他们的预言无不一一兑现。这种洞若观火的远见和判断，没法不让人惊奇，没法阻止住牛角冲人对他们的信任和膜拜。封闭且贫穷的牛角冲，迫切需要这种来自神明的提示，去安抚和振作人们随时都可能破碎的生活，以及被生活压迫得变形的心灵。

没有人能说清赊刀人最早来牛角冲的确切时间，有人说是七十年代初；有人说是解放后两三年；有人说解放前就来了，他见过，而那时的老辈人还见过更早的……这说明赊刀人这个职业或者说是存在，对牛角冲人来说，并不是一桩新鲜事。他们津津乐道的，是赊刀人兑现的一个又一个预言，还有这些预言背后神奇的种种。

最让牛角冲人记忆深刻的一次预言，就是永远健康出事那年留下的。老班子描述起当年的情状，简直就像一个传说：几十年不见踪影的赊刀人，在秋收前的某个黄昏，突然坐着划子穿过波光粼粼的水库，在落日的余晖中，风尘仆仆地出现在牛角冲人面前。来的是一老一少两个人，帆布袋里装的全是禾镰。对，全是禾镰。他们能说出这里每个屋场及屋场解放前户主的名字，但牛角冲人却谁也没见过他们。人们团团围着，好奇地看他们锋利的禾镰，当问到多少钱一把时，老者笑眯眯地说，不卖，只赊。而且还不赊给集体，只赊给个人。人们这才明白过来，原来他们就是老辈人讲得神乎其神的赊刀人！可是，当场并没有一个人赊他们的禾镰——田土和稻子都是大队的，私人要禾镰干吗？老者说，现在是用不上，但今后家家都会要，田土不分到户我们不会来收钱的！这天晚上，赊刀人来了的消息，像夜雾一般，很快就弥漫到牛角冲的每一个角落。人们低声互相传递：赊刀人说要分田到户了！然后一个个悄悄地跑到赊刀人歇息的大队部屋檐下，在小本子上写上自己的名字和住址，赊走几把价格高得有些离谱的禾镰——当时牛角冲一天的工分才三毛，人们饭都吃不饱，但这些八毛一把的禾镰，他们毫不犹豫就赊下了。他们赊的是禾镰，赌的却是生活和命运。黑暗的夜色中，牛角冲人的眼睛，像锋利的禾镰一样闪闪发亮，他们在禾镰和预言的刀锋上，看到了希望与未来。

年少时我对赊刀人的这次到来和表现深信不疑，并像牛角冲人一样替他们广为传播，但年岁增长后，我一直对这个说法心存怀疑。以我的理解和判断，七十年代，社会不可能有如此大的流动性，而且对于一伙来历不明的陌生人，所有的人特别是红卫兵会充满警惕与敌视，至于那些带有政策性和政治性倾向的预言，更是当时的大忌，稍一不慎，就可能有牢狱之灾甚至是性命之忧，谁敢冒如此大的风险呢？我觉得，如果把时间往后推上几年，也就是说在红太阳陨落那年或更后一点，倒是有这种可能。但牛角冲人却坚决地一致认定，没错，就是七十年代初！这无疑是一种有意识的集体式记忆出错。这种把事件生发时间前置的错误，除了能更加有力证明赊刀人的英明和神秘外，只能说明牛角冲人对这个预言具有强烈的期盼，在他们的心底，也许早就有了这样的想望，是赊刀人帮他们从芜杂的现实中打捞出来并发散开去。他们需要这种声音为自己代言，而代言者的正确性、准确性和超常性，在他们的潜意识里，必须自觉去设置和维护，所以原本就存在部分事实的赊刀人，慢慢被修正成了他们的神明？

不管时间的前后和事实的真相如何，总之，分田到户的预言大快人心，而它的兑现，则让赊刀人的权威变得毋庸置疑，他们的神性，更是让人不敢有丝毫的冒犯。数年之后，当两个赊刀人背着袋子拿着账本出现在牛角冲时，在自家责任田里劳作的人们，纷纷洗净手脚上岸，从家里拿出钞票毕恭毕敬还给他们。他们并不是先前放禾镰的那一老一少，但手上的账本千真万确。赊刀人并没有认真核对账目，更没有一家家去催讨，给了钱就收下，没有给的也不多问。正是这份随意和大度，让牛角冲人更加敬重和信任他们，最终没有一个人敢欠他们的钱。他们这次带来的是柴刀，上次的禾镰钢火特好，如今正在各家各户发挥着作用，估计再用上几年也毫无问题。而柴刀，正是牛角冲人眼下最需要的，因为满山的树木已分给了私人，正等着他们砍去卖钱，赊刀人真是太了解他们了。牛角冲人这次赊到了厚重的柴刀，也获悉了新的预言：猪肉十块一斤再来收账，一把柴刀十斤猪肉。这真是一个沉重的赌局，要知道，当时的猪肉才一块钱一斤，市面上的柴刀也就三五块钱一把。以这时的价格计算，赊刀人的柴刀差不多要整整一头猪！更加让牛角冲人不安的是那个琢磨不透的预言，不知到底是好还是坏——按现在的行情，猪肉不可能涨到这么高，价高钱多当然是好事，但如果是通货膨胀呢？没钱的牛角冲人岂不是日子更加难过？他们又如何吃得起这么贵的肉！这样的预言，就像手上的柴刀一样，既可以伐倒山上的树木，也可能砍伤牛角冲人自己。

类似的预言此后遍布牛角冲人的生活。比如说，种田不用交税，种粮还有补贴；家家有楼房，一半无人住；人吃粗粮狗吃肉；田里长草，屋顶长

树；水比猪油贵，粮比鸡屎贱……这些都兑现了的预言现在看起来也许一目了然，平淡无奇，但在它们兑现前的十年甚至更久，每一个都不啻石破天惊，让人听了既欢欣鼓舞又心惊肉跳。很多预言，即便是牛角冲最博学的老先生和最优秀的大学生，也破译不了它们的具体所指。每一个人都有着自己的理解和诠释。事实上，这样的预言确实存在着无数种可能，可以乐观地把它看作好事，也能悲观地视为灾难。很多年来，牛角冲人就是在赊刀人的预言指引下，信心满怀又小心翼翼地把悲悲喜喜的生活，演绎成一条波澜壮阔的长河。

我从小就在牛角冲听到赊刀人各种版本的预言，当时除了觉得奇怪和好玩外，并不认为他们和它们会对牛角冲有多大的作用。在我们少年的眼里，这些锋利的东西充满杀气，主凶，远不如货郎和他们的糖果亲切诱人。无知和无负重的我们，更喜欢直接和甜蜜。但多年以后，当我的人生和生活都需要信仰与信念来支撑时，才深深地感到赊刀人对牛角冲无可替代的意义——赊刀人的预言给牛角冲人的生活设置了悬念。没有悬念的生活一如一池死水，时间都是静止的，毫无生机和活力。而悬念，却给人期盼和想望，让原本平淡的日子，变得情趣盎然。劳苦的牛角冲人没事时经常聚到一起，猜谜一般谈论赊刀人的预言，各种稀奇古怪的说法让人脑洞大开，笑声不断，繁重的农活、清贫的生活，全都暂时搁置一边，眼里只有一幅幅不同的人描绘的美好画面。一些被生活压迫得走投无路的牛角冲人，就是在这些悬念和画面的鼓舞下，挺过了难关，迎来生命的春天。赊刀人的预言也给牛角冲人的生活指明了方向。物价、政策、社会问题、自然灾害，牛角冲人似乎都能从赊刀人的预言中窥出端倪，他们习惯于围绕预言，去展开他们的生产和生活。有几年牛角冲人家家户户大量喂猪，全都获得了较高的回报，就是得益于赊刀人那关于肉价要大涨的提示。赊刀人的预言还给牛角冲人的行为做出了提醒。一些模棱两可或看似可怕的预言，让牛角冲人充满了敬畏，他们不敢放浪自己的行为，也不敢胡乱自己的心思，担心预言兑现时，神灵会惩罚不听招呼的人。在牛角冲人的精神秩序里，除了现实的法律，每个人的心头，还供奉着一尊神明，它们都是不可亵渎的圣物，必须自觉地无条件地敬仰和遵守。而赊刀人的预言，牛角冲人把它等同了神的旨意。

正因为这样，所以很长一段时间里，牛角冲人都盼着赊刀人到来，又怕着他们到来。盼他们到来，也就是期盼预言或者说是自己的想望早日实现，当然也在期盼赊刀人带来新的预言，给他们新的指引；怕他们到来，是怕带来的新预言不是一个好消息，怕自己的生活又有大的动荡或者颠覆，当然，也怕预言兑现了要支付高价的刀具钱。

赊刀人是哪里人？现在在何处？什么时候再来牛角冲？对于这些问题，牛角冲人一概茫然无知。说实话，牛角冲人并非都是愚昧迷信者，也并不是一开始就把赊刀人视作神明。最初的时候，他们对赊刀人同样采取怀疑和观望的态度，赊个禾镰，纯属是赌个运气贪个便宜，即使是在预言兑现之后，仍有不少的人在暗暗观察和调查他们。有人曾怀疑他们是为某个盗窃团伙踩点的，但这么多年来，牛角冲并不曾因他们的到来而丢过一根针；有人曾认为他们不过就是一伙奸商，纯粹为了赚钱，可仔细算来，长达数年甚至十几年的赊账，加上路费和物价上涨等因素，其实也赚不了多少钱，何况，他们只赊刀具，禾镰、柴刀、菜刀、剪刀、锉刀……都在牛角冲赊过，而且每次来只带一种，如果为了赚钱，应当什么俏就销什么呀？有人曾认为他们就是一伙骗子，弄得神秘兮兮为的是让你上当高价买他的刀，可他们在牛角冲没有骗任何人的钱财，睡都只睡到屋檐下……当所有的指责和怀疑都显得苍白无力，而离奇和邪乎的预言却一个个成为现实时，最初的发难者反而成了赊刀人最坚贞的拥护者。是的，正是那一个个超出时代的锋利预言，让牛角冲人按照自己的见识和理解，把赊刀人一步步神化。

我从小听着牛角冲人讲述赊刀人，对赊刀人的故事了如指掌，可我却一次也没亲眼见过他们。他们在我的心中就是一个传说。我一直想破解他们神秘的身份，曾很多次向有关专家甚至是江湖人士请教，也经常到书籍、网络、论坛去寻找他们，但始终没有得到确切的答案。我惊讶地发现，赊刀人并不只是牛角冲特有的事体，他们飘忽的踪影几乎遍布全国各地的农村；他们的预言，也具有较大地域范围内（有的甚至是全国）的一致性。关于他们身份的猜测，除了牛角冲人能想到的种种外，比较集中的说法是认为他们是道教人士，是鬼谷子的传人，以赊刀（道的谐音）的名义，来给老百姓指点迷津，预测未来，根本不想从中谋利。他们赊的是刀，弘的是道，传的是

爱。与此接近的说法，是认为他们来自与我们平行的另一个世界，穿过时间与玄奥之门来点化众生，拯救黎民。这两种说法，都像牛角冲人理解的那样，具有浓郁的宗教情怀和神秘色彩。我当然不太认同这样的判断，但也无法得出自己的结论。我唯一能肯定的，就是赊刀人不是坏人，而且是一群具有远见卓识的智者。他们不是预言家，而是信息的收拢者、研判者、提炼者和传播者。他们是我们这个时代流落民间的大数据分析师？或是善于创新商业模式的经济学家？

……

牛角冲人在赊刀人一个个预言的指引下，经过一个个路口，穿越一片片丛林，不知不觉就抵达了他们先前无法想象也根本不相信的境地。如今的牛角冲，随着水泥公路的深入和旅游开发的到来，早就不再偏僻和封闭，现代文明像潮水一样，从四面八方漫涌进这个古老的山村，人们争先恐后地享受着现代生活的种种便利和好处，日子过得高潮迭起，精彩纷呈：家家户户都是漂亮的楼房，一多半人家房前还停着一台小车；很多人家已经不再种田，原先金贵的水田，现在要么长满野草，要么低价租给福建人栽花；菜地也荒芜了，山东和海南的大棚菜，一出世就能很快现身牛角冲的超市里，不种菜半点都不影响生活；而巴掌大一个山冲，现在居然有了很多家包子铺和饭店，懒得搞饭的人，一日三餐不开火也饿不着……牛角冲人对这种生活非常满意，每天打打麻将、玩玩手机、唱唱歌，时间很快就过去了，而第二天，又是毫无悬念地同样如此。没有悬念和负重的日子不需要提示和指引，牛角冲人就像坐在一间密封的船舱里，随着流水漫无目的地往前漂。他们已经不需要预言，也已经忘却了赊刀人。

赊刀人已很久没来牛角冲了。就算是来了，估计也没有人会理他们——如今的牛角冲人，不砍树、不喂猪、不栽禾、不种菜，除了杀人，哪里还用得上刀？

日子水一样地流。

流着流着，就没了方向。

安逸且富足的牛角冲人，越来越感到活着没味，心里空荡荡的。他们觉得整个世界和所有的别人都出了问题，除了他自己。他们对眼前曾经非常羡慕和满意的生活无比厌恶,对世道人心则简直是出离愤怒:人与人之间没有了信任感,互相搞名堂;所有的人都只知道搞钱,笑贫不笑娼;道德已经没有了底线,羞耻已经成了稀物……经过多年的浸淫和经历,他们已经不相信任何人了,包括代表神明跟他们沟通和对话的和尚与道士。他们知道,很多道貌岸然的货色,其实是骗人的把戏。他们对眼前的生活失望透顶,不知道还会不会变得更坏,也不知道什么时候才能够变好。他们的精神一片空虚与茫然,迫切需要指引和拯救,他们又记起了赊刀人。在他们的心中,只有赊刀人的预言,从来不骗人——现今的状态,就是赊刀人多年前的预言!

牛角冲人记起赊刀人最后一次来时的预言:男女老少互相欺,家家户户穿破衣。当时赊的是剪刀,一把一百元。但并没有几个人赊,一是大家都有了钱,不习惯赊东西了;二是剪刀到处有,几块钱一把,犯不着买这么贵的;三是人们根本就不信那个预言,都什么时代了,还家家户户穿破衣!就算以后不添置一件新衣,谁也用不着穿破衣。哪里知道,还真让赊刀人说中了,现在谁家没几件时尚的破洞衣裤呢?可惜的是,牛角冲人只关心预言的后半截,对前半截的提醒,当时所有的人都毫不在意,忽略过去。说到底,他们看重的还是物质层面的东西。现在预言兑现了,可是赊刀人为何还不来收款并带来新预言呢?牛角冲人想了很久,觉得并不是赊刀人嫌账少,而是他们早就看出来了,牛角冲的人心已经坏掉了,一个坏掉人心的地方,谁还会再来?谁还去拯救?牛角冲人,如今看问题也上升到了精神层面。

我以前以为牛角冲人赊刀是生活需要,现在看来,他们赊的其实是刀具背后的那个预言。很多年来,他们内心和精神一直是焦虑的,对未来的生活缺乏安全感和确定性。特别是眼下,他们急需在牛角冲重新建立秩序,更需要在自己的内心和精神上重构信仰。而赊刀人的预言,就像一把锋利的砍刀,能剔去生活身上包绕的污垢,劈开重重的障碍,直达最真实的内核;也像一把轻巧的手术刀,能快速割去内心的沉疴;还像一把尖锐的匕首,能穿透业已麻木的肌体,扎中灵魂的要害和痛点。

牛角冲人盼望着赊刀人到来,但赊刀人再也没有出现。倒是赊刀人在外村留下的新预言,源源不断地传进来,比如说:三个人分吃一个糠饼、一斤猪肉换一斤麦子、一栋房子换一袋米、人和狗抢馒头吃……从字面上理解,

这些大同小异的预言都指向闹饥荒，提醒人们要重视粮食生产。牛角冲人觉得赊刀人说得太对了，在赞不绝口的同时，也暗暗为赊刀人不来牛角冲而羞愧。有精明的牛角冲人跑到外村去打听，外村人说，赊刀人已很久没来我们村了，但到了外村，在他们那里留下了预言；精明人再到外村的外村，说法还是一模一样——原来没有一个人见过赊刀人，所有传说中的预言，都是他们自己说的！难道，外面的世界也像牛角冲一样，需要借助赊刀人锋利的预言，来剔除内心的隐忧和暗疾吗？精明人茅塞顿开，也编了几则看似耸人听闻实则劝人修德向善之类的预言，伪托成是赊刀人在外村的外村说的，结果牛角冲人大加赞赏，广为传播，并以此作为道德规范和行为准则。受此鼓舞和启发，从此，一条条赊刀人的预言，就像长了翅膀的鸟一样，从牛角冲起飞，越过高山与人心，飞向四面八方。盼望着赊刀人到来的牛角冲人，最后自己默默地变成了赊刀人，不过他们只赊预言，从不赊刀。

我终于明白过来，牛角冲人其实一直都是自己在拯救自己，无论是生活，还是精神。

原载《四川文学》2019年第7期

时光里的坛坛罐罐

岩洞中的筋坛

　　深秋的黄昏，我第一次看到了筋坛。从看到它的那一刻起，我的魂灵就被震慑住了，此后的若干年，它一直盘踞在我的脑中，让我万分畏惧。

　　那是一个阴寂的黄昏，母亲带我到远离村庄的山谷中去挖红薯。我家的口粮，就卧躺在谷中的黑土地里。谷地不大，弯曲而狭长，一边是高耸的石山，光秃冷峻；一边是苍莽的林地，阴森逼人。这地方，我从没来过，才走到山谷的入口，我的心中便莫名地寒凉起来。我真弄不明白，母亲为什么要带我来这里，又要选在这个没有阳光的黄昏带我来这里。现在想来，这可能根本就是一种无意，但这种无意却隐藏了天地间神秘的律令，要不，我也就不会对这里刻骨铭心了。

　　抓紧母亲的衣摆，我怯怯地来到自家的薯地，母亲放下肩头荷着的工具，摆开姿势开始了劳作。这时，我抬眼看到地边的石山脚下，有一个凹进去的岩洞，洞中摆放着一个水桶大小的瓦坛，它身上惨淡的瓦黄，与粗黑的岩壁形成强烈的反差，像锥子一样一下就扎进了我的心中，让我像电击般地一颤。这是什么？是土地爷的家还是野兽子的窝？坛子里面装的又是什么？是稀世的珍宝还是狰狞的恶魔？我怔怔地看着，惊恐地想着。我隐隐地感觉到，荒野中的这个瓦坛，一定内藏着与我相关的不祥信息。尽管心中慌乱，但好奇的天性仍是使我一步步地朝它迈近。我想近前审视它，我想揭开它的秘密！就在我的小手快要伸到坛盖时，山谷上空老鸦的一声突然哀啼，惊吓得我差点跌倒。随之，我便听到母亲惊恐的锐叫：快回来！那是筋坛，装的死人骨头！啊，死人！啊，骨头！幼小的我想象不出这是何等的恐怖，但本

能让我瞬间清醒：我不要，我真的不要！我连滚带爬哭叫着扑进了母亲的怀抱。这时，天地一片昏暗，只有老鸦还在天边哀哀地啼。

这真是一幕神玄的场景。多少年后，我还一直在寻思当中的奥秘。老鸦的那一声不早不迟的惊啼，总让我想起冥冥中某种诡秘的力量。这种力量，是天地的提醒？还是灵魂的叫唤？这种来历不明的东西，直到现今还不时震颤我的人生。

我再也不敢到山谷中去了。但我总在想着山洞中的筋坛。牛高马大的一个人，怎么一个小小的瓦坛就装完了？他身上的血肉呢？还有，怎么要把他放到荒野的山洞中呢？他不寂寞吗？年轮的增长，终于让我找到了答案。原来，这是湘东山区特有的一个习俗。人死下葬后，过个八年十年，后人就要把坟墓揭开，请捡坟匠把死者的骨殖一根根清理出来，装进瓦坛中，用糯米饭把坛盖密封，然后再择风水宝地重新归葬。由于岩洞能避风雨，里面又干燥，有利于骨殖的保存，因此不少人便把先人的筋坛安放到里面。了解到这些背景后，我虽然仍对筋坛充满畏惧，但不再觉得它们恐怖。我甚至还偷偷地跑去看人捡坟——捡坟匠把从泥土中挖出的骨头用棉布擦拭得黄黄亮亮，先放到竹筛里，待全部捡完后，再一根根装进筋坛中，206块骨头，居然真的装得一根不剩。

以后，我就常在村庄周侧的岩洞中看到筋坛。我知道，他们都与我有着千丝万缕的联系，他们是我的祖先，他们也像我一样曾在村庄里悲悲喜喜地生活，但现在，他们全被密封在一个个瓦坛中。无论他生前活得多么顶天立地，无论他做过多少丰功伟绩。他们是我的前生？也是我的后世？我们都只是村庄的一个过客？宇宙的一个过客？

三十年后的一个深秋，我在远离村庄的书房品读荷兰裔美国学者房龙的《人类的家园》，在书中，我读到一个让我无限感伤的假设：全人类只需一个半立方英里的箱子就全部装完了。起初我以为这荒诞不稽，但稍一计算，便发现这是一个精确无误的数字。房龙写这本书时，地球上只有二十亿人，现在翻了几倍，但一个一立方公里的箱子，照样便可把我们全部容纳。这又让我想起了岩洞中的筋坛。箱子和筋坛，都让我感到强大的人类的渺小。

岩洞中的筋坛至今仍让我畏惧，我不是畏惧萦绕在它们周遭的孤魂野鬼，而是对自然的畏惧，生命的畏惧。

土灶边的水甏

水甏安静地坐在灶台的旁侧，一如曾祖母安静地坐在灶膛的前面，她们都不说话，脸上都有大块浅黑的斑，年纪都老得让人无法不敬重。唯一不同的，是水甏怀里围拥着柔弱的水，曾祖母怀里紧抱着稚弱的我。

水甏其实就是水缸。但湘东山区的人都不这么叫，我先前曾以为这是一个野俗的称谓，就像曾祖母的名字，但后来我体会到了，这称谓与曾祖母的名字一样，都充盈了古气和文气。曾祖母叫杨林香。杨林香，水甏；水甏，杨林香。真的有一丝淡淡的雅韵呢。

原谅我总是提曾祖母。还是来说水甏吧。水甏是一个大肚大口的瓦器，它的前世，当是北山窑场黏糯的细泥。窑工的揉捏，窑火的煅烧，成就了它坚厚硬实的筋骨，注定了它与水为伴的宿命。每天清晨和午后，父亲都要挑着木桶，把从半里之遥挑回的井水倒进它的体里。水从桶中倒进水甏里时，先是闪耀着银亮的白光，然后唱起沉缓的歌谣，接着就翻涌起灿烂的水花，继而又跳起欢快的舞蹈。整个过程极其短暂，但我却莫名地感到动人和美妙，总是站在旁边期盼再来一次，直到父亲把水挑满，才遗憾地走开。水甏的外形一点也不精致，如果不是盛装了这些甘洁的井水和玄妙的吸引，我只怕一辈子都不会理睬它。这有点像我后来的交友和恋爱，首先看着不顺眼的人，因了他（她）内心的洁净，抑或是某一点不经意的灵动，慢慢就融入了我心田的深处。

我不知小时候为什么这么喜欢水。也许是山区没有大江大河的缘故吧，也许这原本就是人类的天性，比如我四岁的儿子，现在就在水龙头上玩得正欢，他的姿势和眼神，是多么地亲切和熟稔，看着就让我欣慰、自豪，我感到我的生命在水流声中骄傲地延续。小时候，我总是趁大人们不注意，站到小板凳上，用木勺或是茶缸把水从水甏中舀起又倒下，看它银亮的颜色，听它叮当的歌吟，有时，我还挽起袖子把小手伸进水里，想触摸那仿佛就在眼前的甏底，触摸那若有若无似是而非的幻象，结果什么也没摸到，反而把

袖子和心情打得透湿。我全然没有想到,这些水,要用来滋养我们全家的生命。

水瓮不是一件古器,但它是我家的一件圣器。当阳光洞穿土灶上方的瓦隙,明亮的光柱射进水瓮的身体时,我就看到了它的圣洁和纯净。空中的光柱里有万千尘埃在翻飞,水中的光柱却只有一片明亮,安安静静的,清清晰晰的,看了就让人珍爱。让我们全家珍爱。家里人做饭烧茶洗澡擦脸用水时,总是拿专用的木勺小心翼翼地从水瓮中舀水,生怕惊扰了它,玷污了它。这是对瓮的敬重,还是对水的敬畏?

我又要提起曾祖母了。想起水瓮,我总是绕不过她。她安静地坐在灶膛的前面,不太说话,一说话,常常就是提醒家人要去挑水了。她说:总不能穷得水都没有吧。又说,做人要干净些,没有水,怎么洗去肮脏?她说这些话的时候,表情很平静,但态度很坚定,现在想来,还真有一些浅浅的训斥和责怪。她老人家有没有洁癖,我记不起来了,她说这话时有没有深意,我不得而知,但她的这两句话却像水瓮中的水一样,不经意地了无痕迹地滋润和营养着我们全家。在村庄,我们干干净净地活着,堂堂正正地活着。曾祖母去世时,全村的人都来送她上山,都说她会升入圣洁的天堂……

水瓮和曾祖母,是我家敬畏的两件圣器,我们用水瓮的水清洁身体,用曾祖母的话洗涤灵魂,直到三十年后的今天,我仍把她们供奉在心灵的正中,不敢打碎。

窗台前的瓷罐

洁白的瓷罐温情地摆放在窗棂前的桌台上,让我童年的碎片,至今仍闪烁出幸福的光芒。可是母亲呢?母亲的眼角为何总有晶莹的泪水?

瓷罐有两个,它的外形和大小,都有些像矮胖的冬瓜。冬瓜坛。母亲这样喊它。冬瓜坛。村庄的女人们也这样喊它。女人们喊它的时候,母亲就灿灿地笑了,是笑它可爱的样子?还是笑它滑稽的名字?每天清晨,母亲都要坐到窗台前梳理乌黑的长发,她圆润的脸庞,在桌子的台镜里光洁如瓷。看看镜中的自己,母亲又看看镜子两旁的瓷罐;整理好自己的妆容,母亲又清洁起瓷罐的身子……

我和弟弟最喜欢瓷罐。我们总是希望它给我们带来欣喜和快乐。每天，我们都要揭开它精巧的盖子，用目光探视它，用小手搜摸它。尽管失望多于惊喜，但隔三岔五的意外，常能将我们深深陶醉——瓷罐里有咧开嘴傻笑的熟蚕豆，有油亮着脸的炒芝麻，有喷香的爆米花，有橙黄的炸薯片，运气好时，还有花花绿绿的糖果，四四方方的饼干……我和弟弟快活地咀嚼它们，一如咀嚼一个鲜美的童话，感到天空格外明丽，太阳特别温暖，空气中，淌满了我们洒下的香甜和幸福。我们抱了瓷罐，对着母亲笑。母亲望着瓷罐，朝着我们笑。我们都希望，时间能像瓷罐一样，从此凝固在我家的窗台前。但有一段时间，当我和弟弟分享瓷罐包容的快乐时，母亲却不笑，而是老望着它木木地发呆。她目光中的忧郁和感伤，让我觉得她的心也像瓷罐一样冰凉。吃吧，母亲，蚕豆很香。吃吧，母亲，糖果很甜。母亲不吃。母亲说，你们外公死了。外公都死去半年了，我们不是都去送他上山了吗？怎么还老是念叨？而且是一看到瓷罐就念叨？我真弄不明白，一个人的生命，会和一个器皿有着怎样的牵连。

更让我弄不明白的事情后来又接连发生。在一个秋雨敲窗的夜晚，我和弟弟因抢夺薯片，不小心把一个瓷罐打碎了。看到一地的碎片，母亲吼叫着把我们一顿痛打。这是我记忆中母亲下手最重的一次，我打碎过家里很多饭碗和茶杯，母亲没打我；我烧坏过母亲才穿一次的棉衫，母亲没打我；我把尿撒在父亲的酒缸里，母亲也没打我。为什么，为什么打碎一个并不贵重的瓷罐，母亲就要狠心地抽我呢？

母亲哭了。在第二个也是最后一个瓷罐又被我们兄弟打碎时。她号啕大哭，伤心至极，蹲在地上望着满地碎片不知所措，一如自己的心被摔得七零八落。我和弟弟惊恐地躲藏，生怕母亲粗糙的巴掌，又要光临我们娇嫩的屁股。但母亲没打我们，她的眼里只有瓷片，只有泪水，只有伤痛。这种神情，我只在外公死时从母亲身上看到过。瓷罐又不是外公，干吗要这么伤心？难道，瓷罐是母亲心中的一件圣物，是她心灵深处的一种慰藉？它的身上，真的潜藏了我翻译不透的密码？

后来，我终于明白，这对瓷罐并不值钱，但它是母亲唯一的嫁妆，是

她从娘家带来的唯一纪念，是她在村庄的女人间唯一聊以自慰的资本。现在，瓷罐就像外公一样，成了她记忆中的伤痛，更重要的是，作为一个女人，她少女时代的直接信息，已随着瓷罐的破碎而永远终结，她娘家和夫家的连接，再没了具象的焊点，她对娘家的情感，在夫家再也找不到依托的载体……瓷罐，不是一件普通的器皿，它是母亲情感和精神深处的寄托。嫁妆，是所有女人心中的圣器。

想起瓷罐，母亲总是默默地流泪。可是，母亲，您从娘家带来的嫁妆虽说破碎了，但您的生命，却在夫家茁壮地延续。我们兄弟，永远也不会让您的心灵破碎！

原载《青岛文学》2015年第8期

乡村毒物

　　村庄里遍布各种各样的毒物，它们似乎是鬼神派驻在人间的接头者、指引者和催促者，常常妖媚地偷窥着别人的生活，随时准备篡改他们的人生与命运。死亡的阴影，就像每天黄昏从山林里弥漫开来的夜雾一般，长年累月地笼罩在牛角冲人的心头。

　　牛角冲是一个僻静的处所，这里有山岭、岩洞、河流、池塘、森林、草地、田野、菜园，美得让人眩晕，但几乎每一个地方，都潜伏和隐藏了致命的凶手。这些狠毒的货色，有的是能跑动的活物，它们趁人不备，从暗处钻出来疯狂地发动攻击，闪电般咬上一口、蜇上一针或是射出一线尿、打出一个屁，很快就逃之夭夭了，受害者还没反应过来是怎么一回事，剧痛或麻木就已汹涌地把自己淹没，随之而来的就是对即将失去生命的恐慌与哀号；有的是不能活动的静物，它们或是一棵树，或是一株草，或是一朵花，或是一粒野果，或是一蔸菌子，长得平平常常，普普通通，有的甚至还更加艳丽，它们混杂在所处的队伍里，根本看不出有一颗恶毒的心，只有误食误碰接近和接触了它们，导致全身溃烂，肝肠寸断，才知道它们原是一个伪装的恶魔；还有的既不是动物，也不是植物，是天地化合的某种矿物，只需要一丁点儿，就能夺人性命；甚至还有一种看不见摸不着的邪恶气味，一旦进入人的呼吸，哪怕只有一口，也会病个半死……随处可见的陷阱与危险，让牛角冲人对生活缺乏应有的激情，他们充满忧虑，小心翼翼地行走在尘世的边缘，不敢豪放和深入。

　　我在村庄里生活了十八年，离开之后又经常回去，目睹了牛角冲人和毒物的各种纠缠与纠结——他们有时憎恨毒物，很想把它们赶尽杀绝，有时又敬畏毒物，把它们奉若神明；大多数时候，他们对毒物敬而远之，退避三

舍，可有的时候，又四处寻找它们，渴望得到它们；毒物有时伤害了他们，有时也拯救了他们。我常常想，牛角冲人与毒物的斗争史和关系史，其实就是一个村庄的发展史。毒物，神秘地暗中记录着村庄的前尘与旧梦。

蛇是村庄里最常见的毒物。关于蛇的故事，牛角冲人谁都可以讲上个把时辰，道听途说的、添油加醋的、亲身经历的，林林总总，不一而足。在他们亢奋而又畏惧的讲述中，总是十分注意强调蛇的灵性和神性，而忽略或是淡化它们的毒性。事实也确是如此，在牛角冲，蛇是所有毒物里面最受人敬畏的灵物，很多地方的蛇，具有至高无上的地位和特权，比如庙宇、祠堂、大树、坟墓、岩洞、水井、窑场、地窖、桥头、堰坝附近的蛇，还有进屋的蛇，不但不能打，如果拦路不走，还要焚香烧纸跪拜。这些特殊场所的蛇，在牛角冲人眼里，有时是神，有时是妖，有时是鬼，唯独不是单纯的一条蛇。在它们长长的身体里，寄托着另一个物种或亡灵的魂魄。它们代表神灵鬼怪来与这个世界对话，因此它们现身的方位、路线、时段、速度等信息，都蕴含了丰富而且深刻的寓意——这样一个承担着重要任务的使者，难道不应当得到牛角冲人的尊重？

可蛇毕竟是一种毒物，人们更多的是害怕和厌恶它们。回想起来，我在村庄里见到过的蛇有十来种，除了身长体壮又无毒的菜花王和乌梢蛇外，其余的几乎都有毒，不少还是剧毒，比如眼镜蛇、扇扁风、棋盘蛇、蝮蛇、竹叶青、银环蛇。这些毒蛇，像一个个隐藏起来的怨鬼或幽灵，随时随地威胁着牛角冲人脆弱的生命——

竹叶青这种毒物真的异常妖惑，它不长，也就两三尺的样子，全身碧绿，俨然是一个穿着绿色长裙的美少女，样子一点也不凶，好看极了。但它的眼睛是红色的，尾巴也有一点焦红，媚得很，当它扭着绿色的腰身，眨着通红的双眼望了人，一股妖气就迎面扑来。它不但妖，而且还很毒，据说是国内排名第十的毒蛇。它常常用尾巴缠吊在竹枝或树丫上，俏皮地玩耍，一双又妖又媚的眸子，打量着四面八方，随时准备攻击，若有人从树林底下经过，受伤的部位总是头颈。人被竹叶青咬伤后，伤口会剧烈灼痛，并很快出现血性水泡，肿胀发展迅速，如不及时处理，将危及生命。竹叶青其实是分雄雌的，但不知为什么，我一直把它们全部视作雌性。看到竹叶青，我常常想起一些妖魅的女子，她们的内心，会不会也很毒呢？蝮蛇是牛角冲最多最常见的毒蛇。它的学名严格地说应叫短尾蝮，但村庄里的人都叫它土皮蛇，明显带有轻视和嘲笑的味道。事实上，它们的样子真的不好看，身子不长，尾巴又短，头部还是个三角形，全身披着泥巴一样的颜色，又土又丑地蜷伏在阴暗的角落里，动都懒得动一下。但当人们在田间劳动、伸手摘菜、上山砍柴、搬动砖石接近它身旁的时候，它就突然像饿鬼般弹出，狠狠地咬上几口，直到被人打死。被土皮蛇咬伤刚开始是没什么感觉的，也不肿胀，但慢慢就会眼花，患处高度肿大，如不医治，一周左右可致人死亡。村庄里把那些平时不爱说话看起来老实巴交实际上内心毒辣的人叫土闷子，说的就是他们像土皮蛇，爆发力和报复性都极强。对于土皮蛇或是土闷子，除了小心和绕开，实在没什么好办法。棋盘蛇是牛角冲最神秘的毒蛇。我从小就听到老人讲，如果被棋盘蛇咬了，会出血不止，必死无疑，最高明的蛇医也完全没有办法。据说棋盘蛇又粗又长，盘踞在大山深处，平时不吃不喝不动，静静地等候猎物，如果十天半月还没得手，它散开盘蜷的身子换位置时，会狠狠地咬一口旁边的树，不久树就死了；有时没有树，就咬一个石子，这块石子要是被人赤脚踩到，整个脚掌都会烂见骨头。很多年后，我才借助网络弄清棋盘蛇的学名叫尖吻蝮，它的另一个鼎鼎大名就是五步蛇。五步蛇无疑是剧毒蛇，但它在毒蛇排行榜中的位置并不靠前，仅比竹叶青前一个名次。牛角冲人可能夸大了这种难得一见的蛇的毒性，但在我心中，它依然是最神秘的毒物。眼镜蛇和扇扁风是牛角冲公认的最毒蛇类，也是全世界公认的剧毒蛇类。棋盘蛇虽毒，但它少见，且不追人，远没有眼镜蛇和扇扁风嚣张。眼镜蛇大家知道，扇扁风可能没听说过，但它的学名眼镜王蛇可能就如雷贯耳了。眼镜蛇和眼镜王蛇名字像，长得也像，但它们并不是同一种蛇，眼镜王蛇要更大更凶一些。眼镜蛇和扇扁风都有固定的地盘，寿命又长，且在白天活动，因此牛角冲人包括小孩子都知道它们的藏身之处。它们扁着一个脑壳，立起半个身子，一副假眼镜随着颈脖左右摇动，嘴里芯子狂吐，发出"呼呼呼"的声响，俨然就像一个披着黑袍子的巫师或催命鬼在乱舞着夺命毒剑，吓死个人。牛角冲人从小就知道，遇见了这俩货，要赶紧跑"之"字甩掉，否则受到攻击只有死路一条。说来也怪，它们这么厉害，却

从没在牛角冲人面前得过手，小孩子都没伤到过。原因是牛角冲人早就知道了它们的底细，时刻防着呢。寸花蛇是我小时候见得最多的进屋蛇，它们又细又长，头部也不是三角形，是椭圆的，全身披着黑白相间的花纹（所以又叫百节蛇），就像一个俊俏的小哥哥，穿了件漂亮的海军衫。寸花蛇性情非常温顺，懒洋洋的，慢吞吞的，从来没见到它咬过人，牛角冲人一点也不怕它，基本把它们视为无毒或低毒蛇。我也一直这么认为，直到前两年才偶然得知，寸花蛇竟然就是全中国最毒的银环蛇！资料显示，一条成年银环蛇的一毫克毒素，可以致十几人死亡。天啊，这么狠毒的角色，牛角冲人却至今没有识破它们。有一年我母亲去洗澡时，还在暗处踩到一条寸花蛇，万幸的是，那家伙并没有对她下狠手。如今想来，真是后怕得脊背发凉。我疑心，银环蛇是毒蛇里面的一个忏悔者和背叛者，来到人间后，也不知是受了什么触动，它拒绝执行死神派遣给它的任务，与人为善，和睦共处。正因如此，我就像所有的牛角冲人一样，对寸花蛇始终没有半丝半毫的仇恨，在我的心中，它依然是一个穿着海军衫的俊俏小哥哥。

　　这么多的毒蛇在牛角冲出没，人们被蛇咬到也就在所难免，但似乎并不是很常见。夏天的村庄里，如果听到说谁谁谁被溜老倌伤着了，那一定是个很重大的事件。溜老倌是牛角冲人对蛇的一种代指。牛角冲人有时直呼蛇名，更多的时候是用隐语。每当有人被蛇咬伤后，村庄里就弥漫着恐惧与慌乱的气息，人们压低声音，像接头一样，用暗语交流着蛇的消息，俨然咬人的那条蛇是神明或者妖孽，它以及它的同伙随时会出现在不敬者的面前，发动攻击，进行惩罚。我一直不明白，牛角冲人为什么总是要把受到伤害的人，与他平时的行状和道德联系起来，好像他的倒霉与苦难，全是冥冥中的某种报复或报应。说来也真是奇怪，我在村庄里看到过的每一个被蛇咬伤的人，几乎都有些迷迷糊糊、神经兮兮。他们胡言乱语，喊着先人的名字，像中了邪一般，老说别人的背后还藏着一个一模一样的人。他看到你的魂魄啦！若干年后，我才知道这种现象是神经性蛇毒引起的谵妄和复视，但在当时，我和所有的牛角冲人一样，觉得无比诡异，吓得心惊肉跳。被蛇咬伤的人躺在床上，痛苦呻吟一阵后，便陷入了昏迷，伤口渗着血水，身子在慢慢肿大，如果蛇医没有及时赶到，他的生命与灵魂很就会都进入到另一个世界，也许来生就变成了一条蛇。围观的牛角冲人目睹一个同类的幻灭，悲伤极了，害怕极了。他们看到的是别人的遭遇，想到的却是自己的命运，一个个默默地在内心反省和忏悔，所有对神灵、他人、自然的侵犯、伤害甚至是阴谋，都成为他们恐惧和担忧的缘由。他们祈求神灵原谅自己，也警告自己再不可乱来。村庄里的每一次毒蛇伤人，其实都是一次人心的净化和灵魂的洗礼。

我从小就怕极了蛇。母亲担心我被蛇伤到，总是反复交代不准去蛇多的地方，万一遇到了蛇，要灵活运用技巧躲避，切记不可碰它打它。怕我不重视她的话，还经常用生动的案例来警醒——山背一小孩，放学回家时看到门锁上缠了一根花带子，以为是家人系的，准备解开进门，细看是条小花蛇，就想捉了来玩，结果被蛇咬中虎口，当夜就死了；田北一后生，在一水井旁看到一条黑蛇，手贱用竹枝抽了一下蛇的脖子，蛇没打死，溜了。没多久的一个晚上，蛇找到了后生的家，看到后生睡在床上，蚊帐压得紧紧的，无法进去报仇，就用尾巴把帐顶上的一个小破洞撑开，然后准备钻进去咬他。可它上次受伤的脖子长了一大圈肉环，卡在帐洞里进不去，它就把头对准后生张开的嘴，一次次地喷毒，结果后生死了，蛇也死了。这些真真假假的故事，让我对蛇更加畏惧。想起牛角冲到处都是蛇，而我又朝蛇丢过几次石块，年幼的我总是无比忧伤，觉得自己肯定有一天会被某条毒蛇咬死。但每当发现野果、山鸡、鱼、笋子等我们感兴趣的事物时，又全然忘记了危险，会奋不顾身地冲杀过去。我曾经在山上抢野果时，赤脚踩中一条大蛇的背，它藏在落叶里面，我能感觉到蛇在我的脚板底下缓缓滑动，冰凉的。我当时吓傻了，定在那里一动不动。我还在河边的石缝里摸鱼时，摸到过一条水蛇，它粗糙的皮肤在我的手心里快速扭动。我如此近距离地接触死神，却皮毛都不曾损伤半点，想来真是不可思议。我不知是自己心存敬畏，从来没想到过要伤害别人带来的福祉，还是母亲长年默默为我祈祷的结果。如今我人到中年，回想起自己半生中遇到的致命危险，简直是一桩又一桩，可每次都有惊无险，逢凶化吉——能活下来，真的不容易啊。

在牛角冲，不怕蛇的只有两个人，一个是蛇医马正，一个是捕蛇人相安。村庄里原本没有蛇医，人被蛇咬了，只能用简单的验方碰运气，然后静

静地等待奇迹出现，或是慢慢地等死。马正的到来，填补了这个空白，从此再也没有人被蛇咬死。他高超的医术，赢得了牛角冲人的欢迎和尊重。马正是一个神秘的人，没人知道他来自何方，即使是当年密集的外调，也没有弄清他的底细。有人说他是国军掉队的军医，有人说他是逃跑的右派，也有人说他是潜伏的特务。但他慈眉善目，从不害人，一嘴温和低调的四川口音，让人感到他内心的谦恭与从容。村庄里的人冒着风险，接纳和保护了这个来历不明的外乡人。蛇医马正，用一技之长拯救了牛角冲人的生命，也拯救了自己无处可依的人生。相安是牛角冲土生土长的一个单身汉，在三十岁之前，他是一个上进的青年，只因爱情受骗，财产受损，从此自暴自弃。他在江湖上打了几年流，回来后就干起了牛角冲人不齿的营生，比如养脚猪（公猪）、捡骨头（帮人改坟）、做阴阳，更奇怪的是，他开始到处捉蛇。相安是牛角冲的第一个捕蛇人，在他之前，所有的人对蛇都奉若神明，畏之如虎。相安一点也不怕蛇，无论是庙宇祠堂旁边的神蛇，还是眼镜蛇、扇扁风、棋盘蛇这样的毒蛇，他都毫无惧色地徒手擒来。那时蛇还不能卖钱，相安捉了蛇，就大张旗鼓地在地坪里架起一口铁锅（他说不能在屋里煮，怕蜈蚣来放毒），用大火把它烧开再小火炖烂，香气飘满了整个村庄。他热情地招呼大家来共享他的成果，但除了我们一伙小孩子，没有人敢试半口汤。我畏畏缩缩吃了一次蛇汤后，就爱极了这种比鸡汤还鲜的美食，但家人根本不信我的报告。相安捕蛇，是对蛇有仇吗？或是纯粹就为了吃吗？我想都不是的。那是为啥呢？若干年后，我才明白过来，他当时所有的荒诞行为，其实只是为了引人注目，以证明自己惊人的能耐和卑微的存在。

蛇医马正和捕蛇人相安，打破了牛角冲毒蛇的传奇，但神话并没有因他们而终结。

蜈蚣是牛角冲的另一种爬行类毒物。这家伙样子十分丑陋，红头，黑背，长着很多很多的体节和脚，头上还有一对黄红色的触须。它们躲藏在阴暗潮湿的角落里，浑身散发出一种腐败和酸臭的气息。看到蜈蚣，我总是莫名其妙地想起肮脏、恶心、病态、邪恶、阴谋等不洁且缺乏阳光的词语。

在牛角冲，蜈蚣根本不算毒物里的厉害角色，人们一点都不怕它，看到了，往往都要用鞋底把它踩死。在时还要唤来一只公鸡，对它戏弄一番。

也不知是什么原因，蜈蚣非常害怕公鸡，只要听到公鸡的叫声，它就赶紧往墙缝里钻，如果来不及逃跑了，就趴在地上装死，一动也不动。公鸡见了蜈蚣，并不急于将它吃掉，而是不时用嘴啄它一下，看到它爬动想跑，又啄回来，不动了，又啄一下，直到玩够了，才仰头像吞面条一般把它消灭。蜈蚣遇到公鸡，也是前世欠下的孽债，无论它内心如何崩溃，都不能改变现实，只好默默地认命。正如凶恶的毒蛇见了蜈蚣，总是吓得浑身发抖，有的还主动张开嘴巴，乖乖地让蜈蚣爬进去享用自己的内脏。一物降一物，是大自然神奇的律令，谁也没办法更改和僭越。奇怪的是，公鸡自从吃了蜈蚣以后，就会变凶，吃得越多变得越凶，常常追着人啄。少年时的我疑心，是蜈蚣的冤魂附着在了公鸡的体内，要它前来报仇雪恨，或是对这个由人类主宰的薄待它的世界，发泄内心的愤恨。

村庄里不时有人被蜈蚣咬伤，但并不会引起别人过多的关心和关注，根本不可与被毒蛇咬伤的待遇同日而语。原因非常简单，蜈蚣之毒，不足以致人死亡。在牛角冲，只要不死人，就不是什么大不了的事情。至于三两天的疼痛，比起漫长的生活煎熬，实在算不了什么。人来到世间，原本就是来到一个苦海，蜈蚣咬伤的这点苦楚，简直是大海中的一滴水，谁也不会放到心上。但娥眉的遭遇，改变了人们对蜈蚣的轻视，以及对人生的理解。娥眉是村庄里的一个勤快女子，温和，谦恭，还很害羞。那一年村庄里一大拨男女集体到菜园坡出工，有人发现细媳妇娥眉突然停住手中的活计，定定地站着，一脸的惊恐不已和烦躁不安。大家问她怎么了，她哆嗦着说，一条大蜈蚣钻进了她的裤管，正沿着脚杆往上爬。有人要她赶快脱掉裤子，她因家穷没穿内裤，羞红着脸迟迟不肯。男人们来劲了，哄笑着要她快脱，不然钻进洞里就麻烦了，说不定还会生一窝小蜈蚣出来呢。娥眉一声大叫，捂着裤裆就往家里跑，她身后响起的，是一阵放浪的笑声。菜园坡离村庄有两里地，娥眉跑回家脱下裤子时，那条大蜈蚣还死死地咬住它的阴部不放。娥眉先是痛得呼天抢地，然后开始胡言乱语，最后陷入昏迷之中。村医看后说，人可能不行了，快去喊马正来。马正要娥眉的丈夫用嘴对着她的阴部，将毒液一口又一口地吮吸出来，然后用治蛇伤的方法，治疗了整整七天，才给娥眉捡回一条命。娥眉用她的半条生命，捍卫了自己的人格和尊严，村庄里的男人

们一个个无比愧疚，从此他们明白了两个道理：一是蜈蚣也可夺人性命；二是对女人来说，还有比性命更重要的东西。

蜂子是牛角冲带翅膀的毒物。它们的种类很多，有蜜蜂、壁蜂、马蜂、竹蜂、牛角蜂、虎头蜂、地雷蜂、吊脚黄蜂，等等。别看它们个头很小，毒性却极大，除了蜜蜂和壁蜂外，其余的几乎都能蜇死人。蜜蜂是家蜂，也蜇人，但除了有点痛，并没什么毒。蜜蜂蜇人后，自己很快会死掉，我常常摸着手臂上被蜇的小红包，为它暗暗伤心，它的一生真是太短暂了，太不值了。当然，人的一生也短暂，而且更不值。壁蜂算半个家蜂，似乎不蜇人，它们成天围着老旧房子的土墙嗡嗡嗡，一门心思在墙上钻洞，这个洞进，那个洞出，忙得一塌糊涂。我们常用空瓶子对准洞口，用小枝条把它们赶进去捉了玩。看见亲切的壁蜂，我就常常想起久远的童年，想起今生再也不可能有的毫无负重的心灵。

我得另起一段，专门讲讲牛角冲的毒蜂。牛角冲最臭名昭著的毒蜂是马蜂。马蜂又叫黄蜂，它们身子细长，颜色金黄，飞行起来非常迅速，攻击力特强，人如果靠近了蜂窝，它们往往会群起而攻之。马蜂的窝一般建在树上，有时也建到屋檐下，都很大，小的像个篮球，大的俨然就是一个鸡笼，里面隐藏着几万几十万的毒蜂。据专家研究，五只马蜂所携带的蜂毒就可置人于死地。如果一窝蜂倾巢而出，那是何等恐怖之事！所以捅马蜂窝是一件十分危险的事情。但牛角冲人似乎并不畏惧，如果哪里发现了一只马蜂窝，不管是群山之巅，还是万丈深渊，都会有人提头，邀上一帮伙计哦嗬喧天地把它灭了。他们快乐得就像在玩一场盛大的游戏。牛角冲人为何钟情于干这种高风险的事情呢？因为他们都有一颗为民除害和寻找刺激的心。吊脚黄蜂长得跟马蜂有些像，但个头要稍大，他们的巢不大，像个倒挂的莲蓬，一般只有几十只蜂。有资料说吊脚黄蜂没马蜂毒，可牛角冲人却认为吊脚黄蜂更狠毒。好在吊脚黄蜂一般是单兵作战，蜇一两下也死不了人，所以它们简陋的窝巢反而没人惦记。竹蜂是蜂类中的庞然大物，它身子粗壮，全身漆黑，样子有点像只巨型苍蝇。它们飞行时发出的嗡嗡声非常响亮，简直像是安装了一个小型马达。竹蜂生活在竹林里，它们从竹子的身上打洞，躲在内面，随时飞进飞出，如被它蜇到，比马蜂蜇了要痛得多，蜇的地方很快就肿得像座小山，好了后会留一大块的黑色蜇印，半年都不得消。牛角蜂、虎头蜂、地雷蜂一般在大山深处，是最毒的几种蜂子，人如被蜇，据说活下来的可能性微乎其微。比如地雷蜂，人被它叮咬一口，创口会像被地雷炸伤一样血肉模糊，几分钟之内，人会感到眼睛发黑，口鼻麻木，之后剧烈疼痛七八个小时痛苦死去。好在它们都像一个传说，谁也没碰到过。

村庄里经常有人被蜂子蜇得鼻青眼肿，但很少有人被蜇死。最严重的一次，非常不幸降落到我母亲身上。她进山捡茶籽，不小心碰到了一只吊脚黄蜂窝，十几只毒蜂从巢中冲出，朝她发起攻击。她的脸上、手上、身上，瞬间布满密密麻麻的红点，全身像火烧火燎一般。她忍着剧痛，背起沉重的一篓茶籽，一个人硬撑着走了好几里山路，才摸爬到家中。一进家门，她就倒在地上，而全身已肿得变了形。她昏迷了一天一夜，是赤脚医生用大剂量的肾上腺激素（这也为她晚年全身疼痛埋下了祸根），救回了她一条命。此后她在床上躺了好些天，每天不停地吊水，才慢慢好起来。我那年刚好十岁，第一次如此近距离看到死神的背影，心中无比恐惧。我每天守着母亲，生怕她一不小心就离我而去，心情忧郁到了极点。现在想来，这是我一生中对母亲最为体恤的一次，如果不是她受到这么严重的伤害，估计连这一次都没有。我不知道自己是该仇恨毒蜂，还是该感激毒蜂？我自己也曾被马蜂蜇过一次。是一个夏天的正午，村庄里的小伙伴们相约着到山里找野梨，我们分工合作，很快就小有成果。正在高高兴兴时，一只巨大的马蜂在我的头皮上蜇了一下，我像被电打了一般，痛得又蹦又跳又喊又叫。小伙伴们全都围了过来，用各自的见识为我出主意止痛，但没有一个靠谱和有效。最后一个小伙伴说，听家里人讲蜂子蜇了涂点奶水就马上不痛。这还不容易，我小婶婶正好怀孕几个月了，奶子大得很！小伙伴们拥簇着我，浩浩荡荡去找我小婶婶要奶水。小婶婶羞红着脸说，孩子还没生，没得奶水呢。我们谁也不信，这么大的奶子会没奶水？哄鬼！正在她尴尬万分时，我奶奶来了，她用一个奇怪的方法（好像是打死一只什么虫子，敷到伤口上），慢慢让我变得平静，而那种疼痛的感觉，却一直记忆到了今天。

现在，我人到中年，母亲、奶奶、小婶婶都不在了，她们带着人世间无穷无尽的痛苦，去了另一个也许依旧艰难的世界；村庄里曾经朝夕相处的小

伙伴，如今也天各一方，并且从不联系，更不用说齐心合力去干一件事情。我孤独地活在人间，想来还不如一只蜂子，因为它们至少始终在一起。

牛角冲能够跑动的毒物还有很多，比如蜘蛛、蝎子、癞蛤蟆、洋辣子、山毛蜱、铁丝蚂蟥、蛇蚁子、大毛虫，等等，但我不能像上面那样一一细述了，文章如果这么写下去，估计几年都讲不完。我要按一下快进键，直接跳过去，接着说说植物类的几种毒物。

牛角冲最令人畏惧的剧毒植物是黄藤。黄藤的学名叫钩吻，它的另一个鼎鼎大名叫断肠草，另外，胡蔓藤、朝阳草、大茶藤、荷班药、猪人参也是它的别名。但这些稀奇古怪的名字牛角冲人都不知道，也不认，他们就叫它黄藤。在牛角冲，黄藤差不多是毒药的代称，至于日常话语中的"吃黄藤"，语义中则包含了天大的委屈和无比的艰难。

黄藤是一种木本藤状植物，最明显的特点，是开着像金银花一样的黄花，非常的艳丽与妖媚（很多毒物和坏人都具有这样的欺骗性），估计这也就是它名字的由来。它们勾肩搭背牵牵扯扯地生长在道路边、山脚下，无比接近和深入人们的生活。村庄里以前经常听说谁谁谁又吃黄藤了，然后大家就一声长长的叹息，无比悲哀。因为黄藤之毒，牛角冲人都心知肚明，如果是少量误食，那还或许有救；如果是有心寻死，那神仙也无力回天——据说七片黄藤的嫩芽，就能置人于死地。食者往往会痛得肝肠寸断，然后呼吸衰竭，陷入昏迷，慢慢死去。唉，要不是太伤心太难熬，谁又愿受这么大的罪去解脱呢？在甲胺磷没有进入牛角冲之前，黄藤俨然就是鬼神派驻在人间的最大接头者，迷惑和勾引了很多脆弱的生命。我一直暗暗地怀疑，这种植物的毒性，可能远远不及它隐藏的妖性和巫性。

我小时候并不认识黄藤。村庄里的小伙伴们也都不认识黄藤。牛角冲的大人们从来不教小孩子认黄藤，原因是怕他们不懂事害人或害己。等到大了后知道路边的那些藤蔓就是传说中死神的帮凶时，我一时惊出一身冷汗，因为小时候我最喜欢把植物的嫩芽放到嘴里，想以此将平淡和焦苦的生活慢慢嚼出一点甜味来。万幸的是，我竟然从来没吃过黄藤的嫩芽，甚至想都没想过，正眼都没瞧过。村庄里的小伙伴们也全都是如此，我们都平平安安地长大成人了。现在想来，除了大人们再三叮嘱我们不认识的植物和野果不要乱吃外，冥冥之中，肯定还有神明和祖先，在头顶上暗中保佑着我们。

　　村庄里最能对付和利用黄藤的人是和贵。和贵是一个草药师傅，如果有人吃了黄藤，他一般用鲜羊血趁热灌进患者嘴里，有时也用白鸭、白鹅血灌，然后再用一副草药煎水灌服。他的药方非常奇怪，除了一堆别人不认识的草药，里面必含黄芩、黄连和黄柏三味中药。难道他是想用"三黄"来打败"一黄"吗？和贵的解药尽管玄乎，效果却明显，只要吃的黄藤不太多，他一般都能把人救活。他还会用黄藤治病，皮肤湿疹、体癣、脚癣、跌打损伤、骨折，痔疮、疔疮、麻风，据说都有效。他还敢用黄藤拌在饲料里喂猪和喂鸡。吃了黄藤的猪长膘很快（怪不得黄藤又叫猪人参），鸡则生蛋更多。有人也学他的样，结果因不懂用量和配料，猪死了，鸡也死了。和贵用自己的智慧和技术，打败了妖媚的毒物，并从它的身上，赚取了不少的利益。但是，很多年以后，一直被他牢牢控制住的黄藤，却像魔鬼一样蹿出来，狠狠地对他进行报复，让他受到无比沉痛的伤害。

　　半夏子和天南星是牛角冲最常见的毒物。我之所以把它们摆到一起来讲述，是因为这两位的外貌和毒性都比较相像。半夏在夏至日后成熟，此时夏天刚好过半，因而得了这个在我看来充满诗意的名字。它是多年生草本植物，一秆光溜溜的碧绿的茎，顶端长着三五片同样碧绿的叶子，显得英姿勃发。但它不高，一般就五六寸，最高也不过尺许。半夏子是半夏长在地下的根块，大约手指头大小，椭圆形，下面长着密集的根须。天南星的外貌跟半夏差不太多，区别在于它更高大，大约有一米以上，另外，它茎端的叶子有十片左右，比半夏的多，但没有半夏的宽。它的根块也比半夏要大，大的像个土豆，小的也有大蒜般粗壮。半夏子和天南星都是中药，没有炮制的生鲜根块都有大毒——两者最厉害的共同毒性，是食后很快哑喉，说不出话，继则咽部水肿，呼吸困难，若不赶快救治，会有窒息身亡的可能。就算是经过七天水漂并加明矾等制成中药，饮片依旧有毒，放一小片到口中，舌头很快就麻了。

　　村庄里几乎每一个人都认识这两种毒物，包括小孩子。真的很奇怪，牛角冲人从不教小孩认黄藤，但都很认真地教他们认毒性小些的半夏和天南星。为什么会这样呢？现在想来，很可能跟经济利益相关——半夏可以卖

钱。贫穷的牛角冲人，在能够挣钱与可能中毒面前，毫不犹豫地选择了前者而不顾后者。很多时候，贫穷，才是一种更可怕的毒物。

半夏差不多遍布牛角冲的每一寸土地，房前屋后、道路两旁、田头地角、山坡河谷，到处是它们碧绿的身影。每当夏至过后，村庄里的大人小孩，就会背起竹篓、拿着锄头去挖半夏子。自从上世纪八十年代，乡卫生院在此设过一次收购点后，牛角冲就形成了挖半夏的传统。半夏子挖出后，要用指甲掐去根须，每个人的手指上因此都沾满了毒液，如果没洗手吃了东西，那必定中毒无疑。可事实上却从来没人因此中过毒，包括最馋嘴的小孩子，也知道挖了半夏后必须洗手才能进食。他们了解了毒物的毒性，心中自然就有了敬畏。人只要有了敬畏，什么时候都不会犯错，尤其是致命的错。

挖半夏其实挣不了几个钱，它的价格一点也不高，最初的时候才几毛钱一斤，而且很不容易挖到手，一个大人一天也就挖个三五斤。如果当中混杂了天南星，收购者还不要（天南星容易出重量些，但不知为何都不收，这可能也是牛角冲人要教小孩认它们的原因吧）。可是，村庄里的很多人家，却指望它来改善经济甚至是改变命运。牛角冲很多的大学生，就是靠爹娘和自己挖半夏苦读出来的。我也从小就挖半夏，非常清楚这片土地的产出，哪里的数量多，哪里的质量好，眯着眼睛都能找到。如今回到村庄看见它们，依然感到无比亲切。在我的心中，半夏也好，天南星也好，都不是毒物，而是我艰苦童年里一抹最纯净最生动最诗意的绿。

蓖麻是一种常见的经济作物，在很多地方都有栽培，没有谁把它看作是毒物。牛角冲人最初也是这么认为的，直到有一天，一个小孩误食了蓖麻子，差一点点失去生命后，大家才看清这东西的恶毒，从此种植的人越来越少，即使有人少量种了，也会提心吊胆地严加看管。

蓖麻全身都有毒，但剧毒在其子。蓖麻子长在像苍耳一样的毛球里，剥开就能看到一粒椭圆形或卵形的种子。蓖麻子长得特别诡异，它的表面光滑，有灰白色与黑褐色或黄棕色与红棕色相间的花斑纹，看上去像极了一只只鬼眼，还有点像吃饱了人血的山毛蜱（这是牛角冲的一种很麻烦的毒虫）。要我说，这玩意看上去就不像个好货，充满了阴险和邪恶的气息，不知道为什么一些小孩子老喜欢拿着玩，大概是它们光溜溜的身子摸着手感舒服吧。哎，光滑和舒服的东西一定要谨慎对待，说不定里面暗藏了阴谋与灾祸，比如女人的肌肤。我查过资料，四至七岁小儿服蓖麻子两到七粒即可引起中毒、死亡；成人二十粒也可致死。这应当说是毒性很大了。村庄里的那个小孩一次吞下了五粒，昏迷了一两天还能救活，真的是个奇迹，怪不得牛角冲人想起都后怕。

贫穷的牛角冲人曾经普遍靠卖蓖麻子换点油盐钱，但自从不断有小孩误食后，大家都不种了。这个态度，跟对待半夏截然不同。之所以不同，是因为半夏之毒，不足以致命。其实，在牛角冲人的生活规则或者说是生存意识里，如果危险真的可能让人失去生命，那么他们会毫不犹豫地放弃一切挣钱的机会，但是，只要不要命，并且还能正经获得收益，那么无论多大的苦与痛，他们都会积极去争取并默默地承担。村庄里的最后几株蓖麻，生长在我堂伯的屋角。这是他亲手栽的，而且一连栽了两三年——他患了喉癌，听人说蓖麻子炮制后可治这病，所以充满希望地坚持种植。可是看到小孩子常常在那里穿来穿去，他终究放心不下，最后将自己生的希望与蓖麻一同连根拔起。从此，牛角冲再也没有了蓖麻这种毒物；从此，牛角冲人对生命的诠释，又有了更高的境界。

漆树在牛角冲根本不算一个狠角色，人们甚至都不把它视作毒物。有资料说漆树是高大乔木，但在牛角冲，最粗壮的漆树也不过碗口大，且不太高。它们混杂在茅柴或灌木丛中，像个家境贫寒营养不良的瘦高少年。牛角冲人不炼生漆，漆树的材质又脆，做不了家具，所以除了当柴烧外，实在没什么卵用。这大概是漆树在牛角冲长不大的原因吧。

可是，漆树始终在牛角冲顽强地活着。无论是高山之巅，还是河谷之底，都可看到他们茂盛的家族和瘦削的身子——漆树砍掉老树后，很快又会长出新枝，而且越发越多，越长越密。难道它们也像牛角冲人一样，从来不怕生活的打击和他人的伤害，而且还愈战愈勇愈挫愈强？漆树在牛角冲的知名度非常高，很小的孩子都认识它们。因为，牛角冲人认定，没被漆树"咬过"的小孩成不了大器。

漆树之毒，就在于它"咬人"（有时也说"活人"）。"咬人"是牛角冲的方言，翻译过来大致意思是指对皮肤有强烈刺激。漆树的枝叶上长满

细毛，可以沾到或刺入人体皮肤引起过敏；另外，漆树的树干内含有生漆，把树皮割开，乳白色的生漆汁液就会流出来，如果沾到这些有毒成分，皮肤也会很快过敏和中毒。漆树过敏，又痛又痒，所以常常被人误认为是"咬人"。被漆树"咬了"，患处红肿，越挠越痒，如不治疗，会溃烂流黄水，十几天甚至两三个月都不好。但是，牛角冲人自有办法对付它们。他们常常用一种叫"八树"的叶，捣碎敷在患处，一般一两天就好了。而且被漆树"咬了"用"八树"敷过的人，从此对漆树无惧，再也不会对它过敏。所以牛角冲人并不认为漆树是毒物，只要过了最初这一关，从此就相安无事了。反倒是那些没被"咬过"的人，一辈子都在它面前畏畏缩缩，伸展不开自己壮丽的人生。这真的很神奇。如今我城里的朋友搞野营，有时被漆树"咬了"，大医院的教授们用尽了方法，效果都不理想。唉，要是在牛角冲，这样的医术是会被大家笑话的。为什么"八树"能制伏漆树呢？牛角冲人说，因为八比七要大啊！真是笑死人。简单的牛角冲人，把复杂的问题想当然地简单化了。但是，我后来用软件识别"八树"，才知道这个别名又叫算盘子的植物，学名居然叫漆大伯。对，没错，就叫漆大伯！资料上说，它和另一种叫漆娘舅的植物，都是老百姓治疗漆树过敏的特效验方。妈呀，都是人家的大伯和娘舅了，肯定厉害啦。我这才明白过来，在牛角冲和比它更广阔的民间，自认为读过几句书的我，其实是多么的浅薄与无知。我才是最应该被他们笑话的人。

牛角冲不能跑动的毒物还有很多，比如曼陀罗、夹竹桃、乌头、冬青、毒蘑菇，等等，这篇文章的容量，已不允许我再这样啰唆下去了。我就此打住，不再一一细说它们的前世与今生。但它们的形状与毒性，以及与之相关的故事，却永远鲜活在我记忆的深处。只要看到它们，或是想起它们，很多的往事就会奔涌而来。它们可能毒害过我的生活与肌体，但从来没有杀死过我对村庄的怀念与爱。

村庄被这么多毒物所包围，人们不得不如履薄冰地行走在生活的边缘。牛角冲的每一个成年人甚至是小孩子，都对毒物的分布情况了如指掌。他们知道哪里有阴谋，哪里有陷阱，哪里有危险，常常采取回避和绕开的方式，来保证自己的安全。对这些能夺去生命的毒物，他们充满了敬畏，从来不去招惹它们。他们对毒物的敬畏，其实是对生命的敬畏，对自然的尊重，对自身的珍爱。

正因为牛角冲人心中有敬畏，所以被毒物误伤误害的人并不多，因此送命的就更少。比如毒蛇咬伤，在没有蛇医之前，村庄里一年也发生不了几起。自从马正来了后，牛角冲尽管再也没人被蛇咬死，但被咬伤的人反而增多了。其实并不是毒蛇变嚣张了，而是人们变大意了，因为他们心中有了依靠，有了蛇医作底。神秘的马正在牛角冲生活了近三十年，八十多岁高龄时，被四川当官的侄子费尽周折找到并接了回去。他用自己的低调和谨慎，换来了一生的平安。马正的医术与传奇，并没有因他的离去而消散，反而在牛角冲愈传愈开——他走时公开了治疗蛇伤的所有秘密，差不多每一个牛角冲人，都学会了寻一两种解蛇毒的草药。马正走后，作为他最正宗的传人，相安接过了治疗蛇伤的衣钵。相安的技术，据说比师父还要高明，因为他除了得到马正的真传外，早年打流时，还跟人学会了"呼蛇""定蛇"等"妖术"。但他的结局，却与马正截然不同。相安在他三十岁之后，基本上只做了两件事：前面十几年专门捉蛇吃，后面十来年一心捉蛇卖。曾经有一段时间，相安是村庄里手头最活泛的人，他捉一布袋子棋盘蛇或扇扁风送到长沙城里，换来的钱财远超人家喂一头猪的收入。他除了捉蛇，也捉蜈蚣和癞蛤蟆，还捉乌龟与王八，反正能卖钱的都捉，所以经常有钱喝酒和找相好，连欺骗了他爱情的那个妹子都后悔不已。不过好景不长，在他五十多岁时，得了皮肤癌，身体瘙痒，一层一层地脱皮，就像蛇蜕壳一般。村庄里的人说，他之所以得这种怪病，是因为吃毒蛇太多了；也有人说，是他捉蛇卖钱过多，蛇的冤魂特意来报复的。相安卖蛇的钱，远远不够治他的病，没多久就死了。相安的死因，其实是对毒物缺乏应有的敬畏和尊重。

牛角冲非正常死亡的人里面，更多的是自杀。以前除了上吊、跳河这两种最常见的手段外，吃黄藤似乎是唯一一种利用毒物解脱的方式。当然也有人用砒霜和老鼠药，但在封闭且贫穷的牛角冲，这两种毒药当时都不容易搞到手。自从农药甲胺磷出现后，吃黄藤自杀就被人遗弃了。甲胺磷几乎成了自杀案件中最常见的夺命凶手。毒物黄藤，仿佛一夜之间从良向善，不再执行死神委托的任务，安安静静地还原为一种普通植物。它慵懒地蔓延在山

脚路边，长着绿叶，开着黄花，温柔而且从容地笑看人间的是是非非、恩恩怨怨和悲悲喜喜，一切都与它毫无关系。而甲胺磷，却顶着恶名接替了它以前的职能。毒物黄藤，在充当了无数年的帮凶后，自己也终于解脱了。我常常想，黄藤也好，砒霜和老鼠药也好，甲胺磷也好，都不是真正的凶手，毒害自杀者的，更多的可能是病痛的折磨、生活的沉重、社会的不公和气量的狭小。在牛角冲，想死实在太容易了，而活着却更加艰难，但自杀者终究只是极少数。死去的人，让我们同情和惋惜；活着的人，更值得我们尊重和敬佩。

比毒物更歹毒的是谋杀。利用毒物进行谋杀的案件，牛角冲曾发生过两起。一起是一个无知又无良的恶妇，为报复与她因小事对骂了几句的邻居，把一大包剧毒农药呋喃丹撒到整个村庄共用的水井里。幸亏一名细心的老者挑水时发现了井边残留的红色药沫，否则后果不堪设想。一起是和贵的大媳妇，用黄藤嫩叶煮蛋，骗妯娌的一对双胞胎小男孩吃下，活活把他们毒死了。前面说了，和贵利用黄藤治病、喂猪、养鸡，赚了不少钱，日子过得火红。他有两个崽，大媳妇生的是两个女儿，细媳妇第一胎生的也是一个女孩，第二胎才生了一对双胞胎男孩。在双胞胎男孩出世之前，和贵尽管因担心绝后而闷闷不乐，但一家人还是非常和睦。双胞胎男孩的降生，让这个家庭出现了矛盾，并最终导致大媳妇因嫉妒而痛下毒手。两个孙子中毒时，和贵正好在家，但他做梦都不会想到是黄藤引起的。当手忙脚乱的他最终看出是黄藤中毒症状时，这个牛角冲最能制伏黄藤的人也束手无策了，因为村庄里已多年无人吃黄藤，以前常备的解毒药现在一点也没有，一时又配制不出来，加上孩子太小了，只能眼睁睁地看着他们很快死去。捉蛇的人死于蛇毒，解毒的人没法解家人中的毒，相安与和贵的结局，到底是偶然还是必然？抑或是冥冥中还有一种神秘的力量，在左右和校正着人生的方向？牛角冲人议论纷纷，谁也说不清楚。这两起谋杀案件的凶手，都是妇女，看来比毒物更毒的，真的是妇人心。这两个女人，后来都没有重判。原因是前者故意把毒药撒了些在井边，以提醒人注意，后者舍甲胺磷而用黄藤，则是以为善医的公公能把人救活，主观上都并不愿置人于死地，只是想撒一把泼。唉，最毒的人，内心深处也还是残存了一丝人性，这大概是这两起谋杀案中，牛角冲人能看到的仅有的一线微光。

毒物给牛角冲带来了重重的阴影，但同时也带来生的希望与活的梦想。很多毒物，本身很毒，可夺人性命，但同时，又是另一种毒物的解药，能救人生命。而且，每一种毒物，几乎都是一味良药，能治很多的顽疾甚至是癌症。比如，蓖麻能治破伤风，半夏和乌头能治胃癌和肝癌，蜈蚣能治风湿，蛇毒能抗肿瘤。这些疾病，大多是现代医学无比头痛的问题，牛角冲的毒物，有时却轻轻松松简简单单就帮患者解决了。毒物不单能拯救牛角冲人的生命，还能拯救他们的生活——很多种毒物，都具有不菲的经济价值，能够换到钱财，让贫穷的牛角冲人，有了更多活着的勇气与乐趣。毒蛇、蜈蚣、蝎子、癞蛤蟆、蓖麻、半夏，都曾经为改善牛角冲人破败的生活，做出过不可磨灭的贡献。如今尽管一些野生的毒物越来越少，但人工种养的却越来越多了。毒蛇、蜈蚣、蝎子，都有专业的场馆饲养，而且据说经济收益还特别丰厚，不少以前生活艰难的人，因此发家致富，成了牛气的款爷。在牛角冲，毒物比任何时候都更接近和深入人们的生活。我常常想，作为一个物种，毒物本身是没有错的，关键看如何利用和使用它们。用对了，那它们就不再有害，而且能够造福。

一晃很多年过去了，现在的牛角冲已发生了翻天覆地的变化，无论是生活，还是人心。人们普遍变得有钱起来，住着别墅，开着小车，打点麻将，日子过得富足但又无聊透顶，心中常常感到空荡荡的。那些曾经遍布村庄的各种毒物，如今已很少能引起他们的关注，更多新生的事物，才是他们竞相追逐的目标。在现代文明的侵袭下，一些毒物消失了，一些毒物变异了，一些毒物隐藏了。小孩子们的眼中，牛角冲的自然界不存在致命的毒物，比如蛇，不过是养殖场的一种商品和湘菜馆的一种美食，至于黄藤、半夏之类，听都没听说过，更不用说认识。它们都像一个个被遗忘的传说，沉落到了生活的海底。而另一些毒物——K粉、摇头丸、大麻、海洛因，却从遥远的地方漂洋过海，慢慢在牛角冲浮出水面。近些年来，牛角冲沾毒的人越来越多，有发了财的老板，有时髦的后生，还有读过大学的漂亮姑娘。他们有的败光了家产，有的搞垮了身体，有的甚至失去了性命。这些毒品，远比牛角冲本土的毒物要凶残和狡诈。它们妖媚地偷窥着别人的生活，紧盯着别人的钱

包，随时准备篡改他们的人生与命运。牛角冲之所以屡屡有人中招，说到底还是因为他们缺乏了对生活的真诚和对生命的敬畏。让他们堕落和丧命的，其实并不是毒物，而是虚荣、贪婪和欲望，有时甚至是爱。

牛角冲毒物的前世与今生，让我看清了一个村庄隐藏的秘密。我越来越觉得，毒物更有可能是鬼神撒播在人间的一种试剂。它检测的是良心与道德。

原载《鹿鸣》2020年第9期

遥远的熟稔

守 水

一进七月，芦溪河便瘦得筋骨突现了，粗粗的河石，裸露在炎炎的烈日下，发出刺眼的亮光，石头上，还隐约升腾起一股袅娜的热烟。石隙间，有一脉细细的流水，被太阳烧得温热，像撒在地上的一泡尿，艰涩地向前爬着。父亲站在河畔的田塍上，抬眼望望吐火的天，又低头看看恹恹的禾苗，长叹一声说，这狗日的天气——又要守水了！

村庄里有百十亩水田，全靠了芦溪河的那脉细流浇灌；村庄里有百十口生齿，全指望着这百十亩水田度日。在这干旱的季节，水，自然便成了村人无可相让的财富，尽管，他们平日称兄道弟，和睦相处。

父亲费尽了周折，终于将河水导引到了自家的田里。那脉细细的宝物，缓缓地，走走停停地滋润着我们干涸的田地。父亲蹲在进水闸前，静静地看，看河水一步一步地往前爬。看着看着，他一派肃穆的脸庞，终于像河水滋润过的禾苗一样，慢慢就浮起了一丝淡淡的生气。水真是个好东西哦。父亲自言自语地说。

我赤着双脚，在滚烫的芦溪河中找龙虾，找到太阳落山了，还是没逮着几个。我的心不由兀自烦躁起来。我央父亲，回去吧，娘只怕在等我们吃晚饭呢。父亲看都没看我，望着他的禾苗说，你去吃吧，吃了给我送点来。告诉你娘，今夜我要守水。

当我提着一竹篮粗茶淡饭赶到田头时，满天的星子已开始朝我挤眉弄眼了。父亲接过碗筷，三五下就剿灭个精光。借着星子的微光，我发现父亲的手上还有黝黑的泥巴。

我自告奋勇要留下来守水。父亲起初不允，后来就同意了。他说，也罢，你守上半夜，我守下半夜。记住，任何人要水都不要肯，你想睡了就叫醒我。说着他就在田埂边的草地里躺了下来，惊得几只青蛙呱呱死叫。

我端坐到父亲坐过的水闸前，心里竟有了一丝神圣的感觉。我长大啦，我能替父亲担当如此重大的使命啦。夜风热热的，我心里也热热的。我像一个放哨的边防战士，睁大眼睛，守护着我们全家人的希望和命脉。

田野上一片静寂，青蛙也懒得叫，远处有几只萤火虫，在高高低低地飞，像鬼火在跳舞。我不由害怕了，忙轻轻地唤父亲。父亲没应，父亲睡着了？我突然记起奶奶的教诲，夜鬼怕人尿。于是扯开裤裆，掏出那东西就对着田埂上的一只萤火虫射。尿水射在草丛上，沙沙地响。我正感到快意，父亲突然骂道，死鬼，尿为何不撒到田里？明年不想吃饭了啊！父亲原来没睡着。我一惊，意识到自己确是浪费了一份宝贵的财物，忙掉转方向，想射向田里，然而尿却没了。

慢慢地，我的眼皮就涩了起来，不知不觉便倒在水闸旁睡着了。迷迷糊糊中，我听到有人在吵架。睁开眼，原来是父亲和六叔，还有一个人，是房家屯的，面熟，不知叫什么。六叔说，再怎么样，你也得分一半给我，好歹我们是堂兄弟。房家屯的说，你都灌大半夜了，轮都轮到我们下面的了。父亲坚决地说：不成，水这么小，你看我才灌了多少？再说，先上后下是自古的道理，你都不懂？房家屯的说，等你灌满，我们下游的只怕都干死了，你想叫我明年呼西北风？看到他们愈吵愈凶，我担心打起来父亲会吃亏，忙跳进水渠坐到闸栏上。六叔他们于是没办法了，只好骂骂咧咧地离去。父亲叫我继续睡，并把他的衬衣盖到我的身上，我第一次感到，父亲的动作很温存。

太阳辣辣地晒到我的屁股上时，我终于醒了。一骨碌爬起，只见父亲蹲在田埂上，神情沮丧，再看看我们的田地，只剩一片干干的湿泥，没有一滴水。水呢？父亲说，八成是房家屯那狗日的昨晚趁我睡着时偷去了。我的血脉便偾张起来，因为那水里不单含有父亲的心血，也有我一夜的苦守。我决定去报复。父亲喝住我，说，算了，大家都是为了弄口饭吃。我说，那我们的禾田怎么办？今晚继续守。父亲淡淡地说。

网 鱼

忽然就是夏天了。仿佛一夜之间,芦溪河就褪去了它春日的丰腴,袒露出阔阔的河床。河床里,卧满了一颗颗嫩南瓜大小的卵石,一层薄薄的水衣,紧紧地贴着它们的身子,有气无力地往前淌。淌着淌着,就到了一个地势低洼的潭,那河水便一点一点地积聚起来,成就一方波光粼粼的水域。芦溪河总算又有了些河流的生气。

正午时分,太阳烈烈地烧烤着大地,村庄里一片静谧,仿佛睡着了一般。我和弟弟是不睡的,正兀自无聊,抬眼却望到了挂在墙上闲了一个春秋的渔网,于是提起它,赤了脚,裸了上身,一路小跑着奔向芦溪河。

我们沿着河堤,一会儿就熟稔地来到了水潭边。水潭里泛着细细的波光,一排排的刁子和花肚定定地浮在水皮上,清闲得一动不动;透过清澈的潭水,我们还看到一大群黑压压的河鲫,贴着河底,在缓缓地游。我不由欣喜起来——今晚可有鲜鱼吃啦。

弟弟看看鱼,又看看我,我没有反应,我的心已随着鱼儿在水中游啦。弟弟怯怯地问,哥,动手吗?我惊醒,果断地命令说,动手。弟弟于是急不可待地蹦入水中,那一声沉闷的水响,立马就把鱼儿惊得无影无踪,全躲进潭边的石隙里了。我一边咒他一边把渔网一折一折地打开,令弟弟牵着一头,我牵着一头,小心地把它没入水中,将那挨着河堤的石隙团团围了,然后再用河底的卵石把网底压牢。我们的渔网还没有布好,就有性急的刁子撞上来,卡在网眼中一下一下地拼命挣扎,我不去理它,只想把网布牢后再去收拾,但弟弟却丢下了手中的活计,冲了上去捉住那鱼,讨好地说,哥,是只大刁子呢。我没好气地训斥,你这是捡了芝麻丢了西瓜,你看,那群花肚都从你那头溜跑了。弟弟于是一脸委屈地赶紧回去布网,眼睛却始终盯住那拉着渔网一冲一冲的鱼。

我们终于布好渔网了。站在齐腰深的河水中,弟弟又用眼定定地望我。他是在等我下一步的指示呢。我真有些弄不明白,弟弟那时节为何这么怕我,其实我也只比他大两岁啊。我剜了他一眼,说,干站着干吗,还不快去找

根棍子来把鱼捅出。弟弟得令，很快就从河边上折了一枝细长的水竹来，我一把夺过，弓着腰一下一下地往河堤脚下的石隙里捅。捅着捅着，鱼儿便突然像一彪军马，从斜刺里冲杀出来。瞬间，渔网上便白花花地一片银亮。

我要弟弟把撞到网上的鱼儿先掐死，然后再慢慢取出。我一条一条地掐着，清清的水潭里很快就荡起一圈圈猩红的血花。弟弟学着我的样，也一条条地掐。掐了几条，他却停了下来，似乎有些幽怨地问我，哥，这么活跳的鱼儿你为何要弄死它们啊？我呵斥他说，不弄死不就跑了！弟弟没有作声。我正在收拾已掐死的鱼儿时，弟弟突然一声惊叫，只见一条半尺长的河鲫从他手中弹起，在阳光下划过一道银弧，然后落到潭水中游跑了。弟弟惊骇地望着我，做出一副随时都准备逃跑的模样。我真想冲上去抽他两记耳光，但看到他那副可怜相，终究又忍住了。

我们把取下的鱼儿用柳条穿了，提在手中甸甸地沉。望着那丰硕的收获，我灿灿地笑了。弟弟望着我，脸色却一片郁郁地阴。

我突然就记起了弟弟弄跑的那条河鲫和那群花肚，于是又埋怨起他来，并决定把这群漏网之鱼也一并收来。但任我们怎么追打，那鱼儿就是不撞网了，追得久了，竟然连鱼的影子也不见了。

我们只好收网上岸，但刚刚上岸，那群鱼儿却畅快地在潭中游起来。弟弟不禁又跃跃欲试，我叹口气说，唉，让它们游去吧。

那群鱼游啊，游啊，一直游到今天，还在我的脑海中钻来钻去，始终是那么鲜活，那么灵动，那么快乐。我不知道，如今弟弟的脑海中是不是也有一群鱼，是不是也那么鲜活，那么灵动，那么快乐。

打　柴

半晌里，有人叫，打柴去。于是打柴去。

打柴不必远行，村庄的四合都是山，青青葱葱的。往左走两步，是坟场岭，山平，多茶树，但坟多，我们怕，不去。往右过芦溪，是河背岭，林深，据说有野猪，自然也是不去的。至于对面的牛形岭，我们更不去。那山太陡，尽是崖壁，摔死了不值。我们打柴的好去处，是村庄的后山。

后山不高，也不大，林木却茂。马尾松、苦栎、香樟、臭椿、水杉、梧桐……挨挨挤挤簇满了山头。林间的地上，覆满了枯黄的针叶，很适合我们打滚子。而林子里跃动着的鸟雀，更是能激起我们无穷的乐趣。

沿着屋后熟稔的小径，我们很快就爬上了山顶。山顶是一块十丈见方的平地，三棵粗粗的百年古松，扭了腰，成品字形雄雄地矗着。古松下，板实的黄土很干净，不长茅草，许是松枝遮天蔽日太霸道的缘故吧。我们每次上山打柴，总要先来朝见古松，看它有没有落下松枝——古松太大了，我们爬不上去，只能指望它自个赐赠我们一枝半丫。

说是打柴，其实并不砍伐活着的树木，只不过是把那些干枯了的枝丫砍下来。山里人家，家家有柴，谁还指望我们这些小伙计呢？我们打柴，与其说是为家里帮工，还不如说是为自个找乐。

我们从山顶钻进了林中。林子间弥散着一股落叶腐朽的淡淡气息，很好闻。我举着一双锐锐的眼睛，沿着粗大的树干往上搜寻。哈，看到了，那里有一根枯枝。于是褪去鞋袜，把砍刀往背后一插，吐一口唾沫到手心，搓两下，嗖嗖嗖几下就蹿上了树顶。到了树顶，却并不急着去砍那根逃跑不了的枝丫，而是找一个牢实的树枝坐定，甚至还舒适地躺下，看鸟雀在头顶叽喳，听松涛在耳边哗响。看得听得差不多了，才从背后摸出砍刀，把那枝丫灭了。不过有时一刀砍下，却发现是活的，于是赶紧住手。活的木柴湿气重，不好烧；砍了伙计们也会举报，到时凶恶的朴伯又要骂人了：告诉你们多次了，后山是村庄的龙脉，砍了活木会坏风水的，记性被狗叼去啦？

忽然就有人叫，快来啊，一窝鸟蛋。还未等赶到，那边又有人唤：这里有一树野梨呢。野梨自然比鸟蛋实在，于是大家狼奔而去，连那掏鸟蛋的家伙，也急急地从树上滑下。果然是一树好梨。大家争先恐后地拥上去，手忙脚乱地抢，也全然不顾那苦命的梨树的负荷。有嘴馋的先试了一个，哇地吐了出来，大叫，吃不得啦，不要抢啦。大家一试，果然苦、涩。于是纷纷把兜中摘来的扔到地上，心中好一阵懊恼……

透过树隙，我们看到村庄的炊烟已袅娜升起。而林子里，也横七竖八地躺满了我们打下的干柴。这时，娘就站到屋前的禾场上，朝了山上唤：伢崽，吃饭哦。我捏着鼻子应，伢崽没在哟，你们吃吧。娘就笑了，然后顺了

后山的小径，一步一步爬上来，帮我把砍下的枝丫打成捆，又找来一根杂木，颤悠颤悠地挑下山去。

娘把我打来的柴整齐地码放到柴房，一直不烧。码着码着，没想到就有了一大堆。我说，娘，我打来的柴您烧吧。娘说，烧，要烧，过中秋就烧。过中秋了，娘没烧。我又说，娘，你烧吧。娘说，烧，要烧，过年我就烧。过年了，娘还是没烧。不过有人来了我家，娘总要指着那柴说，这是我伢崽打的呢。

挖　笋

那是冬天，太阳慵慵地照耀着村庄，地上没有一丝风，天上染着几片云，几位老人，坐在廊檐下，絮絮叨叨地扯家常。我们用手反枕着头，仰躺在禾场的稻草堆上，看空气中五彩的霞光，闻稻草里涩涩的朽香。老人说，久雨天晴，真是一个好天气，园里的冬笋只怕又壮了。我们不由恍然记起，真的该挖冬笋了。于是一骨碌爬起，扛起锄头便往竹园奔。

竹园就在紧挨村庄的山坳里，一根一根的楠竹，直指云天，挨挨挤挤密密匝匝地排满了山坡。走进林中，只觉得一片幽暗。抬眼望天，有几抹鲜亮的阳光，从竹叶的缝隙间漏下，打得我们的脸，斑斑地花。竹林的地上，铺满了残败的落叶，赭黑赭黑。我们蜂拥而入，生怕同伙抢了地下那宝物的先机，纷纷扬起锄头便挖。但挖来挖去，不见任何的收获，满腔的热情，不由慢慢地淡散下去。

有年长的轻轻一声咳，说，莫慌，挖冬笋是要讲究些章程的。这个，我懂。我去年就跟爷爷挖过一大篓呢。说着，他便装模作样地抬头看看竹丫，又低头用脚尖细细地踩。看着看着，踩着踩着，他便胸有成竹地唤，拿锄头来，这里有一只。我们赶紧虔诚地送上锄头，用崇敬的眼光望了他。他不急不慢地拨开竹叶，然后小心地挖下去，挖啊，挖啊，就是不见那望眼欲穿的笋子冒出个尖尖来。我们便一声哄笑，四下散开，再也懒得理他了。

我独自一人躲到山脚边挖，挖了很久，也只挖起几根竹鞭。正想打道回府，眼光突然扫到了一小堆松松的湿泥。那泥土微微地隆起，当中还裂了一条细细的缝。我不假思索一锄挖去，一个嫩黄的笋尖便冒了出来。我兴奋得大叫，快来看啦，我挖到一只大笋了。伙伴们拖着锄头几下就蹦了过来，团团地围着。我很快就把笋子挖起来了，提在手中，似乎觉得沉甸甸的。伙伴们都无限羡慕地望着我，纷纷打问我的发现经过，我不厌其烦地讲述，又讲述。

我的成功无疑给了大家极大的鼓舞，也多多少少地指明了行动的方向，没多久，就陆陆续续地有人挖起了几只。但我总觉得他们挖的瘦小，不及我的壮硕。

后来我又挖到了四只，再后来，大家就什么也挖不到了。有心急的就烦躁起来，用锄头一寸寸地翻，俨然在开荒。但挖了一阵，气力就不济了，于是丢掉锄头，用石头一下一下地往竹子上敲。竹林里立马就响起了梆梆梆的声音，如怨鬼在泣。有人就学样，也捡起石头敲，且愈敲愈急。梆梆梆的声音便急急切切地、嘈嘈杂杂地响遍了竹林，那声音被两边的山谷反弹回来，低低渺渺地回旋在耳边，经久不绝。细听，像哭，又像笑，还像由远而近的脚步声。此时太阳已斜斜地转到山那边了，林子间更加阴寂起来，有人终于忍受不住这份恐怖，大叫一声：吊颈鬼来啦！便扛起锄头抱头鼠窜。我也跟着大家跑，但不小心摔倒了，几只冬笋也摔出老远，那个年长的家伙顺势捡起抱在怀中，啸叫着冲出了竹林……

我独自一人坐在地上哭，只感到那吊颈鬼真的快追上我了。正在惊魂不定时，父亲寻我来了。我委屈地抱住父亲哭，说我挖了好多冬笋，全被人抢去了。父亲安慰我说，伢崽，莫哭，爸爸给你挖。说着父亲便拿起锄头，踮踮踩踩的，一会儿就丢了十来只壮实的冬笋到我脚边。我抱着它们，一脸欢喜地跟着父亲回家了。

娘把我们挖来的冬笋用油清炒了，我夹起一块，嫩，涩，麻，全吐了出来。娘就叹气说，要是有钱砍半斤肉炒了，那味道就大不一样。

开春了，竹园里一夜之间冒出了数都数不清的春笋。我随父亲来到竹园，看到那些笋子全是从我们没挖到的地方长出的，不禁痴痴地想，要是早知道它们长在哪里，该多好啊。

拾　穗

打谷机一响，我们就该拾稻穗去了。

背上娘早已备好的背篓，约上几个小伙计，我们便雀跃着跑进了田野。我们当然是在父母和老师的安排下亲近农事，但我们更是到泥土上去寻找自己的乐趣。

赤脚走进田地，我的心便舒畅地爽起来。那些从脚趾缝中冒出的滑溜滑溜的黑泥，常让我想起一条一直没有捉住的泥鳅。湿泥搔得我的脚底痒痒的，我的心于是也就痒痒的了。我大声朝伙伴们通报：我踩到一条泥鳅了！伙伴们闻讯呼地围了上来，也不辨真假，便你一捧泥我一捧泥地挖起来，挖着挖着，果真就挖出一条，白白的肚皮，长长的身子，嵌在湿泥里一动不动。伙伴们为我没撒谎而高兴，我却有些失望，因为我想象中的那条，是活泼灵动的，是谁也捉不到的。

田野上还有许多跃动的青蛙和蚱蜢，一跳，一跳，又一跳，总想牵住我们的目光。但我们并不理睬它们，一来是太多了，见惯了，不稀奇；二来是它们的个头都不大，长得寥瘦，看了就让人心怜。当然如果碰上了个肥硕的，我们还是要好好地追赶一番的，有时追来追去，那家伙却跳进了还未割倒的禾田中，害得我们白落一身臭汗。

就在我们挖泥鳅捉青蛙或是蚱蜢的时候，父兄们已把打谷机踩得做牛叫，金灿灿的稻粒，在飞转的滚筒中沙沙地打落到谷箱中。隔一会儿，他们便将打谷机往前拖移一段，没多久，我们便远远地落在他们的身后了。泥鳅也捉到了，青蛙也逃跑了，那么，我们就开始拾稻穗吧。

甸甸的稻子被女人们割倒后，一小堆一小堆地放置在地上，远远望去，如古诗般工整。男人们在拢起它们时，总有那么一根两根的从指缝间滑落；而在脱粒的过程中，也总有那么一根两根的命硬，逃脱了打谷机的追打。于是这些金贵的粮食，便东一根西一根地遗落在田野上了，我们的使命，便是把它们找到并拾进背篓，好让父兄们的汗珠，不至于被泥土湮灭。我常想，田野上拾穗的我们，与劳作着的父兄们同样伟大。

我们一字排开，微微地躬着腰，用一双锐锐的眼睛，细细地把田地打量。看见了一线饱满的稻穗，便赶紧拾起，小心地把它掐到背篓中。有时我们也到父兄们丢弃的稻草中去寻找，一拨拉，居然也能找到几根。其实伙伴们拾穗并不专心，拾着拾着，就有人高叫：快来看啊，一条水蛇。又有人喊，这里死了一只乌龟。于是一字排开的队伍瞬间又拢成了一个圈。到太阳落山时，我们的背篓还不甚饱满，但父母望着那些不多的稻粒，脸上却灿灿地笑。

我把拾来的稻穗交给娘，要她倒进家里的谷堆中。娘说不，你捡来的谷子单独装着，到时煮了给你吃。我说，装到一起不一样是煮了吃吗？娘说，自己拾来的谷子吃着香。我不懂。

隆隆的打谷机声终于从田野上安静下来，我们拾穗的行动也就告一段落了。我把背篓交给娘，娘把嵌在篓中的每一颗谷粒都细心地挑出，然后收起说，明年再给你用。隔些天，娘用我拾来的新米煮了一锅饭，我盛一碗，香，吃一口，甜。娘望着我笑，好吃吗？我说，好吃。那些米，我们一家吃了三天。我想，要是不捉青蛙和泥鳅，只怕还能多吃两天。

一个村庄的半径

　　一个村庄的半径有多长？对于蒋山人来说，这个问题要用一生的时间来回答，而且不同的人会有不同的答案，甚至是同一个人，在不同的时期，也会有不同的想法。我感觉每一个蒋山人，从降生到这里的那一刻起，他们的人生就围绕着这个原点慢慢展开。他们的一生，都在不停地行走。有的人走了很远很远，有的人始终在原地转圈。但不管是谁，都走不出对村庄的爱与牵挂，他们最终都会原路返回。每一个人走过的路程，都藏在自己心中。

　　蒋山在湘东北，是连云山南端边缘的一个自然村落。它的地理位置比较特殊，是出入山区的咽喉。往里走，除了一个接一个的山间小盆地，更多的是连绵不绝的群山和莽莽苍苍的林地。那里面尽管还有一个乡的建制，实则是一块封闭的绝地，进去后根本就没有出路，似乎到了遥远的天边和世界的尽头。往外走，则是渐渐开阔起来的平原和越来越喧嚣的城镇，当然还有机会与梦想。千百年来，蒋山这个地方，成为许多山里人人生的通道和命运的转折。民国时期，这里是白区和苏区的交界处。杨森的国军驻扎在蒋山的杨家祠堂，傅秋涛的游击队活跃在连云山中。部分游击队员后来从这里出山，在嘉义改编为新四军第一支队第一团，奔赴皖南，开创出一片广阔的天地。在控制着山区人出路的同时，蒋山历史上还与四个乡镇接壤，东边是思村乡，北边是安定镇，西边是长田乡，南边是芦洞乡——它又成了许多人行政与生活的边界。这样重要的一个村庄，它的地理半径得有多大呀！

　　在我的记忆中，蒋山的面积确实是很大的。它似乎像一个巨大的背景，衬托出我童年的虚空和渺小。在十岁之前，我很少走出过我家所在的牛角冲。蒋山分为公渡庄、发仕冲、蒋山、小水四个片区，每个片区有五六个组，全村大约有四百来户，一千多口。牛角冲属公渡庄片区，但即使是这个只占蒋山四分之一的地方，也让我觉得无比宽广。我与小伙伴们翻山越岭去找野果、扯笋子，忙碌了大半天，始终没有走出牛角冲的地盘；我陪八十多岁的曾祖母，去她同属公渡庄片区的娘家山枣坡，她颠着一双小脚，颤颤巍巍地走了一上午，差点都没赶上中饭；我替班主任黄老师到公渡庄门口的杨泗庙代销店买肥皂，跑步去跑步回，累成了一条狗，还是没在课间十五分钟内完成任务。至于说去公渡庄片区之外的其他三个片区，对童年的我来说，那简直是一件无比紧张与盛大的事情。我觉得它们太遥远了，太陌生了，有一种本能的畏惧和惊慌。我害怕某些不能确定的东西，生生将自己淹没。直到大些以后，我深入到了蒋山的每一个屋场，认识了大部分的村民，熟悉他们的喜怒哀乐，清楚他们的衣食住行，这种排斥的心理才渐渐消退。我开始慢慢接纳另外三个片区，并将它们与公渡庄片区视同一体。在这个千丝万缕的关联织就的窠巢中，我感到安全、放松、舒坦，有一种家的感觉。在我的心中，整个蒋山如同一个广袤的王国，我的童年在这片疆域里纵情奔跑，但始终没有越过它的边界。

后来我像许多人一样，从这里一步步走了出去，走到了远离村庄的城市。三十年了，每每想起蒋山，我依然觉得它的地域广阔而且复杂，道路弯曲并且漫长。即使是驾车回乡，眨眼就穿越整个村庄，我也并不认为它过于窄小，而是认为速度缩短了长度，科技改变了世界。直到这次回家，我才惊讶地发现，蒋山的半径居然是那么地短小！我的记忆，就像突然断裂了一般，发出沉闷的声响，瞬间惊醒了童年的梦境，颠覆了多年的认知。

这个结论，来源于我双脚的丈量。这些年来，人到中年的我日益发福，多项身体指标出现异常，向来不爱运动的我，也只好每天坚持行走万步。那天回到老家，吃完晚饭后我就沿着门前的水泥路走了起来。我家住在牛角冲的中部，往上走过两个组，就到了村庄的边界关塘坳；往下走过两个组，就到了片区的边界杨泗庙。在我的印象中，走到这两个地方，都要不短的时间。小时候父亲要我去杨泗庙代销店买肉，稍起迟了点即使赤脚跑着去也卖完了。父亲怪我贪睡，而我却觉得路途太远。关塘坳因为是我老舅舅家，感觉稍近点，但每次去他家吃饭，似乎也要提前不少动身。我先是下行至杨泗庙，然后又上行到关塘坳，再回到家门口，准备不走了。我觉得自己已经走

了很远，但习惯性地拿起手机一看，天啊，怎么还只有三千多步？而且这个步数还包含了此前室内行走的。我不敢相信，怀疑是信号不好所致，决定自己人工计数再试一次。十几分钟后，我得出了准确无误的数据：我家到杨泗庙是八百步、到关塘坳是七百步，关塘坳到杨泗庙是一千五百步。按一步六十五厘米算，我们这个片区的长度顶多也就一千米。蒋山的四个片区，几乎是平行排列的，它们的宽度还远不如长度，放开点算，整个蒋山的长度，充其量不过一千二百米。也就是说，我们村庄的半径，只有区区六百米！

这太让我意外了，太让我震惊了！我没有想到，在我的心中纵横了几十年的那个广袤世界，居然只是一个弹丸之地。它是如此狭隘和局促，而我却一直以为它开阔且深长。我为自己的格局和识见感到羞耻。

那个晚上，我沿着门前的道路，一趟接一趟地行走。刚开始只是想让步数尽快上万，但走着走着，慢慢就沉浸到对这段道路的思考中去了。明明是一段很短的路程，为何会一直觉得它很长？我想来想去，也没理出一个头绪，只好肤浅地认为，孩童的眼睛太小了，总是把事物无限放大，并把它深藏到记忆之中，以致若干年后回想起来，仍是最初的印象。说到底，这是一个眼界的问题。一个人的眼界大了，世界自然就变小了。反之，则可能沉陷在自认为宽广的狭窄世界里，永远走不出来。

半径六百米，我感到我们的村庄实在是太狭窄了！然而，千百年来，一代又一代的蒋山人就生活在这里，当中的好多人，甚至一辈子都没有离开过村庄。他们在这片狭窄且贫瘠的土地上，早出晚归，春种冬藏，生儿育女，繁衍生息。这块半径六百米的地方，就是他们的整个世界，也是他们人生的全部。他们真的太可怜了，太悲哀了！

我不由想起了我的曾祖母。我不能确定她年轻时有没有出过村庄，但她的晚年，可以肯定从来没有离开过这里半步。她去得最远的地方，是本村她的娘家山枣坡，离我家充其量不超过一千米；她去得最多的地方，是菜园里和对门岭，为的是去摘瓜菜晒瓜菜，两地距离家中都只有百来米。她的一生，似乎就是在这些地方转圈圈。她活了将近九十岁，战胜了贫穷、疾病甚至是时间，是当时村庄里最高寿的人，受到所有人的敬重。但现在看来，她的人生是多么地单薄和苍白。她漫长的一生，其实只有可怜的六百米。

好在还是有一些蒋山人拓展了村庄的半径。他们从这条山沟沟里出发，追赶着自己的理想，不折不挠地向前进。他们有的打着赤脚，有的穿着草鞋，有的身着长衫，有的头戴礼帽；有的走路，有的骑马，有的乘船，有的坐轿；有的是外出经商，有的是出门求学，有的是当兵吃粮，有的是寻找信仰……他们翻山越岭，渡江过河，甚至是漂洋过海，来到了一个个远近不等的地方。他们就像是蒋山的一根根触须，伸入到一个个新的地域和领域，探索出一条条成功或失败的路径。这些人的前赴后继，从某种意义上来说，无限地延伸了村庄的半径。

蒋山人历来有走出去的传统，信奉"人不出门身不贵"的古训。民国时期，村庄里的人最喜欢"走袁州"。袁州是江西宜春的旧称。我不知它与湘东北大山窝里的蒋山有何渊源，也不知是哪一个蒋山人第一个抵达此地，反正很多人爱往这个方向行走。他们翻过连云山，经浏阳的官道，几天时间就可到达江西。据说当时的袁州城里，常年有几十上百个蒋山人，至于往返于路途的，更是络绎不绝。这些人在远离村庄几百里的地方经商、做事、卖苦力，有时也赌钱、嫖娼、打群架。他们常常聚在一起，讲只有蒋山人才听得懂的方言，做只有蒋山人才觉得好吃的饭菜，俨然是袁州城里的另一个蒋山村。我常常想，蒋山到袁州的距离，既是当时蒋山人生活的半径，也可看作是我们村庄当年的半径。

除了"走袁州"，蒋山人的去处还有很多，东南西北中，工农兵学商，似乎每一个方向，都有蒋山人的足迹。近代以来，走得最远的三个蒋山人，是邱创成、周碧泉和邱载岳。邱创成是共和国的开国中将。他出生在安定镇横冲村马头岭，稍大后其父邱实高带着他与弟弟邱雁南搬到了蒋山村发仕冲。他从蒋山开始闹革命，后来上了井冈山，参加了二万五千里长征，到了延安，进入东北，上了朝鲜战场，最终安居北京。周碧泉是省部级干部，蒋山关塘坳人。他除了上过井冈山，参加过长征外，还远赴苏联伏龙芝军事学院学习。据说他的俄语讲得极好，曾翻译了大量的理论著作，两次受到斯大林接见，并获赠一个精致的烟斗。邱载岳是我的堂叔祖，毕业于黄埔八期，曾任国民革命军中校团长，受命抗击日军，行程数万里，转战全国各地，最后经香港退居台湾。想起他们三人走过的路程，我常常为蒋山感到高兴。我

觉得，他们作为蒋山的一员，将蒋山的触须延伸到了遥远的地方。一个大山窝里的小村庄，能在七八十年前，就与大都市甚至是外国发生直接关联，真的非常难得。我不知道他们远在莫斯科、平壤、台北时，是否想起连云山中的蒋山村？在他们的心底，村庄的半径是否纵横万里？

不管初衷如何，走出去的一代又一代蒋山人，确实是延展了村庄的广度、厚度和深度。在村庄里，大家熟知很多外村人深感陌生的东西。比如许多公职人员都搞不太清的中央委员会组织构架和国务院部委设置，在蒋山却妇幼皆知，原因是邱创成曾任中央委员和五机部部长；比如莫斯科的气候和伏特加的特性，蒋山人谁都能道说一二，原因是周碧泉曾在那里生活了七八年；比如台湾的水果和台北的街景，蒋山人常常如数家珍，原因是邱载岳在那里居住了数十年；比如洞庭湖的各种船舶，蒋山人总是讲得头头是道，原因是一伙蒋山人在那里修了多年码头；比如深圳盐田港的弯弯窍窍，蒋山人全都清清楚楚，原因是很多蒋山人扎堆在那里开半挂；比如北京四合院的构造与价位，蒋山人往往说得八九不离十，原因是多个蒋山装修团队在那里专事仿古装饰……这些知识和信息的来源，无一不与外出的蒋山人有关。他们不停地行走，一方面拉长了自己的生活半径，另一方面也扩大了村庄的文化半径。

在这里我又想起了曾祖母。她几乎从来没有离开过村庄，而且也没有读过书，但奇怪的是，她在村庄里却有着至高无上的威信。很多人来找她拿主意、断是非，甚至挨打的女人还把我家当作避难所，因为只需她一只脚踏入了我家地坪，打人者就不敢再动手了，否则老人家会大发脾气。我起先以为是因为她年纪大，别人尊重她，后来才发现并不完全是这样。更重要的原因，是她比村庄里的任何人都懂得多，比一般人更明事理。原来每一个蒋山人出远门回来，必定会第一时间来看望她，详细向她报告所见所闻。她也总是充满兴趣地问这问那，不露痕迹地引导对方讲出她想知道的事情，并默默地在心中进行横向的对比。这些人似乎就是她的眼睛和腿脚，或者说是她派出的使者，他们到达的地方，她也一个不落地间接到达了。这样长年累月地叠加，她的见识自然就远远超过了别人。我的曾祖母，是村庄里走得最慢最慢的人，但她这一生，却又走得很远很远。她的认知半径，远远不止六百米——比生活半径更加宽广的，是一个人的文化半径。

远行的蒋山人，将村庄的半径越拉越长，也让自己的人生变得精彩和丰厚。最近几十年来，除了邱创成、周碧泉和邱载岳这三位最早的远行者，村庄里一直英才辈出，弦歌不绝。读书的，多考上硕士博士。全村到底有多少大学生，现在已经多得无从统计。单单我所在的屋场，仅仅十来户人家，就出了二十多个本科生，六七个研究生，一个教授级高工。从政的，不乏处级厅级。有的在本县服务，有的在外地做官，甚至在和平年代，还出了一个少将。经商的，频出老板富翁。资产几百万的小老板，在村庄里可不敢高声喧哗，因为最牛气的几位大老板，身家均是几千万，有的甚至达到几亿几十亿。写作的，文章频发大报大刊。在村庄里出生和生活过的中国作协会员，就有三位，至于省市级会员则更多，每年发表的作品，少说也有几十万字。习武的，屡屡斩获金牌银牌。蒋山人既崇文，也尚武，一直有练习武术的传统。2017年湖南省第五届武术大赛，蒋山人共拿了五六块金牌，我时年十四岁的侄子，也获得一个全省少年拳术冠军……这些人如今大多离开了村庄，有的在岳阳，有的在长沙，有的在宁波，有的在深圳，有的在上海，有的在北京，还有的在国外。他们与村庄的距离，少则几百公里，多则几千上万公里。他们的命运，完全有别于困守在村庄里的人；他们的人生，就像他们走过的路程一样宽阔。

无数的事实让蒋山人越来越相信行走。他们觉得生活在远方，前程在远方，事业在远方。一个人是否成功，与他离开故乡的半径大有关系。行万里路，读万卷书，成为他们的共识。即使是不会读书，那也要让生活的半径尽可能地拉长，只有这样，才可能让人生的半径足够长。

这些"走袁州"的蒋山人后代，从上世纪八十年代末结伴到长沙贩菜开始，不断往外行走，而且越走越远。二三十年过去了，如今村庄里的青壮大都出去了，村子变得很空，很寂，但却很殷实。很多的蒋山人，长年生活在远离村庄的各个城市。他们大多在城里有房有车有事业，如果不是身份证上还标注着户籍所在地蒋山村，没有人会怀疑他们不是一个真正的城里人。他们通过多年的行走与奔波，终于修成正果，将自己的人生半径一步步拉长了。

　　但不管走多远，也不管站多高，蒋山人始终记着连云山里的这个山沟沟。没有一个人能走出对村庄的爱与牵挂，也没有一个人能挣脱村庄的文化牵引。无论生活在哪个城市的蒋山人，做起菜来肯定是蒋山味道，说起梦话肯定是蒋山方言，想起事情肯定是蒋山逻辑。而且走得越远，离开越久，内心与蒋山也就贴得越近。一个村庄的精神半径，真的具有不可思议的力量与长度。

　　周碧泉十几岁时离开村庄，此后几十年一直没有回过家，但无论是在延安，还是在莫斯科，他都在心中想念着自己的家乡，心底都有着蒋山的位置。上世纪七十年代末，年近七十的他终于止不住对村庄的牵挂，毅然辞去职务，主动要求回到老家。这位俄语讲得顺溜溜的高官，回来后讲的却依然是一口地道的蒋山腔。他在关塘坳又生活了三年多才去世。父亲曾带我多次去看过他，他给我们泡蒋山人爱喝的烟茶，给我的口袋里塞壳上带泥的花生。我感觉他就是一个慈祥的蒋山老头，根本看不出胸有百万兵甲，腹有万卷诗书。他的所有传奇，都悄无声息地消融在一个村庄的习俗中。

　　邱载岳最后也回到了村庄。因为众所周知的原因，他隔着海峡遥望家乡多年。上世纪八十年代中期，对台政策刚一落实，他便迫不及待地第一批赶回来了。乡亲们抬着轿子，到邻村塔坳的马路边去接他，年近八十的他却坚决不肯坐，坚持要步行数里进村。他这是对乡亲的尊重，也是对家乡的敬畏。他进家门的第一件事，就是跪到祖厅的神龛前，重重地磕了三个响头，表达自己对祖先的怀念和愧疚。他后来定居蒋山，又生活了二十多年，直到一百零二岁才去世。这二十多年里，他几乎一刻也没有离开过村庄，死后就葬在他亲自选定的墓地里，用一个固定的姿势，永远关注着他热爱的土地。一个曾经远离村庄千万里的人，最后终于与村庄寸步不离，融为一体，成为它最坚贞的守护者。在他的心里，村庄的半径到底是无限长，还是无限近？

　　我自己在蒋山只生活了十多年，如今虽然离开已三十余年了，但闭上眼睛，这里的山水田园，草本木本，却依然清晰如昨日。我去过全村的每一个屋场，走过全村的每一条道路，尤其是对牛角冲，更是熟悉得像自己的老屋。哪里有一口水井，哪里有一方池塘，哪里有一棵古树，哪里有一株老藤，我全都清清楚楚。在贫穷的少年时代，牛角冲是我唯一的舞台，是我的整个世界。现在我人到中年，父母也已离开人世，平时没事，很少回到这里。但我的内心，却无时无刻不在想念着它。在我的心底，长年隐藏着一条秘密的通道，每当在城里感到疲惫和厌弃时，我就从这里随时潜回故乡。这些年来，我所写的小说，常用牛角冲这个地名当作一切故事的生发地；我的文字，更是弥漫着一股浓浓的蒋山气息；村庄里真真假假的事情，被我传播到很远很远的地方。我没想到，历经数十年，我最初生活的村庄，又成了我最后的精神慰藉；这个半径六百米的地方，依然是我的整个世界。我不知道，对于我来说，村庄的半径到底是变长了，还是变短了？

　　每到年节时，天南海北的蒋山人，都会开着车匆匆忙忙赶回家。进村的水泥道路上，常常挤满了各种牌照的各色车辆。我想，这里面的人应当都像我一样，没几个能说得清村庄的半径。因为每个人里程表上的数据，都不相同；心里的路程，更不相同。

　　一个村庄的半径有多长？这真不是一个容易回答的问题。它的地理半径，也许相对固定，但生活半径，却因人而异，千差万别，并随时发生变化，至于文化半径、人生半径和精神半径，则根本无法用尺度去丈量。我想只有等到我终老的那一天，生命才会帮我交出准确的答卷。也许是六百米，也许是六万里。数据的大小，完全取决于自己的追求与造化。

原载《桃花源》2021年第3期

故地旧风景

古　镇

　　雨落个不停的时候，我就想起了连云古镇。

　　连云古镇其实是连云山中的一个破旧村寨。几条青石板巷廊，一个烟砖古庙改成的学堂，两家杂货店，一家草药行，还有数十间盖着鱼鳞瓦的低矮平房，一齐安详地隐现在四月的烟雨中。若干年前，我就生息在镇上的那座学堂中，教书，练字，下棋，自己生火煮清汤挂面。

　　那时节天也老下着雨。雨下得不稠，极细，不急不慢地飘。我端坐在讲台上，眼睛看着窗外的雨，嘴里有气无力地念："春天来了——"孩子们眼睛盯着屋顶上漏下的雨，也跟着有气无力地念："春天来了——"念了几遍后，大家就累了，我的肚子也呱呱地叫唤起来，是该生火做点吃食了。于是，尽管天色尚早，我还是果断地宣布放学。孩子们为我的英明决策而欢呼，一个个光着头啸叫着冲进雨幕中，一会儿便没入使弯弯曲曲的巷廊里。村寨瞬时变得寡淡和萧瑟。

　　我用火柴点燃稻草，让学堂上空升起一缕生气，然后就在沸水中放一把面条，捞起后先滴两滴清油，再放一大匙辣椒。呼啦呼啦一下就剿灭得干干净净，吃完竟不知是什么味道。打着饱嗝走出黑暗的厨房，抬头望天，天还没有暗下来，雨还在天边无际地下。我不禁莫名地愁起来。

　　打一把破旧的洋伞，我站到了青石板路上，一时竟不知走往何方。正在岩石般呆立，街边的木门吱呀一声叫，草药行的老板探出了半个头：哎哟，是先生，快进来坐。坐到店堂的条凳上，老板问："吃了？"我答："吃了。"然后彼此无话。半天，老板又说："唉，这雨——"我也说："唉，这雨——"雨还在下，我们两人都听到了雨的脚音。

我起身去了杂货店。店里有人在下棋，极安静地下棋。我站在旁边看了十来步，下棋的两位山民才发现我，都站起身说：先生来了，快请快请。我忙摆摆手：你们下你们下，我随便看看。两位于是又专注地下起来。这时，天色渐渐昏暗起来，整个村寨浸染在夜色与烟雨中，只有雨滴细细地打在店前的芭蕉上，棋子清脆地落在栗木的棋盘上，这种错落有致的声响，于郁闷中显出一分灵动，于烦躁中生出一分平和。我听着听着，心竟慢慢地静了下来。

我决定约草药行的老板晚上下棋。老板欣然应诺。回到清寂的古庙，我忙生起炭火，烧好热茶，摆好棋子，静候棋友的到来。但左等右等，就是不见有人啄响我透风的木门。屋后池塘的青蛙喋喋不休地噪叫着，让我很自然地想起赵师秀的那首好诗：黄梅时节家家雨，青草池塘处处蛙。有约不来过夜半，闲敲棋子落灯花。呵呵，闲敲棋子落灯花。

正当我敲着棋子听着夜雨时，老板来了，手中还提了一壶烧酒、一包花生米。他不好意思地笑笑：来早了怕耽搁先生备课。我的脸一下就红了，因为我从不备课。我真是枉做了他们的先生。

我们就下棋，喝酒。炭火幽幽地旺，烧酒淡淡地香，屋外的雨，慢慢就连同我的闲愁飘到六根之外了。我感到我这夜夜打坐的"禅房"，从来没有这么温暖过；我更感到我的内心，从来没有如此惬意过。

后来，草药行的老板便陪我下了整整一个雨季的棋，输输赢赢赢赢输输间，我十八岁的人生在这个清寂的古镇里变得充实、睿智和平和。

多少年后，江南的梅雨季节又光临我居住的繁华都市，雨在一天一天地下着，我躲在开着暖气的房间里，心中却有丝丝的凉意。没有人与我不设防地喝酒，没人跟我至情至性地下棋，只有无尽的冷雨不停地敲打着我孤独的心，我禁不住又愁了起来。

试问闲愁都几许？一川烟草，满城风絮，梅子黄时雨。

祖　屋

芦溪河那边才是老屋场。老屋场黑牯般横卧在牛形岭下，百十间瓦屋，

翘楚隆耸，密密匝匝，重重叠叠。老屋场是连云山丘氏一脉的祖屋，有祠堂，很气派，每年的清明和春节，总有一拨拨的丘氏后代，铳炮喧天来这里祭祀祖宗。山里人问了姓氏，会说：哦，老屋场丘家祠堂的哦。

远远地，就能看到屋场大坪前的那一耸墨翠。参天的墨翠。是三棵老松，只怕几百年了吧。树是老了，皮子皲裂成一条条深沟，还长了苔，腰杆却硬朗，根也深，不怕风雨。秋冬落些叶子，黄黄铺了一地，任顽童打滚，但依旧遮天蔽日——松是常绿树。春夏还发新叶，枯枝上都长，且嫩且葱。屋场的老人，好傍了古松，用拐杖敲指裸根，教诲子孙：丘家发越无疆，全靠了牛形岭厚土上这三根好松呢，不能砍的。屋场出去的人，随你做好大的官，在看得到这树的地方，骑马的就要下马，坐车的就要下车，只能步行入村。老规矩，没话讲的。

老松下，爬了一条进村的路，巴掌大的河石嵌铺的。老屋人管那石块叫黄皮石，山外人不懂，只喜欢用了皮鞋在上面走来走去，听那格格格的响声。老屋人笑眯眯地盯着，很自豪。

顺了石块路，往西一拐，便凸出一条土埂，朝白虎嘴延伸。逶迤了一些路程，土埂就尽了，蹲着一方井。井周铺了青石板，上面还刻有字，是取了墓碑做的。井深，浮几只蛤蟆，总跳不出来。水倒好，冬热夏凉，老屋人夏天做了豆腐，用一竹篮子盛了，吊没到井水中，三五天也不馊，也没人提去。

屋场里，人多。西屋的娃子，五六岁了，还叫不出东屋大人的名号。娃子们却都熟，古松下有大坪，好交朋友。

老屋人耕读传家。耕是本。几分薄田，总要比上下屋场的人多收三五斗。耕余读书，多为古书，老屋人都能识文断字，讲些典故的。也有只读不耕的，由族里的老先生专门指教。据说先前能读书的，主家不要费柴米，由族里供养。

女子喂些猪。猪栏里都写了一句话：姜太公到此。石灰写的，白白的扎眼。姜太公是丘氏的远祖，他的婆娘，投胎变了瘟猪鬼，太公能克。女子们讲。许是太公的庇护，老屋人喂的猪，都壮。腊月里，猪们被尖刀一捅，叫得一片火红。

屋场也流传些风流韵事。东屋的熬蛮子偷了西屋的莲女子，西屋的牛屎郎爬了东屋红妹子的窗户……有鼻子有眼，不得不信。女人便骂，骂了便哭，哭了就寻死。男人恼火，扯起狠敲几下，甩到床上。女人蒙了被子，死睡，不吃饭，不做事，过两天，起来了，又去扯猪菜。

常有唢呐声在深夜响起，断断续续，如鬼叫，是单身汉二狗在吹。二狗三十岁，童子身。女人困不着，低声谓男人：那死鬼，有空带他去看看我表姐。表姐丧了夫，守寡。

夜，慢慢静了，二狗也钻进了被窝。月亮倚了老松，祥和着眉眼，看老屋场。高松上，不时叽喳几句，是老鸦，在安抚孩子。几条狗，望了树顶，汪汪，凶叫……

老　仓

老仓就在石嘴坪。出祖厅大门，看得到。顺了石块路，走过去，也就百十步。

仓是木板做的，牵牵扯扯，大大小小，几十间。抓趴在坪上，风吹雨打，倒还安稳。

那木板，厚实，敲几下，咚咚咚，如鼓响。据说费了族上一山好树，柞树。人活一世，幼时种下的柞树，还做不得寿器的。除了木材好，这仓也就没什么特色了。硬说有，就算仓脚了。仓脚是石头做的，麻石，水牯脚高矮，两端粗大，中间略略凹一些，稳稳架住木板的铺陈。行家说，可隔潮，也防鼠。想想也是，中间凹一家伙，鼠们就爬不上去了，仓肚皮就不怕鼠们去钻山打洞。细一看，库底下却漏一摊谷子，都秕了，猛地还蹿出一只鼠，肥硕如山兔。防鼠这事，难说。

屋场的人，却是蛮乐意去道说老仓的。老阿公对后生们讲，这是我等祖上的荣耀。祖上哪像我等，是做大官的。收粮了，牛角冲一冲的谷物，要缴十之三四到这仓上来，供祖上受用呢。后生们眼睛就发亮，遥想当年辉煌，豪气地问，祖上都吃白米饭，不拌苗丝？！老阿公说，都吃白米饭，不拌苗丝，餐餐还有鱼肉。后生们的口水，就止不住地往外涌。

然而屋场的人，谁也没见老仓饱满过。老阿公讲实话，说最满也还有

十格仓空着。是集中搞食堂的第一年。一冲的仓房都拆了，就留着老仓，粮食全搬来，把守很严密，除了老鼠，只怕谁也没办法。又笑笑，我是没饿着的，夜里钻爬到仓底下，木钻一摇，就能装上一袋子好谷。老阿公是木匠，钻木打孔了得。

老仓最热闹的时候，除了当官的祖上威风地收粮外，当数搞集体那些日月。月初和月半，发粮，一担担簸箩，排满了一地坪。保管员站在仓门口，吆喝着一个个土里土气的名字，土里土气的名字就抓了簸箩挤过去，急不可待，盛了却只半担，挑得轻松。

后来古仓分给了村民，家家户户都落了一仓半格的。谁家要去碾米，就挑一担箩，家里最大的，赳赳跑到坪上，取了钥匙打开仓门，雄雄地喊，这谷子还这么多，二小子，再加一斗！二小子声音也不小，再加，扁担都会断的。抬头看看屋场，有人朝这边望呢，就笑笑，好得意。

家家有了仓，家底也就好看了。收粮后，汉子喜欢到坪上去，围着古仓转悠，伸手敲敲这家的仓房，又敲敲那家的，听听声音，心里就有了底，咚咚如鼓响，是空家伙，嘴就不干净了，冲出几句粗话，骂这小子懒。扑扑如土委地，嘴也不闲，也是粗话，只是意义不同，是赞许。

也不知什么时候起，古仓缺了一角，拆的，木板被仓主卖了好价钱。过一晌，又缺一只角，接下来，就只剩下老阿公一间了，孤零零的。汉子们碰到了，互相打听的是木板的价钱。家家做了楼房，有配套的谷仓，何况，现在连田地都没人种了，菜都开车到镇上去买，还要这木仓干啥？老阿公围了仅存硕果，久久不离开，暗暗臭骂那些不争气的败家子孙：祖上的东西，怎能说拆就拆？

去年夏天，一把火，把老阿公的木仓也烧了。汉子说，是天火，谁叫老东西不合潮流，死板。也有人讲，是娃子玩火，不小心点燃的。

古仓全没了，屋场的人照样活，虽然五谷不丰登，仓廪不厚实。只是偶尔谈起古仓，总有一种情怀，使人琢磨不透。夕阳中，常有一个身影，佝偻着踩在仓址上，停停走走，走走停停，娃子们叫一声，老阿公！那影子，半晌才哦——

死　塘

芭蕉垅没芭蕉，树却多，阴阴遮了野鸡路。路倒顽强，扭曲，又扭曲，往了山里钻。转个弯，又一个弯，嗬，好腥，原是一波水，拍到山路上，险些湿了衣裤。是一口塘。塘水咬住路脚，才松口退回去，又扑过来凶凶咬紧。水黑，看不穿，路旁水边，苦竹却疯狂，蓬蓬一片，窸窸窣窣，如藏鬼兽，细听，没有，提步，又响。这塘，唤作死塘。

死塘是就了地势的，若干年前，一场山洪，塌下半边山，乱石成就塘坝，蓄了半垅水。鬼斧神工，也粗心，没留出水口，水跳跳跃跃，却逃不出去。山里习俗，这塘，水是死水，该叫死塘。

塘不宽，却长。山不安分，尽做动作，水也就跟着弯来曲去。站到坝上，看不见水尾。水尾在寒婆坳。寒婆坳终了芭蕉垅，翻过去，是芦溪河。

水有多深，人是搞不清的，几条老水牯，可能懂深浅，却讲不出，只晓得游得痛快，哞哞唤几声。有汉子就去探试，一猛子扎进去，没见出来，打捞一气，尸影都不见。汉子芦溪河里泡大，谁想到会归宿此处？几个放牛娃，耐不了暑气，脱得精光，蹦蹦跳跳，入了水，前头的喊，有鬼扯脚！后面的就快上岸，回头，前头的竟真扯去了。大人蹲在塘边，呜呜地哭，塘水，也呜呜地拍打塘坝和山脚，夹着血气，夹着腥气。

村人畏了死塘。娃子不准到此处牧牛，大人无事，也不常来，来了，匆匆就走。一塘死水，荡过来，又荡过去。

某日，有人讲，死塘浮了一匹怪兽，比牛大。人问，啥样子？答，吓都吓死了，谁还敢看！又有人讲，死塘夜里有鬼喊冤，那声音，好凄惨！人问，莫不是蛤蟆叫？答，蛤蟆叫也听不出？村人不怀疑。

死塘死死地踞在芭蕉垅，落寞地伴了星子和月亮。黑水反了月波，愈生几分凄寒。一些蛙，跳进去，爬上来，又跳进去，咚咚咚。村人围坐在院落地坪里，讲死塘。怪兽，冤鬼，越讲越具体。娃子的板凳，越搬越进，落到人围中间，还惶惶左右顾盼。村人打赌，谁能踩了月光去死塘一趟，给五十元钱，没人去。给一百元，还是没人去。

终有一天，几个后生，弄了包炸药，钻山打洞，引线点火，一家伙把塘坝给炸了。一股黑水，嚎叫着蹿出来，如疯狗，满垅乱冲，却顺势捎带了点火的后生。黑水凶凶地叫唤一天一夜，嗓子哑了，水才干。点火后生，鼓着一双眼，如金鱼，夹在老树间，脑壳洞开一块天地，苍蝇缝补正忙。老父老母，跪拜在侧，哭得昏黑。村人围了，颤颤摇头，报应啊报应，冤鬼找他做了替身哦。

此时，死塘瘫软在山沟里，只有一地淤泥，几行鳖迹。

原载《鹿鸣》2018年第4期

山岩上的雾与花

云开雾散

蔚蓝的天空像孩童的眼，清澈得没有一丝杂质，让人瞬间放松与舒展；连绵不绝的群山，在金色的阳光下苍翠成一抹浓厚的底色，让半山飘荡的朵朵白云，尤显闲逸和虚幻；而蜿蜒在山间的那条银练般的河流，又让整个画卷显得灵秀与生动……远远望去，这个叫梅仙的地方，真是有如仙境！怪不得西汉的梅福要辞官归隐此处，最后凿出九眼甘泉，炼成丹药而羽化登仙。这里的景致，实在是太让人迷恋和沉醉了！

但是我没有想到，在这个人间仙境最核心的地带，竟然还隐藏着一个全市闻名的贫困村。

这个村庄的名字，叫三里。

我疑心三里的村名是错的，正确的也许应当是山里——围绕村庄四周的，是高耸入云的一座座大山，姜源岭，梧桐山，南山尖，像一尊尊凶险的恶兽，牢牢封锁了村庄的出路，而山岭上笼罩的雾霭，就像郁积的忧愁，终日萦绕在人们的心头。三里村，是名副其实的山里村。走进三里村，也就抵达了国家级贫困县平江县的最痛点。

支书老王带我们去看的一个贫困户，就在山里边。让我意外的是，高高低低弯弯扭扭纵横交错的山路居然能通汽车，老王把车开得险象环生又熟练无比，他骄傲地向惊魂未定的我们介绍，以前这些路只有米把宽，单车都骑不了，扶贫队来了后，加宽硬化，现在每个组都能通车了。我们在山间转了好一会儿，老王才把车停到一户人家的地坪里，高声说：到了！我回头望望来时的路，早已隐没在山褶和雾霭中，全然不知它的深浅了。

这是一栋破旧的平房，像个风烛残年的老人，黑不溜秋地蜷卧在山窝里。户主是个半老盲人，老婆智障，八十来岁的母亲瘫痪，两个十来岁的小孩，一个在外读书，一个跟人学手艺。老王向我们介绍，说盲人不懒，眼睛看不见还摸着种了十来亩别人抛荒的田，但除了这点收入，再没别的来路，加上三个都是病残，贫穷就像恶魔附体一般，始终缠在他们身上。我们看了他家仅有的两张床，是用草砖做的床脚，天寒了，铺的竟然还是被身体磨得发光的破竹席，看得我心里直打寒战，拔凉拔凉的。我们互相摇头，这样的贫困户，真让人揪心！他们就像一个缺乏造血功能的肌体，除了不断输血和救助，似乎没有更好的办法恢复生机。可哪里又有便捷的脉管和充足的血液长久供养他们呢？好在还有两个健康的孩子。我们都低声说同一句话，并不约而同地打开了各自的钱包。

盲人千恩万谢，要我们去看他喂养在屋后的猪，说是书记送的本钱。我首先以为是支书老王送的，老王说不是，是市委书记过年时来看望盲人，私人给了他一千元。盲人用这钱捉了四头猪崽，如今每头都有近两百斤了，到年底，能卖一万多元钱，过年不成问题。听到我们夸猪长得好，盲人的智障老婆呵呵地笑了。那笑声，让我们高兴，又难过。

老王告诉我们，三里村是市委书记的扶贫联系村，今年他已到村里住了二十多个晚上。我问是不是真住在农户家？老王说怎么不是，你问扶贫队的！陪同的两个扶贫队员不单证明是的，还补充了很多细节：说每到周末，书记就像走亲戚一样，一个人来对口扶贫户舒猛秋家住，舒家的两个小孩，都亲切地叫他伯伯，他仔细检查孩子们的作业，还学着用土话讲笑话给长期卧病在床的舒母听，乐得老人家常哈哈大笑，现在居然能起床了……我不由有些汗颜了，我年近七十的老母亲，就在离此不远的福寿山下，但我都没回去得这么稠密。我为三里村的贫困户感到欣慰，有这么贴心的书记蹲点，还愁不能脱贫致富？可望着眼前的这一家子，我又不由暗暗担忧，像这样的贫困户，只怕书记也没辙。老王朝我笑笑，没回答，说带我们去看一个地方。

这时一阵山风吹来，笼罩在山岭间的雾霭像轻纱一般掀起，聚拢，然后翻涌着奔向远方，我们的眼前突然变得开阔与光亮，一截截新修的公路，隐隐约约在山间起伏，一股浓郁的柴油气味，迎面扑来。但只一瞬间，云雾又像暮色一般弥漫在天地之间。

我们换乘了扶贫队员老谭的越野车。老谭是长炼（岳阳一家企业）的干部，每周一早晨开车从岳阳来村里，周五傍晚再开回去。车是他自己的，要亏不少油钱，但他说这算不了什么，能为村里办点事很高兴的。我认为他或许在说假话，但还是安慰他说，能陪市委书记一起扶贫，吃点亏不要紧，回去了好提拔。老谭哈哈大笑，我都五十几了，还提什么拔！他告诉我们，在这里待久了，还真待出了感情，全村一百零四户贫困户，他全都熟得不得了，能讲出每一户的故事。他说过几年退休后，想到这里来种几亩稻谷，一来可与乡亲们常见面，二来自己也能吃点绿色食品。这个面相显得年轻且敦厚的老扶贫，真不像在说假话，他难道真把自己与大山融为一体了？

老谭带着我们在山岭间弯来绕去，我发现这不是老王刚才走过的路，原来山里新修的公路已四通八达了。这么多交叉路，老谭一次也没跑错，轰轰轰，油门一加，越野车居然爬到了高山之巅。我们打开车门，发现支书老王的车已抢先抵达，也不知从哪儿抄的近路。他的车旁边还停了一台越野车。他指着身边一个敦实的汉子说，老李，果业公司的老总。哦，原来他带我们来看的是个果园，这跟扶贫也没太大的关系呀，何况，这也不能给盲人那样的贫困户带来直接的好处，更不可能让他们彻底脱贫吧？

老王看出了我的疑惑，他示意老李向我们介绍：这个市委书记引进的产业扶贫项目，跟一般的扶贫模式不同。公司出资金、技术、果树，村民只出土地，做了事，再按一百八十元一天算工钱。三年后挂果，村民可得水果销售收益的三分之一。那未产果的前三年怎么搞？老李说，有办法，公司会给每个签约者每月预付五百元分红收益。也就是说，像盲人这样的贫困户，不单现在能渡过难关，今后还有永续的收益。这倒是个脱贫致富的好办法，如能办成办好，真是一件功德无量的事情。

我站在群山之巅，发现从高天上倾泻而下的温煦阳光，把所有的山岭都染成一片金黄；有风从东方阵阵吹来，浓厚的云雾在缓缓地移动，慢慢地变薄，悄悄地消散。

我向四周的山岭望去，只见十几台挖掘机正在远处的山头上热火朝天地轰隆作业，而近处的很多山岭，都已建成了像梯田一样的果园。在我们站立

的山头最高点，还修建了一个硕大无比的蓄水池。老李告诉我们，这种像天池一样的蓄水池，他们在不同的山头一共修了十个，把山下昌江的水抽上来后，加入营养物质和防病药物，再通过电脑操控，利用滴灌技术，源源不断地输送到每一棵果树的根系。我注意到，在已经建成的果园里，大大小小的管道纵横交错，布满了整个山岭的肌体；而山下新修的公路，这时也随着雾霭的散去而清晰显现出来。看到眼前这些密集的管道和连通的路网，我的脑海中不由自主地跳出了一个温暖的词汇：血脉！是的，这些道路连接每一座山岭，连通每一户村民；这些管道对接每一棵果树，对应每一户村民；它们就像输送血液的脉管一样，把致富的信息和发家的项目，源源不断地送到每一个村民的心田。而架设这些通道的书记、老谭、老李、老王等人，他们与贫困户的感情，更是血肉相连，血脉相亲！

也不知什么时候，山岭上所有的雾霭都消散得干干净净了，天空变得澄澈而透明，万道霞光，在果树枝叶上、水泥公路上、推土机身上尽情地跳跃与闪烁，飘带般的昌江，更是在沸腾的群山中欢快起舞……眼前的梅仙镇三里村，真是美如仙境啊！

我从山上下来离开梅仙时，很想老王带我去看看梅福开凿的九眼甘泉。老王哈哈大笑，那是一个传说啊。我当然知道是传说，我只是想告诉那个汉朝的隐士，他的九眼甘泉，只让自己一人羽化登仙；而现在的十个天池，却成了每一个山民幸福的源泉。

岩上花开

江南的雨季，无边无际，让我莫名地想念起百十公里外的老家平江。我走出那片贫瘠而美丽的山地，已快三十年了，但内心似乎从来没有离开，那里的一山一水，一枝一叶，总是不经意间袭上我的心头。市作协的潘老师是个平江通，他好像猜到了我的心思，邀我一同到平江采访，去看一处好景致。平江的胜景我大多熟悉。我问他，是山，还是水呢？潘老师说，都不是，是一座岩——这个地方的前世与今生，一定会让你大开眼界的。

啊，是去看一座山岩的蝶变，这可真是我所乐意和期待的事情。

在湘东山地，"岩"，不单是指岩石、悬崖，还有岩洞的意思。而"洞"，却并无洞子的含义，专指两山之间狭长的地带。平江境内南有连云山，北有幕阜山，中间流淌着一条充满诗意的汨罗江；而汨罗江的两岸，则有绵延百多公里长的丹霞地貌；所以叫"岩"和"洞"的地名非常多。月光岩、穿岩、密岩、道岩、了得岩、仙姑岩、燕岩……灶门洞、辜家洞、北风洞、徐家洞、黄金洞、芦洞、钟洞……随口就能说出一长串。在湘东，在平江，"岩"和"洞"都代表着贫穷、封闭和落后。

我从小就生活在"洞"里的"岩"边，亲眼看到和亲身经历生活的艰辛与沉重。这里连绵不绝的大山和寸草不生的岩壁，仿佛是世界的尽头，常常给人绝望的感觉。那些遍布村庄周边的大大小小岩洞，除了给走投无路的人提供一个简易的栖身之所外，似乎再也没有其他的用途。尽管它们的形状都无比奇特与漂亮，或雄壮，或险绝，或峻峭；尽管它们的历史都无比传奇与光荣，有的被历朝历代的文人墨客题诗刻石，有的被高僧老道辟为道场。

这些年，山里的日子慢慢变得开阔起来，水泥路修进了村庄，太阳能路灯照亮了夜空，但那些岩啊，壁啊，洞啊，依然沉寂在尘世的边缘。每每回到老家，站到高高的岩壁之上，我总是心生梦想——要是它们能够化腐朽为神奇，给乡亲们带来更大的收益就好了。可是怎样才能做到，我又束手无策。我眼前的岩壁，无一花一叶，只有坚硬的沉默。

现在，潘老师要带我去看一座岩的转化与新生，我怎能不开心？

我们是与作协的大队人马，冒着小雨前往"自在平江"的。则开始听到这个名字，我还以为是家乡的官员提的一个口号，没想到这竟然是一个建在"洞"里"岩"上的五星级野奢酒店，更没想到这里离我的老家，直线距离居然不到五里。

电瓶车载着我们刚进入一条狭窄的山谷，我马上就准确地叫出了这里原始的地名：白茅村板塘组的鹰岩。我对这里太熟悉了。我邻家的两个嫂子，就是从这边嫁过去的，而我的一位老姑妈，则嫁到离这不远的月形坪。小时候，我经常抄近路翻过山岭，到这一带来找猕猴桃和野杨梅。我记得这些纵横交错的沟垅里，耸立着很多光秃秃的山岩，其中最大的一个岩洞，像一口烧红且烂了几个眼的大锅，镶嵌在半山的岩壁上。之所以叫鹰岩，大概是其

险绝只有老鹰才能飞抵吧。这里比我老家还要偏僻，差不多是一个鸟不拉屎的穷地方，里面好像只住了少数人家，一色的草砖屋。哪承想，三十年后，这个人迹罕至的荒野之地，竟成了一个奢华的大酒店。我感到自己想象力的贫乏和世事反转的惊人。

潘老师热情地向我介绍这里的过往。我笑着告诉他，我从小就常来这里呢。他一惊，很快又乐呵呵地说，那好啊，快看看有什么不同。

这个看起来毫不打眼的酒店，奢华得真让我咋舌。几十栋造型各异的小别墅，依着山形地势，散落在沟沟垄垄里。从外表上看，与一般民居也没太大区别，但一走进房间，豪华的装修、高档的用具、独特的结构、尖端的科技、温馨的氛围、周到的服务，瞬间让人从山间野地坠入现代文明。那种毫无准备的快速反转，同样让我无比惊讶。而配套的茶室、书院、餐厅、游船、音乐厅、电影厅，无不奢华至极，让人惊叹不已。

可这些根本算不了什么，真正让我惊心动魄的，是山岩上那些鬼斧神工般的建筑——岩壁上的那个巨大岩洞，如今已能通过回环曲折的栈道，一步一景安全抵达；岩洞前面的平地，用原木嵌进石缝，做成浪漫的露天茶座，形成一长溜半悬空的"蜜月平台"；大岩洞和它里面的多个小岩洞，被改装成了原始但奢华的大小"洞房"；而几座陡峭的山岩顶上，则修建了视野三百六十度的空中别墅，在顶峰傲视群山；最高的鹰岩别墅顶上，还建了一个碧波荡漾的无边游泳池。

真是太让我震撼啦，我没想到原本在乡亲们眼中毫无用处的山岩，竟能变得如此美丽、高级、威武！

潘老师请来项目的负责人黄总介绍情况。黄总说，这片面积达五千亩的山岩，是由北京的一个老板投资十亿开发的，现在还只建到第四期，总共有十二期。整个设计出自人民币设计者周令钊老先生的外甥、中国设计界泰斗王受之先生之手，最大的特点是保持原样，尊重自然，不破坏一山一石，不损害一草一木，让酒店在低调中展现奢华，让游客在奢华中享受野趣。这里的房间最便宜一晚也要一千元以上，但照样供不应求，把周边的民宿也带得无比火热。

我站在山岩脚下，抬头往上看，感到岩顶上的房子，还有这样的创意、设计和魄力，都需要仰望。

潘老师说，平江的"岩"与"洞"，自然风光美丽、文化底蕴深厚、红色资源丰富，如果深度开发，前途不可限量，可给老百姓带来无尽的福祉。

陪同我们的县里同志说，这些年，平江已在做这项工作，通过旅游扶贫，实现乡村振兴。比如丹霞地貌最典型的石牛寨，以前只是一些光秃秃的山岩，如今已成为四星级景区，门票收入居全市之冠，并把一方百姓都带富了，这里的人差不多家家小别墅，户户有轿车。长寿镇的仙姑岩、连云山的月光岩，现在也都在开发之中。全县得益于旅游的贫困人口，少说也有几万人。

江南的雨季，这时已接近尾声。一轮红日，从云层中穿出，照耀在鹰岩的上方，我心里一片亮堂。逆着阳光，我突然看到岩顶上长着一丛艳丽的鲜花，它是那么地火红，又是那么地生动。

岩上桃花开，花从何处来？我的脑海中不由自主地浮上宋代高僧法因庵主的开悟诗。是啊，坚硬的岩石上怎么会开出灿烂的花朵？但我没把这个问题向禅诗造诣颇深的潘老师请教，因为，我的心里，早就已经有了答案。

原载《人民日报》2018年1月3日《大地》副刊

第四辑

每一个名字都通往神灵

骨髓深处的季节

一

很多年来，季节在我的面前只是一个模糊的背影，就像母亲的人生一样，我不能确定她每个阶段细微的变化，我只知道它经常变换模样和姿态出现在身边，悄无声息就来了，一不留心又去了，至于什么时候来的，什么时候走的，总是隐隐约约，恍恍惚惚。我忽略了它的存在，或者说缺乏对它的尊重与敬畏。事实上，季节与我的工作和生活，又有多大的关联呢？无非是加减衣服开关空调的简单逻辑而已，我确实不需关注它的一举一动，更不必掌握它潜藏的秘密。直到在天台上做起伪菜农，我才惊讶地发现，季节原来和每一个生命都紧密相连，你如果不熟悉它的脾气和秉性，轻视了它，违背了它，那它就毫不客气地糊弄你，惩罚你！在经历了一年的劳而无获后，我终于看清了自己的贫乏与浅薄。我知道，我与季节之间的隔膜和距离，单凭自己的理解与努力，短时期内根本无法打通。看着天台上荒芜已久的泥土，我突然想起了乡下的母亲。母亲是种菜的能手啊，她洞悉季节的玄机，一定能拯救我那悬在半空的理想，一定能让我的天台和心情，都变得郁郁葱葱。

可是，母亲她乐意又来这座看不清季节的城市吗？

父亲过世之后，我曾把母亲接到城里住过几年。她很不适应远离泥土的生活——茂盛的楼房和狭窄的天空，让她感到城里的每个日子都一模一样，扁平，单薄，而且缺乏颜色。我和妻子上班、孩子上学；她闷在家里度日如年，常常独自一人，撑着腰，拐着左腿，在小区附近穿来穿去，走走停停的，东张西望的，好像在寻找某些她迫切需要的东西。起初我以为她是在捕捉乡音，结交老乡，以便让这些久违的亲切充盈她的虚空，后来发现不是

的，她是在寻找裸露的土地和成片的绿植，寻找城市里隐藏起来了的季节。体育馆前面的街边公园，不久就成为她最向往和最踏实的地带。这块巴掌大的地方，有草地，有灌木，有花卉，有青松和香樟，各种各样的颜色，层次分明，轮廓清晰，变化多端。在布满钢筋和水泥的城里，这里成了季节一个小小的驿站和据点。母亲不再穿街走巷苦苦寻觅了，每天吃完饭，她就像赶赴约会看望老朋友一样，一瘸一拐急匆匆地径直来到这里，一待就是小半天。我上班的地方，在公园对面一栋高楼的九楼。我常站到窗前，悄悄地观察她。我发现母亲落寞地坐在石条凳上，痴痴地望着那些植物，长久地发呆。她的身边，不时有衣着光鲜的市民经过，但没有一个人理睬她。她偶尔也起身走一走，但只围着那些花草们转，街边的热闹与繁华，都不属于她。她是在跟它们进行无声的交谈，还是向它们倾诉内心的孤独？我的鼻子猛然一酸，眼睛一下就湿润了，我把她接到城里来，到底是让她享福，还是让她受难？她在城里没有一个熟人，是这些唯一亲近的植株和植株上跃动的季节，让她看到了岁月的流转，获得了情感的依托，使她每天的时间，不再那么空洞和漫长。我常想，假如没寻到这片绿地，她的内心是否会更加荒芜？假如看不到季节在植株身上的行走，她是否会觉得生活更加了无意义——岁月静止了，人生终止了？

因此，在母亲提了多次要回乡下独自生活后，我终于顶着不孝的恶名同意了。我知道，对于一个受惯了苦难的农村老太婆来说，物质生活对她并没有多大的吸引，关键是要有一个适合她的环境。近七十年的日月，早就让乡村的风雨和节令深入到了她的身体内部，形成一个自成体系的世界。只有在这个她无比熟悉的世界里，她才能活得滋润和舒展。城里简单而模糊的四季，哪能跟她体内的季节合拍啊！与其别别扭扭地"享福"，倒不如让她痛痛快快地"受苦"去。母亲非常高兴，走时把她所有的东西都放进了包里，显然她是不想再来城里了。现在，我又要接她来这个她厌弃的地方，她会同意吗？

母亲却爽快地答应了。在听我描述了新居天台上的菜地后，她眼睛晶亮，闪烁着惊喜的光芒；得知我劳累一年，只收获了三条黄瓜几把青菜后，她哈哈大笑，笑声中充满了对我的揶揄和怜惜。她把一包包种子装进衣箱，信心十足地表示以后我再也不用买小菜了。我在天台开辟菜地的目的，当然不是为了省菜钱，除了想寻找劳动的乐趣，追赶城市的潮流外，更多的是对工作失意的一种逃避和隐遁。这些年，我总感觉做什么事情都不顺，所以有些消极地埋首菜地中间，谁知就连自以为简单的种菜，也惨遭失败。但这块寄托了我某种理想和情怀的小小菜地，最终却成为我和母亲的共同期盼，成为她进城与我们共享天伦的最直接理由，倒是我没有想到的。我的内心一片温暖，感到无比欣慰。看到车后座的母亲神情轻松又迫切，全然没有以往进城时的压抑和沉重，我暗暗感激薄待过我的土地和四季。它们曾让母亲离我而去，如今又让我们母子的心，紧紧地联结到了一块。它们像一双隐形的大手，神秘地主宰着这个世界的一切。

二

母亲没有看到我的菜地。

她跛行的左脚和损伤的腰椎，无法穿越重重障碍。

我的菜地在楼顶，要先从阳台十六级的旋转木楼梯爬上阁楼，进入一个低矮的小厅，再进入三面墙壁都摆满了书的逼窄书房，然后左折，经过一条狭长的通道，再左折，低头钻出一个不高的门洞，才能到达主卧上方的天台。天台大约有四十来平方米，我把其中的八平方米用作菜园，其余的都装修成了精美的休闲场地。我常常慵懒地坐在遮阳伞下的藤椅上，喝茶，看书，吹风，听植株开花结果的声音。要是母亲能上来，看到这么整洁和高级的菜地，她不知有多开心！在这样的菜地上劳动，她一定会像轻风一样畅快！可惜的是，她无缘看到我精心的设计，无法亲近她热爱的事物。那天一进家门，她就要我带她看菜地。才登了三四级旋转楼梯，她就按着腰停下了。我蹲到她前面，要背她上去，她摇着头说："算啦，我已经闻到泥土的气味了。"我说那怎么行，你不上去怎么种得好菜？她笑笑说："你听我安排就是了。"她满脸的欢喜与自信，让我心底的遗憾和失望慢慢消退。

母亲确实是掌握了季节的奥秘，她对我发出的各种种菜的指令，总是准确而有效，完全不同于小区那些伪菜农们想当然的猜测。我先前看到菜不

长、不开花、不结果等种种问题，总是以为土薄了，肥少了，水不够，经过一年的失败教训，才悟到对作物生长影响最大的是季节，或者说是节令——从种子落地的那一刻起，所处的节令，就决定了它一生的基本命运，强壮或者羸弱，丰满或者瘠薄，都不是自身或人力所能改变的（这似乎有点像唯心论的"八字"）。我知道，每一个物种，都与季节有着一个神秘的约定，只有在约定的日期里，才能绽放出它完整而盛大的生命。这个约定坚不可摧，早几天不行，迟几天也不行。但具体是哪一天，我却糊里糊涂，完全不明白。母亲却能破译它们的密码，预测到它们的未来。她的这门本事，让我感到神奇。

我总是急于求成，做什么事情都不甘落于人后，只想奔跑到别人的前头，但往往又事倍功半，这让我活得疲惫，匆忙，而且失意。从失败的工作与事业中抽身出来后，我又把这种急切的性子，带到了天台。立春不久，天气晴朗，气温一天天升高，有几天还热得像是初夏，很多人都脱去了棉服，我生怕错过了好天气，拿一包种子准备去种豆角。母亲喊住我，还早着呢，慌啥？我说，这么高的温度，肯定两天就能发芽。母亲一笑，地里的虫子都没出来，发鬼芽！我不信，几锄下去，果然不见一只虫子，板结的泥土中，连蚯蚓都看不到。我不知下豆角种子跟虫子出洞有什么关联，但铁的事实，让我不敢造次。接下来天气就变了，雨水纷纷扬扬，一连下了好些日，气温又降回了原点，我庆幸有母亲提醒，否则又是白干一场。惊蛰到后，我又提出要种豆角，因为我知道，这个时候虫子都苏醒了，母亲却说，种不得，土都没热。土怎么会热？夏天都晒不热呢！母亲说，春分的土是热的。春分时雨倒是停了，太阳却不大，只有成天的风在四处乱窜，它们吹乱头发，吹掉旧年的树叶，钻进门窗，钻进裤管，难道也带着热量钻进了泥土？我扒开菜地一看，被雨水浸泡爬虫钻动的松软泥土中，竟然真有丝丝缕缕的热气若有若无地冒出，用手一摸，暖暖的。这时小区的菜友们都种下豆角了，我问母亲是否也种，母亲看看天，捶着自己的腰肢说，再等几天，清明过后下种，这天还要变啊。我说人家的豆角都几寸高了呢。母亲说，放心，误不了你的事，他们的都会冻死。清明那天，一直晴朗的天气突然下起瓢泼大雨，到晚上气温降到只有几度，菜友们的豆角秧子，全被暴雨打得东倒西歪，冻得蔫蔫的，几天后太阳一出，全部晒死了。而我家清明第二天种的豆角，却一路高歌猛进，苗壮生长，在真正属于它自己的季节里，迎来生命的春天。

从种豆角这件事上，我真切地领教了母亲对季节的熟悉和遵从，也更深地看到了季节的坚硬与凌厉。母亲提醒我说，你呀，做事就是性急，时候未到，急也白急，干也白干啊。她这种乡村哲学家式的话语，此后多次出现在我们种菜的交流中，她不但解决了我农事上的诸多疑难，也点化了我人生中的种种困惑，让我的生活和心境一天天地明朗起来。我只是觉得奇怪，一个近乎文盲的乡村老太，难道只因掌握了季节的秘密，就能洞察人生的种种吗？季节与人生之间，到底又存在什么幽微的关联？

在母亲的指导下，天台的菜园日益丰茂起来。空心菜碧翠，苋菜紫红，苦瓜苗嫩黄，丝瓜叶墨绿，它们全都按照自己的本色，踩着季节的节拍欢畅前行，全然不像我往年种的那样，该绿的不绿，该红的不红，开花时下雨，抽薹时烈日，行走得磕磕绊绊，歪歪扭扭。母亲告诉我，什么东西都只能顺着季节来，早不得，也晚不得。季节很霸道，其实又很公平，它给每个物种都分配了兴旺的时段，比如春分日桃花会开，五天后花谢，李花开；李花开五日，接着杏花开……所以该谁出场时，就得赶紧上，千万不能错过，错过了一时，就会荒废一生。我第一次知道季节有这么多微妙的门道，可我又哪里知道作物们出场的次序呢？好在母亲心里有一本完整的谱牒。每天下班一回家，她就沉着地指挥我，今天该给黄瓜施肥，明天该给辣椒浇水，后天该给豆角松土……她的每一项指令，都紧贴着节候细微的变化，也对应着作物不同形态下的特征与需求，丝毫不可乱套。这些复杂的知识，我有意把它记到本子上，研究了好久，还是没太弄懂其中的规律，母亲把它们摸索出来，该花了多少的功夫啊！母亲却只淡淡一笑：种久了自然就会知道。我想是的，经历一多，就会自动生成为本领；本领一强，就能自然默化为本能了。就像母亲这样，她根本不必翻看日历，不必知道温度与风向，就能随随便便从从容容应对强大的季节。

可是母亲看不到菜园的盛况，我为此深深遗憾。我和妻子多次要背她上去，她总是不肯，她怕弄伤腰腿，给我们增添更大的麻烦。她的身体确实不如以往了，在一年年地老去，我住在旧房子时，她还能天天去体育馆前看

风景，现在除了偶尔跟邻家老太到院子里散散步，在花坛边挖几兜野生的紫苏、薄荷让我移栽到天台外，大部分的日子，她就安静地待在家里。我坐在办公室时，常常想到孤独的她。她一个人守着空房子，真是跟坐牢没有区别啊。她原本是冲着菜地来的，可薄薄一层楼板，却又把她隔离在季节之外了。她是那样一个离不开泥土和作物的人，现在它们近在头顶，却远在天边，这不是更让她难受和感伤吗？我下班回家时，常常看到她要么落寞地坐在房间里，不声不响；要么徘徊在主卧室里，仰着头盯着天花板看；要么扒到卧室的窗户上，伸长脖子朝天台张望。她在想着那些她天天操心的菜啊，可她什么都看不到，顶多只有几根爬出天台的瓜藤，慰藉一下她孤寂的心灵。我想，她闷在家里，肯定天天都是靠想象和虚拟的菜园，来打发漫长的时光。我的心隐隐生痛，要是她能看到菜园真实的场景，该多好啊！

但母亲却清楚地知道菜园的情形，这让我万分惊奇。每当我要上天台，她就会提醒我：把豆角摘下来吧，再不吃就老了；今天不要摘丝瓜，再让它长两天；红辣椒可以摘一批了，不摘不长新的……我从天台下来，她也要问我几句：冬瓜开花了吧？苦瓜是不是籽都裂出来了？茄子又结了一批吧……她总是能猜个八九不离十。我明白过来了，她每天在家里的行动，其实都是在捕捉蔬菜的信息，她看不到它们的身影，但能闻到它们开花和结果的气息，听到它们成长和成熟的声音，所有作物的根系，从来都是生长在她的内心，她不需要看见它们，它们一直葱茏在她生命的最深处。

母亲的说法却不是这样，她淡淡一笑，这有什么玄乎的，什么节气吃什么瓜菜，一种瓜菜隔几天能收一批，都是有定数的，我活了快七十年还不清楚？很简单的道理呀。

读中学的儿子对母亲的话充满了兴趣，他正被地理中的黄道赤道弄得一头雾水。他敬佩地问，奶奶，您怎么把季节搞得那么明白啊？

母亲说，因为季节已经钻进奶奶的骨子了。

我的脊背一麻，仿佛真有一把无形的利器，飞快地扎进了自己的腰椎！看到眼前佝偻的母亲，我无比痛惜起来。

三

母亲一直腰腿痛，痛了好多年了。最初的时候，只是偶尔痛一下，休息一两天，慢慢就好了，后来发作的频率越来越高，程度也越来越厉害，到如今，只要有细微的天气变化，她就痛得起不了床，翻不了身，要等到气候完全稳定下来，痛楚才能慢慢消减。她对气温的变化和节令的变更真是敏感到了不可思议的地步，刮风，下雨，降温，打雷……所有非常态的天气现象，都能提前数日引发她强烈的反应和莫名的惊慌。疼痛，成了她晚年生活的常态，成为她与季节保持紧密联系的唯一通道，也成为她向自然妥协与致敬的证据。

母亲的腰腿病异常复杂，有腰椎间盘突出、骨质增生、骨质疏松、坐骨神经痛，更严重的是，她还有两节脊椎、三根肋骨陈旧性骨折。这些病痛，像一个个恶魔，躲藏在她身体的内部，不时出来兴风作浪，把她折磨得死去活来。特别是每年的秋冬换季，时空深处，仿佛总有一匹凶猛的恶兽，牢牢地把守着季节的大门，不肯让她轻易通过。一见到她，就咆哮着追赶过来，残暴地撕扯，不把她咬得遍体鳞伤摔得粉身碎骨决不罢休。在这段短则十天半月，长则两三个月的时间里，母亲深陷在痛苦的泥淖中，连想死的心思都有。她感到自己的体内北风呼啸，寒潮奔涌，每一根骨头仿佛都像结了冰一样，冷得彻骨，痛得钻心，即便是一动不动地躺在硬板床上，巨大的刺痛仍让她无法忍受；如果不小心翻动了一下身子，或是迫不得已在家人七手八脚的帮扶下上了个厕所，她全身的骨头马上就像冰棍那样碎落一地，整个肉身痛得无所支撑；或是感觉有一支尖锐的钢枪狠狠刺进了腰椎的髓腔，在不停地猛扎，乱搅，狂扯……痛得她像小孩一样号啕大哭，眼泪纷飞。一个年近七十的老人，在经历了丧父、丧母、丧夫等诸多沉重的打击后，还有什么样的苦痛能让她不顾形象与尊严？还有什么样的难题能让她如此无助与绝望？想起母亲体内疼痛的烈度，我常常心痛得阵阵战栗。

但我们毫无办法，医生也束手无策。很多年来，我们一直在为母亲求医问药，牵引、针灸、按摩、电疗、封闭、中药、西药、草药、藏药、苗药……凡是传说有效的方法，差不多都用尽了。母亲一次次在各地的名医面

前，充满希望地详细讲述自己的病症，仙风道骨或者文质彬彬的名医，慈眉善目地望着她，信心十足地表示能够妙手回春药到病除。但无一例外的，在花费掉一定的钱财，承受了新的治疗苦痛后，医生们都摇着头，不再言语。顶多，在她实在受不了时，用粗大的针管，对着脊椎打一针激素，或是在肛门塞上一颗手术用的镇痛药。尽管如此，母亲还是丝毫不怀疑医生的技术和人品，只怪自己的病太复杂了，太特殊了，太顽固了。事实也确实如此，每到秋冬换季，我们全家就如临大敌，早早做好各种准备，给她开暖气，让她睡电热毯，不准她做任何家务，不准她外出吹风，不准她乱吃发物……但半点作用都没有，好好的她一夜之间就起不了床，腰部、背部、胸部的骨头，嘎嘎嘎，突然就开始翻江倒海剧烈疼痛起来。这些来历不明看不见摸不着躲不开逃不掉的诡异东西，让她无比恐惧、慌张、悲观，她不肯再进医院，而是一次次面向神灵祈祷、忏悔，希望得到他们的提示和指引，并最终获得答案与原谅，可是，这个世界始终没给她任何和好的机会。

我一直后悔早些年没果断给她做手术，以至拖到现在已无手术的可能。一个给她治疗多年的熟医生宽慰我说，那些与季节紧密相关的莫名其妙的全身性疼痛，不是现代医学所能解决的，即使冒着瘫痪的风险做了手术，也只能解决骨刺压迫神经的问题，陈旧性骨折和风湿在变天与换季时的疼痛并不能消除，这种神经性的敏感反应，会一直陪伴到她终老的那一天。他的话不能减轻我的罪责和愧疚，反倒增加了我的疑惑：

为什么会这样呢？

医生用专业的术语和高深的理论，费了很大的劲给我做了解释，大意就是天气的变化造成气压变化，气压变化影响组织间液体的进出量，正常组织能应变自如，而受损组织功能弱化，要慢一拍，造成组织内外不平衡，所以引起胀和痛。听起来似乎也很有道理，但母亲并不认同。她固执地认为，是过度的劳作，累坏了身子，让季节乘虚而入，钻进了她的骨子，好多年了还赖着不肯出来，在身体的最内部变幻风云——人家是用皮肤感受气温，而她是用骨髓承接寒热，怎能不痛？

母亲的说法在医学上当然荒唐至极，但仔细想来，她这一生，还真的是通过农事这种方式，与匆忙行走的季节走得太近了，贴得太紧了，爱得太深了！

年轻时的母亲身强力壮，一米七的身高让她在村庄里鹤立鸡群，也让她成了集体和家庭的主劳力。她和汉子们一样，种田，挖土，伐木，像一面鲜艳的旗帜，高高飘扬在人们的仰视中。她迈着修长的腿，挑着装有近二百斤谷子的箩担，在窄窄的田埂上健步如飞，把叫嚣着与她比赛的男劳力们远远抛在后面，引来女伴们扬眉吐气的高声喝彩；她赤着双脚，在冰冷的水田或是淤泥中劳作，寒气与湿气顺着她的毛孔，穿过她的皮肤，透过她的肌肉，一点一点侵入她的骨髓，而她麻木的双脚浑然不觉，只知道机械地前进或者后退，顽强地慢慢逼近急需完成的活计；她弯着腰，有时背上还驮着一个睡着了的孩子，长时间保持一种固定的姿势亲近土地和作物，任由时光之刀，将躯体一步步雕琢成弓；她还爬上高高的大山，迫不及待地采摘成熟的茶籽（迟了会裂开掉落），有时树枝折断，有时一脚踏空，她连同背篓一起，从悬崖峭壁上翻滚而下，受伤的茶籽与疼痛的眼泪，摔得七零八落……母亲长年累月这样拼命劳动，并不是不知道爱惜自己，更不是逞强好胜，实在是迫不得已！在我的印象中，父亲一直是个游手好闲的人，这个小小的农村干部，肥嫩的双手总是捧着报纸或文件（洗脚时都不忘看看《人民日报》的社论），很少拿锄头与镰刀，他习惯用嘴巴指挥和批评别人。因此无论是搞集体还是分田到户，母亲都只能委屈和辛苦自己，多替他出一份力，以维护他工作所需的面子和威信。如今，这个闲散了一辈子的男人，早已在十年前他刚满六十一岁时就过早地离开了我们，而忙碌劳累的母亲，仍在人世间忍受着疼痛。我常想，假如父亲能够专心致志地干农活，母亲肯定不会受这么多的苦痛。她对农事和季节的贴近，其实是对父亲与家庭的深爱。在无数次的检查和诊断中，母亲按压着身上不同的痛点，一次次恍然大悟：那些深不可测的疼痛，原来来自时间深处的某次骨折或受伤！而当时的医疗条件和紧张的生产劳动，让她忽略了它们，遗忘了它们。是现代仪器的还原和专科医生的提示，让她回想起了当初的场景，她常摸着自己的痛处后悔不已：为啥要那么舍死拼命啊，真傻！但前思后想一番后，她又收回了自己的评判和对生活的抱怨，觉得这些伤害都是正常的、正义的，甚至是正确的，因为它们都是在追赶季节时留下的印记，人虽然受伤了，但季节没有错过，作物的种子和她后代的生命，都在深沉的爱与疼中得以延续，在一个以生存为第一要务

的时代，谁又能说不值呢？

是的，母亲一直在追赶着季节。她从十二岁起，就在娘家参加队里的农事活动，此后的几十年里，她始终奔跑着前行，生怕被永不停歇的季节甩落，碾压，抛弃。最初的时候，她跌跌撞撞，踉踉跄跄，因为分不出真假，看不清方向，常常被呼啸而过的季节刮倒，摔得鼻青眼肿；后来，她像雷达一样打开全身所有的感觉器官，触觉，嗅觉，视觉，听觉，味觉，全天候全方位地搜索它们，跟踪它们，捕捉它们，慢慢地，她就跟它们越跑越近，越贴越紧，最后终于合二为一，融为一体。因为追求，因为热爱，所有的季节和所有的记忆，都在她的内部脉络分明。

看到母亲无可理喻无可医治的疼痛，我后来也越来越相信她的说法。我常想，在追赶季节的过程中，她的肌体肯定处于一种警醒的状态，时间一久，那些外在的感官慢慢就会疲惫、松弛，乃至麻木，而她的内心却不容许它们失误、犯错，这项神圣的职责，自然只能由更深层的组织来承担。于是，人体最内部的骨髓，最终退无可退地成了最前沿的哨兵。就像她冬天浸泡在冷水中，最后只有骨头才有痛感一样。每当季节像个幽灵一样悄无声息地潜来，所有的人和所有的雷达都没有觉察时，她骨髓深处敏感而丰富的神经，很快就捕捉到了它们细微的信息，并迅速而准确地把这个秘密传递给了大脑。于是，她提前与它们一起寒冷，一起炎热，一起收缩，一起膨胀……而疼痛，则是它们最直接的宣告和最真实的呈现，所以，她总是比别人更早一步感受到了季节的存在与急切。

母亲的说法与医生的解释恰恰相反。一个是从外到内，一个是由内发外。也许，从科学上来说是同一个意思，但我始终相信，生命中藏得最深的那些秘密，总是痛得最烈！

四

季节在母亲的骨髓深处隐秘地流转，天台上的蔬菜蓬蓬勃勃，生生不息，母亲痛并快乐着，眨眼之间，她又在这个单调的城市生活了两个春秋。她每天隔着楼板在倾听作物成长的时候，脑子里总是想象着另一块土地上的事情，那些遥远的牵挂，常搅得她心神不宁。她多次催促我送她回去，说我已掌握了所有的种植技能，她继续待在这里纯属多余。我知道不能再自私地霸占她了，因为，乡下还有着她自己的菜地和另外一个儿子。

母亲回乡下后，不断地给我们打电话，就像她住在城里时，老喜欢给我弟弟一家打电话一样。她不厌其烦地询问楼顶菜园的情况，大到换季下种、移栽搭架，小到每一株瓜菜的开花结果、干枯死亡，都能牵动她的神经，触发她的悲喜。这些植物的命运，不可思议地把我们紧紧地联结在了一起。当然，她电话里说得最多的，还是有关季节和天气的信息。她通过骨髓这个暗道，提前获知了比天气预报还要准确的机密，苍老的她已没有能力给我们贡献物质利益，这些独家的实用情报，便被她当成宝贝迫不及待地传递给我们。她指点我如何让蔬菜平安度过恶劣天气，提醒我们注意防寒保暖。当听到我咳嗽的声音，她总是担心不已："早就告诉了你要变天啊，为何还是着凉了？唉，四十几岁了还要我担惊受怕！"直到我不再咳嗽，她才高兴地说："听到你好了，我的腰都不痛了！"我心中一惊，蓦然觉得，我们一家和弟弟一家，都是生长在母亲心田上的作物，而土地上的庄稼，也全都是她可爱的孩子。她熟悉我们的习性和脾气，牵挂我们的快乐与忧伤，感应我们的寒热和痛痒，而我们，却在摧残着她的身体，折磨着她的心灵。在漫长的人生四季里，我们，都是她疼痛的病因，又是她幸福的源泉。

母亲走后，我独自承担起种菜的任务。在母亲隔着楼板指挥我行动的这两年里，我与各种各样的瓜菜，面对面地进行着真诚而深入的互动，除草，松土，浇水，施肥，打桩，搭架……它们没有欺骗和辜负我，全部按照母亲的规划与设计，在不同的季节里呈现出了各自最美丽的形象：春韭碧绿，西红柿通红，南瓜金黄，萝卜雪白，豆角子修长，冬瓜圆滚，玉米长出胡须，苦瓜笑掉牙……我真是爱极了它们！但我并不十分清楚它们与季节的关联，那些细微的神秘的朦胧的种种，过去我完全依赖于母亲的经验，现在，她回乡下了，她不在我身边了，我只能学着她的样子，自己慢慢去探索与感悟。每天早晨六点多钟，我就起床跑上了楼顶，晚上半夜三更，还打着手电去巡查。我在楼顶一待就是老半天，安静地与每一种植物对视，就像看着自己的孩子，常常忘记时间的深浅，忘记生活的烦恼。我真正体会到了劳动的快

乐，也理解了母亲对大地和作物的挚爱，更重要的是，我慢慢就从植物们了无痕迹的变化中，看到了季节行走的身影，发现了它们之间约定的秘密协议！我越来越感觉到，季节藏在每一株植物的体内，藏在每一个动物的体内，日月星辰，风霜雨雪，都在我们的内心照耀与生成。楼顶这块小小的菜园以及菜园内部潜伏的季节，让我看到了生命的生发、成长、成熟、衰老，以至死亡，看到了繁华和孤寂，看到了宿命与抗争，看到了轮回和传承……所有的这些，都让我变得敬畏而又豁达。

现在，母亲在乡下种着菜，我在楼顶种着菜，而我的儿子，则到另一个城市读书去了。母亲的年纪越来越大，腰越来越弯，曾经高大健壮的身躯，如今矮瘦得像个孩子；而我，也在摇摇晃晃的时光中，慢慢变老，最近的一次体检显示，我的腰椎竟然也开始出现骨刺了。看到我惊慌失措的样子，医生说，年纪到了，任何的机体都会不同程度出现衰退，这是自然现象，也是生命规律。每到变天时，母亲总是打电话给我，而我，则会打电话给儿子。我们都在关注天气，关注季节，关心自己的儿女。我知道，总有一天，季节也会慢慢地深入我的骨髓，到那时，我也会像母亲一样，开始无法回避的无端疼痛！

原载《湖南文学》2019年第4期

逃离者

一

　　如果不是堂哥加我微信时注明了自己的姓名，我都记不起世上还有这么一个人存在。我们已经将近三十年没有任何联系。确切地说，是他从我们身边消失了很久很久。这么多年来，他一直把逃离当作一种生活状态，逃离学校，逃离乡土，逃离家庭，逃离工作，逃离一切可能束缚他的东西，直至消失在看不见的地方。逃离，似乎成了他一生的事业。没有人知道，他到底要逃往何方。

　　堂哥是我堂伯最小的儿子，比我大七八岁。在我的童年和少年时期，曾经有很长一段时间，他都是我崇拜、模仿、依靠的对象。他就像人生导师一样，经常有意无意地向我透露他从生活中发现的秘密，指导我逃离现实设置的种种藩篱。我不知道他的这种特殊能力，到底是与生俱来的天赋和气质，还是面对现实的抗争与反击。

　　我与堂哥有过一段短暂同校的经历。我发蒙的时候才五岁半，是全校最为弱小的学生，所有的人都觉得自己比我强大和优越，所以我常常遭到别人的欺压。而我堂哥，则因读书较迟，此时不但是高年级最高的学生，而且还是全校最著名的角色。他的武功，让每一个同学望而生畏；经常逃学，又让每一个老师头痛不已。但他神一般的存在，却拯救了我灰暗的童年，让我重新看到光明。作为我的保护者与指引者，他常用神秘的神情告诉我各种逃离的技巧，比如哪里有一条近路，哪里有一道暗门，如何躲避别人的追打，如何迅速找到他获得帮助，怎样绕开值日生，怎样溜去上厕所……我当时疑心他是不是也像我一样，曾经受过无数的欺压，才获得了这些实用的经验。

但后来种种的事实证明，这都是他主动观察获得的成果。他从来不会被动地逃离。

我亲眼看到过他当着老师的面逃离学校。那是为了救我，他从天而降将几个耀武扬威的学生打了一顿后，学校要求所有参与打架的学生，每人抄写一百遍学生守则，抄不完不准回家。堂哥拒绝受罚。他觉得自己是一个正义者，不能因为成了打人的胜利者而改变事情的性质。他的申诉没有得到认同，老师认为他最本质的身份，是一个闹事者，必须进行深刻反省。堂哥没作半点犹豫，背起书包就往外走，年轻的班主任关上教室的大门，并用宽阔的身板挡住了他的出路。堂哥推开窗户翻身跃出，扬长而去。那动作，潇洒得就像一尾从渔网中高高弹起的鱼，在空中划过一道耀眼的圆弧。作为事情的关联人，我坐在教室的最后一排，全程见证了他的勇敢和决绝。多少年来，他那一跃而起逃离出去的身影，总是完美地呈现在我的眼前。我感觉他的这个姿势，生动地诠释了一个人对自由的向往和对不公的抵抗，当然还有对权威的蔑视。从那一刻起，我幼小的心灵深处，也种下了一颗随时准备逃离的种子。而堂哥，则理所当然地成为我那些年的偶像。

堂哥没有因为这次逃离而辍学，直到两年后他从乡中学再次逃离，才永远失去了在校园学习的机会。他初二时的那次逃离，完全是不堪英语的重压。据他同学后来说，他的数理化其实相当不错，但英语却一塌糊涂。漂亮而不温柔的英语老师每天规定的背诵与默写，成了他无法翻越的大山和无法绕过的劫难。他每天都生活在紧张和惶恐之中，最后只好选择用逃离的方式，来获得彻底的解脱。这样的结果，无疑是宣告了他的失败，但当时我和所有厌学的同学一样，认为他是取得了胜利。至少是暂时的胜利。我们都没有想到，这次不起眼的逃离，会成为他一生的病根。

没有了学习与学校的约束，堂哥果然成了一个生活的胜利者。他唱着歌，拍着手，有时还滚着铁环，或是骑着单车，自由自在地在村庄中穿行，就像穿行在美好的梦境，没有半点忧伤和负重。直到某一天从梦中惊醒，他才知道自己的逃离还没有开始。

二

我们所在的村庄叫牛角冲，是一个贫穷且封闭的地方，除了爬坡过坳，翻山越岭，似乎再也没有平坦的出路。村庄里山多田少，土地上的收成，那时还要扣去上缴和税收，剩下的还不够填饱自己的肚皮。许多人起早贪黑在田土上劳动了一辈子，死去的时候还欠下一堆的债务。没有几个人能走出这片山地，也没有谁能改变这种现实。村庄里的人对这个薄待他们的世界，差不多已经绝望到了麻木。日子就像门前的溪流一般，年复一年日复一日有气无力地往前淌。每一个日子，都是那样地空洞与虚无。

回到村庄的堂哥，在帮队里放了几个月牛后，很快就把这种潦草的生活看透。他清楚地知道，自己的明天，与父兄们的今天毫无两样。也不知是受到触动还是得到指引，总之经常逃离劳动现场的堂哥，某一天突然石破天惊地提出要"退队"。"退队"就是逃离集体的约束，自成一家单独干。他觉得这样才会迎来幸福的生活。其时还是上世纪八十年代初，虽然小岗村的农民已秘密地在分田到户的契约上按下了鲜红的指印，但牛角冲的天空依然是灰蒙蒙的一片，一点风声都没有听到。一个十六七岁的半大小伙子，能一针见血刺中生活的痛点和问题的关键，如果没有大人的授意和神明的暗示，那就只能说明他目光犀利，洞若观火。我至今相信的是后者，但生产队干部们始终认为是前者。他们用尽一切心计，也没有从堂哥嘴里套出他们想要的"真相"，"退队"的消息和堂哥的名字，反而像一条地下的暗河，很快就流进每一个生活在低处的人们的心田。大家纷纷以堂哥的名义，兴奋地传递着自己一直想说但不敢说出的心声。那一年，我年轻的堂哥，成了牛角冲真正的英雄。

这次"退队"事件，闹腾一阵后最终归于沉寂，直到一年多后，联产承包的春风才吹绿牛角冲的稻田。此时门前的溪水，似乎也变得充满活力，成天叮叮咚咚，唱起了动人的歌谣。人们在各自的田地里畅快地劳作，没有几个人还记得先前的英雄，更没有人把他当作先知与智者。偶尔有人说起这件事，也只是把它当作一个闹剧和谈资。历史很快就翻过了旧的一页，而新的

一页，正等待人们努力去书写。

刚刚成年的堂哥站在自家的水田里，双脚深陷在黑臭的淤泥之中，进退维艰；两只曾经细皮嫩肉的手，早已变得千疮百孔；一双澄澈清亮的眼睛，如今一片茫然。分田到户照说是自己的理想，可当它真正来到身边时，却是如此地泥泞与粗粝。艰辛的劳作，沉重的负担，低薄的产出，让他依然看不到希望的光芒。他觉得理想与现实之间，还相隔着遥远的距离，要想让它们无限地接近，要么修正自己的理想，要么逃离眼前的现实。清醒过来的堂哥，毫不犹豫选择了后者，决定以当兵的方式离开这片贫瘠的土地。

此时的南方，炮声连绵不断，各种惨烈的传闻让人胆战心惊。当兵这条鲜血染红的道路，通往的是更加险绝的境地。堂哥的想法遭到了全家人的一致反对，他年近八十的奶奶甚至以死相逼，可没有人能改变他坚硬的决心。在一个艳阳高照的冬天，堂哥终于穿上了梦寐以求的军装。我站在敲锣打鼓的欢送队伍里，看到他长满青春痘的脸上春风荡漾。面对亲人们有如生离死别地哭哭啼啼，他更多的表情是敷衍和尴尬。当卡车终于启动缓缓前进时，站在车厢边侧的他毫不掩饰地长长松了一口气，嘴角还浮现出一丝淡淡的得意，仿佛这块土地对他多年的束缚，很快就会松开或者断裂。他急着要逃离的心思，在我眼前暴露无遗。

三

堂哥的军营生活对我们来说一直是一个谜。尽管他后来曾经无数次跟我讲述过当中的种种细节，但这些碎片根本不能拼接成一幅完整的画面。它们的跳跃性与随意性太大，一点也不连贯，好些地方，还让人无法理解。

堂哥他们这批兵，毫无悬念地被运往了广西前线。我清楚地记得，堂伯收到堂哥的第一封来信，就马上拿着信封来我家借地图。当父亲指着边界上微小的"宁明"二字给他看时，他的脸色瞬间灰暗得吓人。第二天一早，他就与堂伯妈一起，提着三牲到寺庙中替堂哥祈求平安。这是当年的农村父母，唯一能给险境中的儿女提供的帮助与安慰。

暂时逃离了土地束缚的堂哥，在此后的几年时间里，就是靠写信这种虚幻的方式，与老家保持着若即若离的微弱关联。当时我父亲担任村干部，全村的信件都放在我家。每当邮递员一来，我就到花花绿绿的信堆中，去寻找那枚红色的义务兵免费信件三角章，但是很少能看到堂哥独特的笔迹。村庄里此时有好几人在不同的地方服役，别人都是信件不断，只有我堂哥，两三个月才写来薄薄的一封。每当我跑步将信件送给堂伯时，他总是马上停下手中的一切活计，又高兴又紧张地小心翼翼撕开，一目十行飞快读完，然后长长吐出一口气，再一字一句从头慢慢细读。轻轻的一页纸，他似乎捧得无比沉重；短短的几行字，他常常一读就是老半天。看到堂伯眼里噙满泪水，我不由暗暗埋怨堂哥，怎么就不多写几封呢？寄信又不要钱！难道信写多了会暴露内心的某些秘密，影响到自己的前程和出路吗？

堂哥在部队的所有情况，全部来源于这些稀薄的信件。堂伯忍受不了等待的煎熬，常常半夜三更跑来找我父亲说心里话。他忧心忡忡，既担心堂哥挨枪炮，又担心他当逃兵！挨了枪炮，军属也许就变成了烈属；当了逃兵，那可是一家人的羞耻啊！堂伯太了解自己的儿子了，他从小没吃过苦，也从来吃不得亏，只要对现状不满意，就会想方设法离开。当兵打仗这么苦的事情，他怎么受得了！堂伯的担心不无道理，堂哥时断时续从前线传递回来的一些信息，模糊而且闪烁，我们根本看不清当中的逻辑。它的荒谬与传奇，总是让人怀疑里面包含了不真实的成分，或者是隐藏了某些危险的心思。

他首先是在最前沿的宁明县边防部队当步兵，不久就到了相对安全的崇左县守备部队当内勤，一年后突然说到了更加后方的德保县当炮兵，没多久又摇身变成了一名汽车兵，掌握起方向盘。这既不是同一个部队的换防，也不是同一个兵种的调动，严谨而且严肃的前线部队，怎么会如此随意和随便？堂伯首先是不敢相信，在确定真是这样后，他又隐约看到了当中潜藏的逃离轨迹——人是跑得离前线越来越远，事却越搞越轻松。他一方面不再为儿子的生命安全担忧，一方面又为这些不合理因素深感不安，担心儿子会犯大错误。我父亲倒觉得这些都是好事，说明他一直在进步，不断得到部队的培养和重用。就算是想用这样的方式逃离危险，那也完全可以理解和尊重。追求进步，在任何时候都值得肯定与提倡。

堂哥的回信和部队的喜报证实了父亲的说法。堂哥说他不断进步的原因

很简单，那就是舍得干，表现好。别人休息和写信时，他就去淘厕所，或者是帮厨。怪不得他的来信这么少。我想起了他去当兵时的那份急切，知道他没有撒谎。这短短的六个字，真不知花费了他多少的汗水与心机。多年后堂哥跟我谈起当初的艰苦，仍然能让我感到心疼。我知道他这么努力地奋斗，并不是为了逃离危险，而是为了逃离农村，想从根本上解决自己的人生大计，让自己得到这个世界的承认。之所以一步步离开了前线，纯粹是一份额外的收获。部队的喜报肯定了堂哥的工作，说他表现优秀，成绩突出，荣立三等功。喜报一份寄给了堂伯，一份寄给了村里。父亲说，要是再立个二等功，国家就会安排工作了。我看着喜报上那个庄严的八一标志和鲜红的部队大印，羡慕不已，仿佛看到了堂哥辉煌灿烂的明天。

接下来的几年，有关堂哥的喜讯，就像门前的溪水一样滔滔而来，连绵不绝。他在持续不断地进步着，先是被提拔当了班长，接着又成为党员，每年的退伍季节，他都毫无意外地被部队留了下来。在当兵的第五个年头，堂哥压抑不住内心的兴奋，在信中躲躲闪闪地悄悄透露，部队可能会把他转为志愿兵。转为志愿兵，那就是吃上了国家粮，永远不用再重复父兄们破败的人生。正在读高中的我，为他终于逃离了土地的束缚而深感高兴。他又一次成为我坚强的偶像。从他的身上，我真切地看到，追求进步其实是一种积极的逃离。它能让我们逃得更远，更彻底。

然而让人大感意外的是，堂哥最终并没有转成志愿兵。在当兵第六年深秋的一个黄昏，他突然毫无征兆地回到了村庄，身份依然是一名农民。此时，天地一片灰暗，麻雨纷纷扬扬。

四

回到村庄的堂哥，一下从家里的骄傲变成了负担。他的同龄朋友，此时大多已是两个孩子的父亲或母亲，他们用打工多年积攒下来的钱财，完成了结婚、生子、建房等一系列人生必不可少的过程与仪式。而我的堂哥，除了一点微薄的退伍金和几身褪色的旧军装，几乎什么都没有。更加令人难堪的是，榜样坍塌带来的后遗症，还让他的家人充满了羞耻和惭愧。

　　堂哥躲藏在家里不肯出门，每天除了昏睡还是昏睡，他想用这种自欺欺人的方式掩盖自己的失败，哪知适得其反地引来更多的猜疑与围观。各种匪夷所思的流言，像苍蝇一样在村庄里聚集或者乱飞。堂伯仿佛是一夜之间苍老了许多，斑白的头发转眼变成雪白。原本说话不多的堂伯妈，从此更是以沉默面对世界。被围困在俗世炎凉中的堂哥，不知如何才能成功逃离出来。每个周末从学校回到村庄的我，成了他与外界交流的唯一出口。

　　他跟我谈了战争、枪炮、边界、营房、汽车、蚊虫、蛇蚁、饥饿、炎热、鲜血、死亡等等关于南方的记忆，很多在我看来惊心动魄的事情他都说得轻描淡写，反复提起的事情只有两个：一个是壮族姑娘阿诺，一个是读书。

　　堂哥在跟我讲阿诺时，他暗淡的目光有时变得灵动，有时又更加忧伤。从他东鳞西爪的语言碎片中，我约略知道了阿诺是一个美丽的姑娘，才刚刚满二十岁，在他们汽车连驻地旁边开了个小卖部。他们好了两三年了，她店子里的货都是他悄悄进来的。她与他没转成志愿兵多少有些关联，但到底是他想拥有爱情而无缘志愿兵，还是他想逃离爱情而痛失志愿兵，我不得而知。我只知道二者是一个矛盾体，不可兼得，但可以同时失去。很多年后，我想起这件事，觉得后者的可能性更大。一心想改变命运的堂哥，不可能会为了爱情而放弃理想。而面对背叛与逃离，爱情的报复有时确实会造成灾难性的后果。

　　谈起读书，堂哥更像是在暗示和指引我。他说如果不从学校中逃离出来，哪怕是初中毕业后只读了一年高中，他也会去考军校，而不会傻乎乎地走志愿兵的道路。志愿兵永远只是一个兵，军校出来，却能彻底转换身份。他用自己惨痛的教训提醒我多读书，说这是农村人唯一的真正出路，否则即使再多的机会摆在面前，也只能眼睁睁地看着它失去。他似乎已经意识到了读书少是人生的病根，可谁又不知这个浅显的道理呢？他的父亲肯定很多年前就跟他说过这些，而几十年后的今天，我又把自己的教训告诉不愿考研的儿子。我们一代又一代的人，大都能看清人生的方向，但大都逃离不脱自己制造的牢笼。

　　堂哥跟我谈论的这两个话题，无疑都与志愿兵问题紧紧地联结在一起。他的每一次讲述，其实都是一次深入的自我反思和自我消解。在与我进行多

次交流与剖析后，他终于将所有的一切都看淡了，放下了。他决定自己拯救自己，要从封闭与躲避中走出来，完全依靠自己的双手，慢慢去调整人生的方向。

五

堂哥的汽车驾驶技术，后来成为他一生安身立命的资本。我常常想，在他无数次的逃离中，这可能是最贴近生活的一个收获。他这辈子不断在转换场地和角色，但唯一不变的身份是汽车司机。如果没有这项技能，他的人生可能会更加艰难，甚至是更加荒诞。

他最初的工作来得其实并不容易。那时候司机是一个稀罕且体面的职业，大都有正式的编制。没有吃上国家粮的堂哥，想插进公家单位谈何容易，就算是以临时工的身份进入，也得有过硬的关系。而私人的话，除了极少数的先富者，绝大多数人连摩托车都买不起。一头白发的堂伯，佝偻着身躯奔走在各个沾亲带故的屋檐下，希望多少有点门路的亲友们能想想办法，给他的儿子找碗轻松饭吃，但得到的回应不是爱莫能助就是冷嘲热讽。坚硬的现实让堂哥不得不降低要求和身段。他以低到尘埃的姿态，无奈地成为邻村一个私人老板的货车司机。

那是一段天昏地暗的日月。每天天刚麻麻亮，堂哥就骑着一辆破单车，穿行在牛角冲狭窄的野鸡小路上，摇摇晃晃赶往几里远的邻村发车；每天晚上夜雾弥漫时，他才一身疲惫地踩着单车，从暮色中嘎吱嘎吱地归来。这种两头都晦暗不明的日子，让人们无法看清他真实的表情，很多人甚至都忘记了他的存在。我不知道每天都拉着沉重的负载，高速奔跑在纵横交错的生活中的堂哥，此时心头是不是有一盏指路的明灯。

堂哥这种沉潜到底的状态，默默无闻地维持了将近一年，在一个无比闷热的三伏天里，突然因了他气冲斗牛的逃离和老板添油加醋的广告，而急剧浮上水面，引起人们广泛的关注与热议。事情的起因看似偶然，其实早就埋下了伏笔。从堂哥到邻村开货车的第一天起，老板便要他十七岁的儿子跟车。一来是监督，二来是想免费学个技术。心如明镜的堂哥何尝不知老板的如意算盘，知道教会徒弟的时候就是自己滚蛋的日子，所以教得既不情愿也不尽心。这天他们到一百多公里外的邻县拉货时，徒弟硬是要试试手，结果弄出一个大车祸。匆匆赶来的老板见到堂哥的第一句话，就是要他顶包。堂哥没有答应，老板粗声大气一顿臭骂。久有的怨气和委屈在堂哥心里蓬勃生长，瞬间爆裂，他与老板一阵对骂后果断丢下钥匙，转身搭车一个人回家了，货车都是老板后来另请司机开回来的。在老板不厌其烦的宣传下，这次原本带有几分正义的逃离，演变成了堂哥技术奇差人品更差的罪证，成为他职业生涯里一个无法抹去的污点。在本地运输行业中，堂哥还只是一名新兵，人微言轻，说起他的名字，同行们脑海里出现的，就是那个出了事故弃车而逃坑害老板的人渣。没有人愿意理会和相信他的申辩，大家只认同老板的说法。这种印象简单、粗暴而且顽固——很多时候，话语权就是这么霸道地歪曲事实，掩盖真相。

堂哥首先没有意识到这次逃离会对他的职业带来致命的创伤，直到无数次被别的车主温柔拒绝，他才看到了事情的严重性。失业在家静思了两个月后，他清醒地认识到，在本地这个行当，他已走投无路。要想继续用方向盘来引领自己的人生，唯一的可能是转移场地。当然他也想到过自己买车当老板，但哪有这么多钱？何况就算是买了车，也无法开进狭窄的牛角冲。

他决定再次逃离这个没有出路的村庄。

六

堂哥原本计划马上就去广东打工，但堂伯和堂伯妈坚持要他结了婚再走。想想也是的，同龄人的孩子如今都能打酱油了，他却连对象都没有。那个美丽的壮族姑娘，其实不过是梦中的一个幻影。此前八十多岁的奶奶过世时，抓着他的手久久不放，他知道她那是盼望看到自己最小的孙媳。想起这些，一向不愿妥协的堂哥，只好面对生活无奈地低下了头。

他的婚姻竟然来得非常迅猛和顺利。一个个子不高但人很精明的姑娘一眼就看中了他，根本不在乎他家的贫穷与局促，经人介绍只几个月就与他结婚了。堂哥原本又高又帅，加上司机这个相对高端的技术，在当时的农村

还是很具杀伤力的，我相信嫂子是真心爱上了他。他这些年被阿诺占据了内心，对身边其他的姑娘一概视而不见，现在能一下就接受嫂子，我相信她的身上肯定有着阿诺的影子。事实上他们结婚后尽管争吵不断，但感情始终没有破裂，动辄就想逃离各种束缚的堂哥，至今没有逃离婚姻的捆绑。我疑心阿诺一直在隐秘地维持着他们家庭的完整。

谁也没有想到的是，这场婚姻给了他一个新家，同时也让他逃离了老家。

在他们并不隆重的婚礼上，堂哥见到了从小就过继到渡口的叔叔。渡口在几十里远的汩罗江边，紧挨着一个热闹的镇子，与闭塞的牛角冲相比，那可真是一个天宽地阔的好地方。但他叔叔家人丁却不兴旺，生活也非常困难，两家人来往得并不频繁。他们常常忘记他的存在，只有在办大事时才想起远方还有这么一位亲人。很多时候，财富的多少往往比血缘的远近更加真实，更加能维护和提升感情。得知年老体弱的叔叔如今孤独地守着一栋老宅，正为婚后何去何从犹疑不决的堂哥突然看到了希望，略略一思忖，心中很快就有了方向。他毫不害羞地主动提出要过继到渡口去，带着他的妻子，带着他的梦想。这个想法让先前苦求多年而不得的叔叔喜出望外，也得到了两个哥哥和新婚妻子的大力支持。堂伯和堂伯妈开始还作些无效的反对，但想到儿子面临的困境，觉得这也许是他人生的一个转折，慢慢也就转变了态度。一件关乎人生走向与身份转换的大事，短短几天就得到确定和实施。这样的决定草率而且荒唐，过继的事情当然从来就有，但二十大几了还带着老婆一起去给别人做崽却闻所未闻，功利之心实在是过于明显，远远超越了牛角冲人能够接受的底线。人们毫不掩饰对他们的鄙视与不屑，就连我听说后，也觉得堂哥的想法与做法不可思议，心中暗暗为他感到羞耻。

堂哥带着怀孕的老婆过继到渡口去时，我正在读高三，没有亲眼看见他们离开村庄的场景。据说堂伯没有举行任何仪式，堂哥也没要任何财产，只用了两辆旧单车，就驮走了他二十几年的全部。他走的时候高高兴兴，眼睛里没有一丝难过，更没有一丝难堪，倒是堂伯和堂伯妈声音哽咽，抹着眼泪说不出话来。他的两个哥哥甚至是两个嫂子，尽管不希望他们留下，但此时也是满眼悲戚。听到别人描述的这些细节，我不由想起若干年前他去当兵时的那一幕，这么多年过去了，没想到他逃离村庄的心思还是那么决绝。一个人对自己的故土如此仇恨和厌弃，要不是在这里受了太多的委屈与伤害，要不就是这里完全让他死心与绝望。我觉得对于堂哥来说，虽说这两者的原因多少都有，但惨烈的程度还远远没有达到，更多的可能是他有一颗不甘与不服的心。在他的潜意识里，始终都在寻思着改变自己卑微的出身。他想逃离的，其实不是故乡与土地，而是社会界定给他的身份和地位，以及由此带来的种种现实。我不知他的内心，到底是强大，还是弱小。

这些年来，我几乎是堂哥在村庄里唯一的朋友，但他离去时却没有与我告别。我不知道他是怕影响我高考，还是觉得根本就没有必要。我对他这些不合情理的做法越来越不理解，一个曾经的偶像，从此开始在心头摇晃。几个月后，我的人生也将面临重大的选择。如果没有考上大学，我是否也像他这样不顾一切地逃离出去呢？我突然感到了生活的逼仄和现实的残忍。面对它们，我们其实谁也无法回避。

七

过继到渡口的堂哥，果然迎来了人生的转机。他很快在镇上找到了工作，同样是开货车，工资却比原先多得多。他的过往，已被完全切割下来，丢弃在了偏僻的牛角冲。在这个全新的地方，没有任何人知道他的来历，他完全可以在自己设计的道路上，重新出发，奋力奔跑。

离开牛角冲以后，堂哥很少再回来。即使是逢年过节偶尔来看一下父母，也只是匆匆忙忙吃餐中饭，就骑着摩托呼啸而去。很多人说他遇见了熟人都不带一下刹车，不知跑这么急干什么，又没有人追赶他，更没有人阻拦他，何必搞出一副亡命奔逃的样子。这种说法后来我亲自得到验证。端阳节时我从学校回来，看到堂哥骑着摩托从我家门前经过，就高兴地跑出去大声呼唤他的名字。他稍稍别了一下头，应答一声，转眼就消失得无影无踪，只留下我一个人，面对空旷的道路怅然若失。这是他过继后第一次看到我，原本以为他会停下来，像以前那样激动地向我倾诉内心的秘密，谁知他竟然真的连刹车都没点一下。我想他肯定是将我与他的过往一并切割掉了——他已经胜利地逃离出困境，内心不再需要出口。在他的眼中，我很可能只是一个

临时的垃圾收集装置而已，是我高估了自己在他心中的地位，而他在我心中的分量，此时也急剧下降。那一天，我感到无比伤心。为他，也为自己。

我最后一次见到堂哥是此后不久的盛夏。在一个炎热到了极点的午后，他的母亲，也就是我的堂伯妈，因患肝癌去世了。她从确诊到离开，只有短短一个多月。在此之前，她每天都一声不吭地忙忙碌碌。我疑心她的肝癌，是因为过于沉默的原因——太多的心事长年累月地郁积起来，肯定会严重损害肝脏的健康。这个勤快而又忧郁的女子，受了一辈子的苦难，真的非常可怜。我在读初中时，有一次与父母吵了架，半夜时分从家中逃离出来，在她家住了整整七天。每天早晨麻麻亮，她就起床给我做饭，并准备好一瓶好菜让我带到学校吃。我一直记着她对我的恩情。这次我刚好高考完不久，在家无事，主动要求与父亲一起去帮忙。看到堂伯妈枯瘦的遗容，我难过地流下了眼泪。可是让我感到奇怪的是，匆匆忙忙骑着摩托赶来的堂哥，居然一声都没有哭。更奇怪的是，他竟然提出只穿白衣不穿麻衣。理由是他已过继出去，不再是这家里的儿子，只能今后给继父穿麻衣。这个理由虽说按乡俗也有一定道理，但实在是过于混账！一个日夜操劳养育你到二十多岁的亲生母亲死了，有什么不能穿的！但是堂哥坚决不肯。主持丧事的父亲一眼将他看穿，知道他不穿麻衣的真实目的是不想与两个哥哥分摊费用。我没想到曾经光明正直的堂哥，会变得如此阴暗算计，他高大的形象，一下在我心中完全垮塌。

堂哥用一身白衣，逃离了他应尽的家庭义务和责任，但他逃离不脱乡邻们的鄙视与谴责。人们纷纷在背后议论他，有的甚至还当面批判他。这些舆论，表达的是民间的一种基本道德观，代表的是绝大多数人的立场，如果他能及时认识自己的错误，并迅速采取补救措施（简单说就是与兄弟平分最好是多出费用），他的名誉也许很快就能恢复。但从来不按常理出牌的堂哥，这次的态度依然是躲藏和回避。他坚持自己的做法，无视任何不同的声音。后来为了免得碰到熟人尴尬，他再也不在白天回到村庄。他就像做贼一样，常常半夜三更偷偷溜回家一趟，然后又趁黑慌慌张张逃离。

我这次与堂哥见面后不久，也像他一样逃离了村庄，而且将户口转到了城市。我虽然已经不是法律意义上的牛角冲人，但内心始终与它在一起。我屡屡从别人口中获知堂哥的种种负面信息。在人们的眼中，他完全成了忘恩负义的代名词。堂伯妈过世的第二年，我的堂伯也郁郁而终了。堂哥依然只肯穿白衣。人们早已对他失望透顶，对他错乱的行为也就见怪不怪，说都懒得说一声了，所以这次丧事反倒风平浪静。这样的效果正是他想要的。他以一个胜利者的姿态，把堂伯送上山后，从此不再回到村庄，也不与这里的任何人来往，消失在大家都看不见的远方。

八

历经近三十年，堂哥终于彻底逃离了生他养他的故乡。他原以为在一个新的地方，将会迎来新的生活，哪知在这里他又遇到了新的麻烦。

大约在他搬到渡口的第四年，他的继父去世了。这四年里，他已换了好几任老板。也不知是什么原因，他在哪里都干不长久，常常一言不合就拍屁股走人。这些年来，跳槽几乎成了他生活的常态。跳槽其实也是一种背叛与逃离，尽管他目前依然有车在开，但圈子里早就对他颇有微词。同时对他有意见的还有很多本地人。他搬来渡口几年了，但由于经常在外出车，好多村民他都不认识，路上碰见了招呼也不打一声。乡邻们家里有了红白喜事，他也像在牛角冲一样，装作不知道，一概不闻不问不去不理。村子里的公益事业，他更是能躲就躲，能逃就逃。这样几年下来，还真是节省了不少钱财。就在他暗暗为自己的精明而得意时，本地人的一个秘密报复计划却在悄悄进行。现在他的继父去世了，这个人人皆知就他们一家蒙在鼓里的阴谋迅速得以实施——

首先是没人来帮忙。除了来了现任老板一个人外，再没有任何人踏进他的家门。其次是没有人来捧场。隔壁的邻居都照常在打麻将，望都不望他家一眼。第三是不准他们到社庙里做任何法事。当初集资修庙时，他没有出一分钱。他的两个哥哥匆匆从牛角冲赶来，面对冷冷清清的场面也不知如何应对。堂哥一言不发，眼神里丝毫没有愧疚和忏悔，有的只是愤怒与仇恨。他低头想了一阵，突然就有了主意。他站在自家地坪前，中气十足地吼了一嗓子：渡口人都死绝了也不要紧，老子一个人照样能把爹送上山！那一声吼，

宣告了他与本地人的彻底决裂，也暗示着他的新世界即将到来。

临时皈依上帝，让堂哥瞬间有了依靠和力量，也让亡灵很快有了依托和归宿，而唱诗班与同门兄弟姐妹的到来，又让葬礼热闹而新奇。渡口的人先是远远地、冷冷地、默默地围观，慢慢地人就越来越多，越围越拢，越看越震惊：原来没有道士只有牧师的葬礼，竟然更加庄严和肃穆，让人感受到一种浓浓的仪式感；原来上帝的儿女们，竟然都是那样的真诚与善良，让人看到了一种无私的爱；原来不招摇过市去朝庙，亡灵也能升入到圣洁的天堂，而且还让人感觉到死者更有尊严……想看笑话的渡口人很快就从报复的短暂快感中，跌落到看不见底的挫败的深渊。他们的骄傲与优越，在堂哥毫不理会的态度和毫不在乎的变通面前，望风而逃，荡然无存。

谁也没有想到，堂哥自过继到渡口以来遭遇到的最大一场危机，竟然被他轻轻松松化解了。而解决问题的方法，依然是他惯用的模式，那就是当有人想用某种东西束缚他时，他总是设法不让捆绑到。面对他绕开或远去的身影，设局者手中的绳索也就形同虚设，毫无用处。正是凭着这种思维，他一次次从困境中走了出来。照说逃离是一种失败，但在堂哥的身上，它常常代表着胜利。

当我从牛角冲人嘴里听到这件事时，已是第二年的清明。我感到经常在现实中逃离的堂哥，如今已进入精神层面的逃离了。在他强大的内心面前，习俗、道德、信仰，统统都不再是问题，他都能随时将它们一一解散，打倒，重组。眼前的这个世界，似乎已经没有什么能够束缚他了。当然，他离这个世界也越来越远。我不知道这到底是一种彻底的胜利，还是一种彻底的失败。

九

堂哥加我微信时毫无征兆和铺垫，就像一架失联多年遍寻不见的飞机，突然发来一个微弱的信号，还没等地面明白是怎么回事，它已从天而降，锈迹斑斑地出现在你面前。

那天我通过他还不到十秒，他就发起了视频通话。当一张既熟悉又陌生的面孔出现在眼前，我真有一种恍如隔世的感觉。自从在堂伯妈的葬礼上最后一次相见，我们已整整二十九年没见过面。他在继父过世后，几乎断绝了与牛角冲及渡口的一切往来。刚开始那几年，我还能打听到他一鳞半爪的消息，知道他与每个老板都合不来，辞职了，借钱自己买了一台大货车。后来又听说他嫌老婆管得紧，一个人跑到外地接业务去了，长期不回家。再后来就什么消息也没有了，没有任何人知道他跑到了哪里，将要跑往何方。他就像一滴水，化作了云烟，蒸发在这个广袤的世界，一点痕迹和线索都没留下。我慢慢也就将他忘记了，甚至从来都没想过今生还会与他发生关联。现在，面对他的一脸沧桑，我竟然有些慌张，不知他突然找我究竟想干啥。

他叫了一声我的名字，连过渡的句子都没准备，就急切地直说有事要我帮忙。好像我们昨天晚上还待在一起，无比真诚地谈论战争、枪炮、边界、鲜血、死亡以及阿诺，这几十年的时光，不过是短暂地睡了一个晚上，一觉醒来，瞬间就能毫无障碍地对接得上。我耐心听了半天，才从他略带结巴的叙述中明白是咋回事。原来前年他跑货运时，在傍晚的昏暗中与一辆摩托车迎面相撞，三十岁不到的摩托车司机脊椎断裂，治疗一年多医院宣布需终生坐轮椅。现在已花的近百万元医疗费和后续的近乎天文数字的各种费，成为他与伤者、保险公司三方的一个大纠纷。大家都不想承担或想少承担责任，而目前情况对他很不利。他着急地说，老弟啊，你得救我，写报道、找律师都行，否则老哥我这辈子完蛋了！

我没有马上对此事发表意见。对于这种大型的交通事故，我心里清楚，交警部门的裁定基本还是靠谱的，如今是一个高科技时代，绝大部分的事情都能查到痕迹和证据，想不以事实和法律为依据都不行。何况，从人性的角度出发，人家的一生都被废掉了，你赔点钱又有什么冤屈可叫呢？我更关心的是堂哥自己的生活。这些年，他到底去了哪里，经历了什么，始终是我心中的一个谜团，我很想破解它。我装作不经意地问，你现在在哪里呢？他很干脆地说，在渡口啊，还能到哪里去。我说听说你一直在外面跑车，什么时候回的？他长叹一声说，老啦，跑不动了，哪知刚一回来就碰上这么个倒霉事，把几十年攒下的钱全赔进去都不够，老弟啊，你得救我。他又一次提出要我救他。我不由想起若干年前他像神明一样从天而降救我的场景。那时的

他，是多么地正直侠义雄姿英发啊。可是，现在的我依然无比弱小，根本没有能力像神明那样去拯救他。

那些天我们通话频繁，常常一讲就是半个小时，当然话题完全是围绕案情展开。我把堂哥的事当成自己的事，请教了多位法律、交警、医疗、媒体等方面的朋友，每有消息，就第一时间告诉他。大家的意见基本一致，均认为他应当承担责任，不过赔偿的标准确实是算高了，可以减少一些，但这点钱相对于整体来说，没有太多意义。堂哥听我讲完最后一个专家的意见，沉默了很久，说出两个字：认赔。我宽慰他，钱花光了还可以再挣，只要身体好就行。他又是一声长叹：要是当时逃跑了就屁事都没有！

逃离，这个与堂哥的人生紧贴在一起的词语，这些天来我始终不敢提起，我害怕伤到他某根敏感的神经，但心里却一直感到纳闷，惯于逃离的他这次为何规规矩矩？是担心有摄像头，还是害怕法律制裁，或是畏惧上帝的惩罚？现在既然他主动说出来了，我倒要问问他。他坦诚地说，那里非常偏僻，没有摄像头，我确实是想到过逃跑，但害怕跑不脱，最重要的是那毕竟是一条人命，我跑了他很快就会死掉的。我说你是害怕上帝在看着你吗？堂哥说，什么上帝？然后哦哦哦地说，你不提起我都不记得自己入过洋教，不过那里没有上帝，只有我自己在暗中看着自己。

我不想再与堂哥探讨这个话题，我觉得自己已深陷在逃离的悖论中，无法突围。从来不按规矩出牌的他，在一次次的逃离中总是获得胜利与解脱，唯一的一次坚持与留守，却让他一败涂地，损失惨重。这到底是伦理的缺陷，还是现实的残暴？

不过我想，他这次幸亏没有逃离。如果逃离了，他也许不会有经济损失，但肯定会一辈子心中不安。我们每一个人，其实都无法逃离自己的良心。现在，他虽然没有逃脱经济的赔偿，但逃离了心灵的负担。在我的心里，他依然是一个胜利者，尽管胜利得无比悲怆。

十

堂哥的这次突然回归和意外遭遇，让我看到了他的悲凉，也看到了自己的单薄。

多年前堂哥撒播在我心底的那颗逃离的种子，其实一直都在。它也曾发过芽，开过花，结过果，但如今被我掩埋在看不见的地方。从乡土中逃离到城市后，有一段时间我曾像堂哥那样频繁地跳槽。短短十年的时间里，我先后从事过私企老板随身秘书、信息公司主任、股份制企业办公室主任、金融机构文字秘书兼宣传策划、企业报主编、省级报业集团编辑记者、市级都市报编辑部主任等五花八门的工作，甚至当中还抽空经营过一年纯文学书店。每当我从厌烦的工作中抽身出来，逃离到新单位时，心中总是充满喜悦，俨然成功实现了人生的提档升级，但很快新的困扰和新的束缚就会接踵而来。我只能在一环紧扣一环，一波接着一波的不断逃离中，去追逐自己的某种理想和情怀，实现自己的某种价值与抱负。那一段时间，我也像堂哥那样，把逃离当作一种生活状态，当成一项伟大事业。直到三十五岁那年，我才停下奔逃的脚步，在体制内停留下来，一直持续到今天，再也没有离开。家人们都为我稳定下来而高兴，我也一度在心中暗暗得意，但多年以后，我才发现自己将自己送进了又一个亲手制造的牢笼中，再也无法逃离。

这段漫长的时间，我其实只做了一件事情，那就是不断地让自己适应。适应周而复始平淡无奇的工作，适应既不太高也饿人不死的工资，适应不慌不忙不急不慢的节奏，适应按部就班规规矩矩的文化，适应紧跟着走不去深究的思维，适应容易满足自嗨自乐的心态……这种毫无风险温温吞吞的生活，不知不觉就形成了一个闭环，慢慢将人麻醉，渐渐让人麻木。当某一天被外面激情澎湃的声响惊醒，面对焕然一新的世界，我才发现自己已无法出去。既不敢，也不能。我担心失去当前已经拥有的一切，也害怕面对完全未知的事物。逃离不单是一种勇气，更是一种能力。经过多年的沉睡与迷醉，我已经完全丧失了这种勇气和能力。虽然我的内心，一直想要逃离。

而我的堂哥，却似乎与我完全相反。他在越逃越远直至消失不见后，最

终却选择了原路返回。听说他如今不再外出，就守在渡口，跑点短途，见到每一个邻居，都谦恭有礼，甚至有事没事，还常回牛角冲看看。他每月的收入，除了赔给伤者，自己所剩无几。他逃离了一辈子，最终还是没有逃脱一无所有的命运。他在加我微信紧密联络一段时间后，再没有任何往来，也从来没发过一条朋友圈，甚至连名字都变为了一个数字，头像也是一片空白。我不知他这是在表达对生活的失望和不满，还是在进行另一种形式的消失与隐遁。

我蓦然发现，在时间面前，我们都跑得太慢。眨眼之间，我们就被这个时代和这个世界抛弃。慢慢变老的我们，如今对很多事情都已力不从心了，只能无奈地向生活妥协与低头。说到底，我们其实是无处可逃。在现实面前，我们大多数人，最终都只是一个失败者。

先生之风

乡土的悬念

蒋山这方水土，是够穷僻的了。它慵慵地卧躺在连云山余脉的褶皱中，几脉苍山，一条老河，在夕照中常生息些残败的景象来。我为落草在这荒蛮野地而自卑，堂伯父创舟先生却总是告诫我，千万别鄙薄了这方乡土，城里的大作家步老都对这里念念不忘呢。

我不知步老是个什么人物，都有些什么能耐，为什么要念着这方穷山瘦水。听叔伯们讲得多了，便隐隐地猜测，步老这老头，与蒋山只怕有些关联，看来人缘也还不错的。

后来学着作文章，报刊书籍读得多了，才知道步老就是张步真先生，一个全国都很著名的老作家。寻着他的作品细读，果真就读出些蒋山味了。蒋山在他的文字里，很朴素，很宁静，也很美。一方贫瘠乡土，能走进大作家的作品，我立即便为养育我的那块母地而感到神圣和自豪，对步老，自然也就无限地景仰起来。

但我总是没有机缘与步老谋面。创舟先生倒是常常将栏里的猪、仓里的谷卖掉，做路费，跑到城里去看步老，小住几天后，背着大包小包回到村里，然后寻着我父亲来扯谈，说步老又写了什么文章，得了什么奖，还去了一趟萝卜丝（俄罗斯）……他们高声地谈论着，和旁听的村人一样满脸喜悦，那架势，不亚于当年村里的金伢子考上大学时，村民们为乡土上出息了能人而欣喜的景象。

五年前的夏天，我来到步老生活的城市谋事，心里很想去见识村人的朋友和偶像，但又担心人家一个大作家，未必肯跟我这乳臭未干的毛小子来

往，便一直未去。但每次回乡，创舟先生总是要连夜赶来，问我见着步老没有，他身体怎样，我深深为堂伯那份真挚的挂念而感动。

后来我就寻着找到了步老的家，一进门，便看到了挂在他客厅中的那块堂伯讲臭了的牌匾。那是创舟先生送给步老的对联，文字极不工整，一副乡土的行头，大作家却不嫌弃，还醒目地高高挂起。那一刻，一股乡情的温暖，真切地贯穿我的血脉。

我自报家门，说是创舟先生的侄子。步老忙热情地让座，问创舟先生的身体怎样，蒋山的河堤有没有被水冲，三斗垅的水库还好吗？我惊异于他对蒋山的熟稔，也想不到大作家说的会尽是些乡土的话语。我觉得，大作家步老，其实就像蒋山的任何一个老头一样，慈爱仁厚，和蔼可亲。

自此我便成了步老家的常客，有事没事的，跑到他家里坐坐，谈论些他熟悉的蒋山的人和事，有时也扯些文学，却不多。他总是很谦虚，用他的话说，我们之间是"切磋创作，交流心得"。他从不摆大作家的架子，指点我文章该怎么做，只是委婉地提醒我，千万别鄙薄了乡土，乡土是生活的源头。作为一个文学上的后进，我深深为他这种博大的人格和胸怀所感动。

创舟先生却不能常来了，他老了。步老身体也不佳，但他们都彼此在牵挂着对方，年轻的我，便成了他们中间交流的信使和桥梁。每每得悉我回老家的消息，步老就要架起眼镜，给创舟先生写上几句让我带回；我每次回家，创舟先生也照例要走几里山路赶来，托我给步老捎信。捧着大作家和普通农民往来的信件，我常有一种沉甸甸的感觉。

三年前，步老终于挡不住对故友和乡土的思念，提着一个人造革皮包，戴着一顶草帽，穿一双黄胶鞋回到了蒋山。步老走村串户，在蒋山的山山岭岭上转悠了好几天，才依依不舍地回城去。夕阳慵慵地耀在芦溪河的上空，又一次将作家一步三回头的身影，亮亮地印刻在村人的心中。

其实步老只不过在三十年前到蒋山蹲过一年点，他为蒋山人民做了些什么事情，我没问堂伯，也没问步老，不得而知。但看了村人对作家的挂念和作家对乡土的挂念，我又隐约知道了他为蒋山的人民做了些什么事情。我知道，那份牵挂，都来源于乡土，来源于乡土上空相通的心灵。

忘年之交

那一年，我辞职跑到岳阳楼边，开了一家叫作"万卷书社"的小书店，守着三尺柜台，贩些经史子集。店子生意很是清淡，我常趴在柜台上，笑看车来人往，静想云卷云舒。无聊是无聊，却落了个清闲，日子倒也过得自得其乐。

阳光穿过树隙，舔到书店柜台上的时候，我就会看到一个老人，佝偻着身子，背一个脏兮兮的蛇皮袋，拄着一根杂木棍子，笃笃笃地划过我丈余宽的视线。天天如此。见得多了，我就对那苍老的身影熟稔起来。我在心里构思老人的身世家庭，猜测他定然是世间一个苦难的老者，靠捡破烂来打发艰难的余生，常隐隐对他同情。

老人穿越我店前的时候，总要抬头张望几眼我书写在店外的广告，然后又不紧不慢地走他的路。我常想寻机用我拙笨的语言宽慰几句他沧桑的心灵，但又担心我廉价的施舍会更加伤害他的自尊，总是话到嘴边又咽下。听着他渐渐淡去的手杖声，我心中常有一阵莫名的忧伤。

在一个雨天的午后，我正埋首在柜台下读一本无聊的小说时，一声低沉的声音将我惊醒。是老人。他用木棍将破烂挑背在身上，粗黑的手指轻轻地啄着柜台上的玻璃，低低地说，看看《人物志》。我抬头，碰到一束很沉稳也很有力度的亮光，那种光芒似乎足以穿透我的灵魂。我忙把书捧出。老人擎着书眯眼静静地翻看，半天无语，忽然喑哑着说，这书绝版好多年了。我为他的识货而万分欣喜，也隐隐感觉他定然是个不凡的人物，忙热情地让座，请他进店聊天。他笑着问，不怕我的破烂臭了你的书香？我连连摇头。他仍是站着未动，只用他混浊但又锐利的双眼，扫过我身后的书架。稍后他盯着我问：知道本阿弥光悦是什么人吗？我羞愧地摇头。他一本正经地说：屠夫要懂猪，开书店不懂书，不行啊。我正想向他请教，他已转过身子，佝偻着走下了我店前的台阶……

阳光如水，无声地流过我店前的马路，一天又一天。老人也照例日日划过我的视线，照例张望我的广告，只是再不进店。我想，这真是一个怪异的

人物。

又是一个雨天，店里清寂如庙，我亦打坐如僧。老人来了，开口就是一句纯正的英语，我不懂，迷茫的双眼里一片空洞。老人笑笑，又是一句地道的日语，我更是糊涂。老人朗声大笑，得意地说，我问你书读得怎样了？找到《清贫思想》里边的日本高僧本阿弥光悦没有？我暗暗吃惊，想不到这市井老者居然会有如此能耐，连忙把他请进店里坐下，并虔诚地敬上纸烟。老人手一挥，自个掏出一支皱巴巴的劣质烟燃上，说，开书店好啊，鲁迅、孙伏园、邹韬奋、内山完造他们都开过书店的。我问他贵姓，他说《春秋公羊传》第几卷里写了他的祖宗。又说，姓名并不重要，只要心灵相通，时空都不会是朋友间的障碍，何必在乎名姓呢？他与我谈论一些书里书外的话题，有的我有感觉，有的便一片茫然，尽管如此，我仍觉得他是我店里一本最好的书。

自此他便常来，选在雨天无人时。我们共同的话题也愈来愈多，总是扯不完。每每论及人生世相，无常世事，我总是感慨连连，老人却一如讲古说禅，音容不变。偶有人问我，老者是谁？我便说，忘年之交，不知姓名表字，不知何许人也。

时光如箭，转眼就是冬天了。北风穿过洞开的店门，我冷得战战栗栗。这时，老人给我提来了一个煤炉，煤火红红地亮着，温暖了我整整一个冬天。

老人终于邀我去他家作客了。我们沿着岳阳楼旁侧深深的巷廊，七弯八拐，才进了他的家门。房亦如老人，大概也七八十岁了吧。房子只有一间，烟熏火燎，黑漆如古庙。我虽已意料，仍是甚感震惊。老人却一脸坦然，张罗茶水，从他的眼神里，我读出了他心灵的本意——贫富不应是交友的条件。我于是大方地坐下，若无其事地谈论我们未竟的话题。老人含笑点头，一双亮眼紧盯着我，意味深长。

以后我就常到这间破屋来，跟他学习日语，学习古文，间或也学些棋诀。黄灯如豆，老人如父，在这里，我感受到了人生的美好和友情的温馨。

春日的雨天，老人跑到店里告诉我，他的房子被岳阳楼管理处征收了，他将到外地投靠侄女。我好一阵伤感，老人也有几丝不舍。他从破黑的衣袋里，掏出一本日文书送我，遗憾地说，没把日语教会你，可惜，以后就靠你自己了，记住，任何时候别忘了读书。我含泪点头。

老人走时，没有告诉我，是我几天没见到他寻到他家去的。他的房子已被拆除，只有西风打这里经过。我独立在这片空旷的宅地上，久久不愿离去。

秋叶静美

获悉叶蔚林先生远去的消息，是在2007年第一场大雪的午后。此时，先生已安息一月有余；此时，鹅毛大雪，正在窗外漫天飞舞。

先生怎么就走了？先生不是说还要再给我寄一些稿子来的吗？先生上次寄来的那篇手写稿，我都还没来得及寄还呢，先生怎么就走了！

我与先生的交往，其实并不算多，时间也不太长，前后大概就三四年吧。而且我们见面的次数少，面谈的时间少，只是通信较多、通话较多而已。但就是在这有限的交往中，先生那如秋叶般肃穆、静美的风骨，却已永远地烙刻到我记忆的深处。

2003年初夏的一个傍晚，著名作家姜贻斌先生打来电话，邀我一同去看望来长沙小住的先生。于是一同去。我们从蔡锷路打了一个的，七弯八拐找到解放西路的一所公寓，爬上十七楼，姜贻斌重重地擂了一通门，然后又粗着嗓门从"叶老师""叶公"一直号叫到"叶蔚林"，门仍然没有打开。姜贻斌着急地说：这个聋子，只怕又在入神地思考世界革命大问题了。摸出手机，打通电话，门才终于开了。先生穿着宽大、朴素的白色棉布衬衣，静立一旁，满面慈容地迎我们进门。他身材高大，体格魁梧，一如他的文学成就。瘦小的我，望着眼前这位名震文坛的老前辈，心中顿生肃穆之感、景仰之情。

先生的寓所很干净，也很安静。电视机开着，音量竟然是零——先生耳背，只需看画面和字幕就行了。姜先生粗着嗓门介绍我：这是湖南日报集团《家庭导报》的副刊编辑小丘。先生慈祥地点点头：鲁老师还好吗？鲁老师？您是说湖南日报文艺部的鲁安仁老师吗？先生又点点头，几十年了哦，一直都叫她老师。她那时给我编稿，还是个小姑娘。我立马为先生的谦虚和对编辑的尊重而感动。先生是上世纪三十年代生人，新中国成立后不久就登

上了文坛，如今更可谓是大师级的人物，几十年了，仍能始终如一保持对当年编辑的友情和尊重，真是难得。想想如今某些牛气哄哄自称著名的作者，真是太浅薄太可笑了！

我充满敬意地对先生说：您的获过全国优秀中（短）篇小说奖的《在没有航标的河流上》和《蓝蓝的木兰溪》，我十几岁时就读过，写得真好！先生望着我，听我说，满脸平静，一言不发。姜先生提示我：加大音量加大音量。我正准备遵照执行，先生却说话了：我听到了。旧事啰，不值一提。我又一次为先生的谦虚和平静而感动。他的这种谦虚和平静，让人感到一种大美，一种品德的大美，一种人格的大美。

看到我和先生谈话很吃力，姜先生主动过来接班，高声问他失眠好些没有，劝他多出去走走。先生说仍是整晚整晚不用睡觉，心里闷。末了便央姜先生多给他去弄些安眠药来。姜先生告诉我，先生现在年近七旬，眼花耳聋，老伴又刚去世，子女不在身边，现在住的房子，是先生的儿子从一个大书商那里租来给他住的，一个人过得甚是孤寂，加上失眠，情绪很不正常。姜先生怂恿我向先生约一个专栏，以便让他做点事转移注意力，同时也为自己的副刊增添几分亮色。

我向先生约稿了。先生起初不答应，说几年来不论谁约稿都不写，老了，怕写了要不得让人为难。后经姜先生劝说，他答应下来了。

四天后的清晨，我接到一个电话，叫我丘老师，我问是谁，回答说是海南的老叶。我一惊，哎呀，是先生！我忙说，叶老师，您叫我小丘吧。先生说，那怎行，你是我的责任编辑。经我再三要求，他终于同意不叫我老师，但也不叫小丘，叫老丘——那时我刚满三十岁。他说，老丘，专栏稿子我写好了，麻烦你过来拿一下。

我和同样年轻的《文萃报》编辑苏君来到先生的住所时，茶几上已摆好了热茶、水果、花生和厚厚一沓的稿子。看到这些，我心里很是感动和欣喜。我拿起稿子翻看，这组名为《山中杂记》的随笔共十篇，每篇一千五百字左右。也就是说，四天时间里，这位快七十岁的老人写了一万五千余字。这是年轻人都较难做到的。当时我对先生简直是钦佩至极，先生打断我夸赞他的话说，先看稿子吧，说不定还用不上呢。在我看稿子时，先生搬个小板凳坐在茶几对面，其神情俨若一等待老师评卷的小学生。看到我只草草翻一下便说好，他很不放心地说，如果不适合，千万别勉强。老丘，老苏，你们要多提意见啊。

先生这组文章写得很好，但平心而论，并不适合《家庭导报》"生活随笔"副刊那种时尚、新潮、前卫的风格。为了能让先生的专栏顺利通过，我回去后赶紧写了一个近八百字的发稿说明，呈送领导。不久，《山中杂记》专栏便正式推出，首篇《苍鹭，苍鹭》发表当月，即被《读者》《青年博览》转载。很多文友打电话给先生祝贺，为他宝刀未老而高兴。先生一发狠，之后又继续给我写来几篇，遗憾的是，我全部没用，退还给他了。

退稿并没影响我与先生的交往，他仍是经常给我写信、打电话。还多次请我去吃饭，每次吃饭，一大桌人，有著名的作家，也有叫不出名字的文学青年。先生几分钟就吃完了。吃完后就肃穆地坐在一旁，默不作声，安静地看我们吃。等到我们酒足饭饱后抢着去买单时，才知先生早已买过了。

后来，我回到家乡的《长江信息报》供职，先生也回海南的家中去了。他又从海南给我寄稿子、写信。遗憾的是，他寄来的稿子并不适合我们的风格。我在电话中答应退还给他，他也答应再根据我们的风格写几篇过来。可因各种俗事，我一拖再拖，直拖到今天，他的稿子还没寄走。现在，我想寄给他却不知怎么寄了……

我与先生的交往并不长，且是在他人生的暮秋，但一叶知秋，从这有限的交往中，我已经深深地品读到了他文字和人格的馨香。在这个大雪纷飞的冬日，望着片片从空中飘落的雪花，我感到先生的离去，亦如一脉秋叶从空中飘落，让人肃穆，给人静美。

先生，一路走好！

原载《文学界》2008年第6期

亲人们的生命指向

无碑的人格

屋场的西边有一脉苍山，山脚是一条老河，河畔的台地上，匍匐着一座荒草萋萋的坟茔。坟茔不大，无碑，焦黑，寡瘦。远远望去，如一堆淹没在杂草丛中的牛粪。

每年的春节和清明，父亲就要叫上叔叔和我们兄弟，带着镰刀，提着三牲，涉水爬坡，前来这里祭祀。每次，站到这座瘦小的坟茔前面，父亲的脸庞便一派肃穆。割掉坟头的杂草，燃响清脆的鞭炮，父亲总是要充满敬意地对着坟头三叩九拜。

这里，是我曾祖父的长眠之地，他已在此安息了半个多世纪。他走的时候，祖父已经去世，父亲只有七岁，叔叔还没出生。

曾祖是一位医生，一位名满连云山区的医生。他的医术和医德，至今仍在山区的沟沟垅垅中广为传诵。我在连云山中行走的时候，就常能从山间的樵夫老农口中，听到有关曾祖的种种版本——说他医术高明，妙手回春，一眼能断生死，常用一些稀奇古怪的药方治好患者多年不愈的顽症；说他宅心仁厚，爱憎分明，对贫苦山民，常贴钱抓药，而对乡中劣绅，则必须坐轿出诊，且诊金不能少半文……乡亲们讲得有名有姓，有血有肉，有板有眼，让我听了不能不信，又不敢相信：诚如是，曾祖岂不成了华佗再生，观音转世？

无疑，在乡亲们的心目中，曾祖是一个近乎完美的术业与道德的楷模。然而，在我看来，这一切似乎离我太遥远了，更多的时候，我把曾祖当作一个与己无关的神话人物来看待。因为，我唯一能触摸到的，只有苍山脚下的那一座无碑瘦坟。

　　确实，曾祖没有给我们留下任何看得到的财产，那间百年老屋，是先祖的馈赠，与曾祖并无半点瓜葛；老屋中那些乌黑的家什，是曾祖母后来带着父亲兄弟耕耘几十年挣下的家业，同样没有曾祖的半份功劳。至于钱财，提起更让曾祖母伤心：曾祖走时，分文没有留下，一家老的老，少的少，穿无纱，食无米，在最难挨的日月里，曾祖母连讨米袋都缝好了，最终碍于曾祖在乡间的清名才没出门行乞。年少时每当曾祖母向我讲述这段苦难的家史时，我总是想不明白，一个生意兴隆医术高明的医生，何至落到如此下场？他的钱呢？曾祖母叹口气，淡淡地说：谁也不知他的钱哪里去了，但我知道许多人借了他的钱，可他却账都没有记一本，走时也没向我提半句。

　　曾祖不但没给我们留下有形的财产，那他身好技艺也没有传承下来，甚至他满满两柜的医书，也在临终前分送给了遍及连云山区的徒众们。多少年后，爱书的我想起来都伤感不已：那是一笔何等有价值的财富啊。祖母也有着同样的遗憾，她多次伤感地跟我说，要是曾祖让爷爷学了医，他也就不会英年早逝了——曾祖不同意祖父学医，说他粗心大意，而给人治病却是人命关天的事，因而让他学了裁缝，远赴江西挣钱，结果被战时纷飞的乱炮打死。我不知道，爷爷死时，曾祖是否为自己的过失流过忏悔的泪水。

　　正是因为这样，多少年来，作为亲人的曾祖，在我的脑海中始终只是一个模糊的身影，一点也不像乡亲们说的那么神奇，那么高大，就像对待山区千千万万长眠在地下的作山老汉一样，我既不蔑视他，也不尊崇他。我对他只有漠然——漠然地对待他的传说，漠然地对待他的坟茔。

　　但父亲却不这样。他从小就跟我讲曾祖是多么公正，多么仁义，多么受人尊敬。尤其是近些年，每当我从城里回到老家，日益苍老的父亲就要向我感慨：我这一辈子都活在你曾祖的福荫下。我不懂父亲的话，父亲也不明说，只是淡淡地说，你慢慢就能感受得到了。

　　我真的慢慢地就感受到了。当我从城里回到山区游玩时，几十里外的乡亲好奇地问我老家何处，我如实作答后，乡亲就作恍然大悟状："哦，越秋先生（曾祖的名号）的仙居之地！"进一步获知我就是越秋先生的后裔时，乡亲更是热情高涨，给我上茶，留我食宿。那种没有来由的尊重和信任，常让我感动得泪花溁溁。当然，我对曾祖的感情，也就亲近了一分。

后来，我又到山区多见未见的乡亲家中小坐，稍稍一阵攀谈，乡亲就说：你真像你父亲，也像你曾祖。听罢此言，我蓦然感到，曾祖真的是我的曾祖，我也真的是他的曾孙，也许，我的容颜已与曾祖发生了变异，但他的内在气质，他的为人之道，他的独特人格，他的处世哲学，已通过父亲的言传身教，无形地传承到了我的血脉深处。我的善良，我的真诚，我的谦恭，我的正直，我的淡远，以及由此带来的种种现实，不正是曾祖馈赠给我的福祉吗？

于是，我理解了父亲，也敬重起曾祖，怀念起曾祖。再次站到曾祖的坟茔前，我的眼前不再是一堆沉寂的荒丘，而是一如回到了心灵的故乡，找到了灵魂的根本。我从来没有见过曾祖，但从此曾祖的身影却在我的眼前愈来愈清晰，愈来愈鲜活。多少次，我真切地感受到，曾祖穿着棉布长衫，戴着老花眼镜，面容清癯，双目慈爱，带着我在艳阳高照的村庄中穿行，与乡亲攀谈，与泥土亲近，与心灵对话……我想，曾祖要是能活到今天该多好啊，那样的话，我一定会是他最为疼爱的曾孙。

但我终究还是浅薄了些。我不忍心为我们带来荣耀和福祉的曾祖就这么寒酸地僵卧在萋萋荒草中，作为与他血脉相连的后世子孙，我们有义务也有责任光耀他老人家往昔的辉煌，至少，他最后的归宿不能是一个无名的孤魂野鬼。于是，我跟父亲商量：是不是给曾祖修一下坟，立一块碑？

父亲惊愕地望着我：立碑干什么？一块石头有什么用！

是啊，一块石头有什么用？石头是有形的东西，是物质的东西，但有形终究会化为无形，物质终究会风化为虚无，能长留世间的，是代代相传的无形的人格力量和精神食粮啊。曾祖是一个有道术的人，但他没给我们传下有形的术，只留下无形的道，这不正是他良苦的用心吗？这么多年了，我怎么就参不破这层浅显的禅机呢？我还会是曾祖最为疼爱的曾孙吗？

无碑的坟茔寡瘦地匍匐在故园的苍山脚下，曾祖的身影高大地安居在我的灵魂深处，历经三十年，我终于做了他老人家最为坚贞的曾孙。如今，我的儿子已经三岁，每年的春节和清明，我也像当年父亲带着我去祭祀曾祖一样，总要带着儿子前去朝拜，三十年后，他也能做曾祖同样坚贞的玄孙吗？像父亲一样，我又开始向儿子讲述起曾祖的故事……

柔韧的倔强

阳光照着大地，阳光照着村庄，阳光也照着曾祖母永恒的栖息之地。

那是一座黄土垒就的坟茔，孤零地蹲在连云山余脉的半腰。沿着灌木丛生的羊肠小路，爬上这块巴掌大的台坪，村庄的一切便尽收眼底了——稻子在和风中招摇，鸟雀在鱼鳞瓦上嬉戏，孩童在禾场里打闹……站到这块风水宝地前，我仿佛看到满头银丝的曾祖母，正沐浴在醉人的暖阳里，微笑着抚摸我，微笑着打量尘世的热闹。

这块地，是曾祖母生前自己选定的，她说，这里土厚，阳光充足，落地能生根，插枝也成林，我喜欢。年少时的我，总是想不清楚，她老人家为何这般钟情于泥土和阳光？若干年后的今天，我终于明白了，她这是对生命的一种本能的热爱啊——阳光和土地，不正是生命的根本吗？

曾祖母一生善良，热爱一切有生命的东西，珍惜一切有生命的东西，也善待一切有生命的东西，比如，她自己的生命。

曾祖母出身贫寒，她来到世间时，她的上面已有二位兄长；她出生后，下面又添了三位弟妹。遗憾的是，她的兄弟姐妹们没有一个活过二十岁的——她的家族患有当时极为可怕的遗传性和传染性都极强的肺痨。但令人不可思议的是，日日与兄妹们生息在一起的娇小纤弱的她，却安然无恙地出落成了一个大姑娘。曾祖母到底是用什么方法保护住了自己的生命，她生前一直没向我说过，我不得而知，但我知道她一定为此做出了艰苦卓绝的抗争。我也知道，也许从那个时候开始，她就对生命充满了无限的敬畏。

曾祖母被学医的曾祖父领进家门时，已经二十又四了。这个年龄，即便是在今天的农村，也算得上是一个大龄姑娘，何况是在当年极为封建和闭塞的山村。但是，尽管她漂亮端庄，尽管她心急如焚，就是没人敢迎娶她。我猜想，当年的曾祖母，一定是顶着重重的压力，让自己的生命无奈地展现在阳光之下。

曾祖父以他无畏的勇气和坚贞的爱情，给了曾祖母美好的归宿，也使她成了一个真正的女人——她为他生儿育女，娶媳带孙。看到自己的生命在一

代代地延续，曾祖母再次感到活着的美好。

然而，世事无常，正当曾祖母沐浴在幸福的阳光中时，祖父去世了，紧接着，家中的顶梁柱曾祖父又撒手西归。一个殷实家庭，就此瞬间没落。此时，曾祖母已年近七旬，祖母刚满三十六岁，父亲三兄弟中，最大的七岁，最小的才十个月。真正是孤儿寡母啊。看了这个危险的局面，村人都暗暗担心这个家庭会就此散掉：老的气死，少的改嫁，小的饿死。然而，七旬的曾祖母，却没有被丧子亡夫的伤痛击垮，她坚强地活着，她艰难地活着，纺纱、织布、采茶、种药……硬是苦苦地把这个家庭支撑起来，一直到十一年后十八岁的父亲开始当家理事，她紧绷的心弦才稍稍松弛，而此地，她已满头白发了。

我出生的时候，曾祖母已八十四岁了，母亲后来对我讲，听到我的第一声啼哭，曾祖母颠着小脚欣喜地走来走去，自言自语个不停：后继有人喽，后继有人喽。她这么看重人，是不是在她的潜意识中，觉得人是最富创造力的生命？抑或说是有了人就会有一切？

我想是的，正是因为有了她这个人，才有了我，才有了我们家族现在的一切。

我自然成了曾祖母最为疼爱的曾孙，尽管后面弟弟、堂妹、堂弟接连出生，但她似乎更亲近我。祖爱长孙，父疼满崽，这是乡俗，也合人情，没办法的事。

到我开始记事时，曾祖母已完全不再过问家中的大小事情了——乡邻间的人情应酬，全家人的吃饭穿衣，她一概不管——但在我的印象中，她似乎很少有闲着的时候，经常扫地、烧火、到菜园中摘菜、到田野上拾穗，甚至在我五岁、她八十九岁时，还带我到山上去找野梨。现在想来，她的精力是何等地充沛，她的生命是何其地旺盛啊。

在那个时候，我根本不懂什么叫死亡，当然也从来不担心曾祖母会死，自己会死，家中的所有人都会死。但邻居家一个表叔的意外死亡，让我明白了生命终结的真正含义。看到邻居家哭作一团，死去的表叔摊在门板上一动不动，我号啕大哭着跑回家搂住曾祖母，伤心伤气地说："我怕，我怕死。"曾祖母搂紧我，双目也充满了泪水，她缓缓地说："我也怕死哦，一辈子都在怕死，但到现在都没死。"

若干年后，我仍清晰地记着曾祖母的这句话，也许，她当时说这句话时并无深意，但现在我回味起来，却总觉得意蕴深厚。是啊，怕死是人之本性，但唯有怕，才会懂得爱惜，才会努力抗争，生命才会持续得更久。

但曾祖母终究还是死了，那一年，她九十四岁，我十岁。她是不小心摔断了股骨后卧床一年多才死的。如果不是她自己三番五次地要求接骨头，她也许会活得更长久。但她不，她说她不想躺在床上等死，她的骨头能够接好，她要自由自在地到屋檐下晒太阳，到园子里种瓜菜，还要带我到山上去找野梨。然而，人老体弱，油尽灯干，她哪里经受得了如此沉重的折磨？最终，她一向倔强的生命之光终于渐渐暗淡，熄灭。

纸钱如雨，鞭炮如麻，蒙蒙春雨中，一村的人都来送曾祖母上山。她是村庄有史以来活得最久的人瑞，理当受到大家的敬重。行走在送葬的队伍中，听到人们说起曾祖母的种种苦难、种种坚强时，我的泪水止不住一次次地打湿脚下泥泞的山路……

人生一世，草木一秋，生命也许原本是脆弱的，但生命又是何其地倔强！曾祖母一生没做过大事，甚至一辈子没走出过村庄，但她却让自己的生命在世间磕磕碰碰了九十四个春秋。单这一点，就足以让今天的我无上地敬畏。如今，我生命的年轮才进入三十岁，但世间的种种艰难已让我倍感疲惫。能活着，真的不容易啊！

阳光照着大地，阳光照着村庄，阳光也照着我生命的旅程……

孤独的灵魂

叔曾祖父的墓地就在后山。后山土厚，据说是屋场的龙脉，村庄的先人们，因而赶集似的跑来这里抢占风水，那漫山遍野的坟茔，像一个个烤焦了的馒头，七零八落地拥挤在野风与荒草间，煞是热闹。但每次在这片乱坟岗中寻着叔曾祖父简陋的坟墓，充盈我心的，仍是它的孤独与荒凉。我知道，在那个世界里，叔曾祖父一定像生前一样，没有一个朋友，没有一个亲人，他落寞地僵卧在这片冰凉之地，任由自己的灵魂无依地飘荡。

叔曾祖父是一个疯子，一个世人眼中地地道道的疯子。他作古几近四十年了，但有关他的种种笑柄，仍在村庄里梦魇般地流传，招之即来，挥之即去：说他通宵不眠，击锅而歌；说他裸奔村庄，狂呼痛快；说他养猫蓄狗，兄弟相称……听得村庄的后辈们，至今仍窃笑不已。

我就是听着叔曾祖父的这些版本长大的。若干年前，我也与村庄的兄弟姐妹一样，对叔曾祖父的种种行径大加嘲笑，但若干年后的今天，我嘲笑的却是自己当年的浅薄与无知，对叔曾祖父，我现在有的只是尊重和痛惜。

叔曾祖父并不是生来就发疯，相反，在他三十岁之前，他是村庄里少有的能人。他一边苦读诗书，一边耕田种地。他从来没有学过手艺，但能熟练地打造家具，编织竹器，我老家照壁上挂着的那个竹制篮盘，便是他留下的杰作。他不但手巧，而且待人有礼，即便是路遇村庄里的小儿，他也要靠边站着微微鞠上一躬。曾祖母在世时，曾多次跟我说，唉，那时节的他是多好的一个人哦。

然而，慢慢地叔曾叔父便变得让村人无法理喻了：他经常独自一人拿着一本破旧的线装书，坐在芦溪河中的巨石上发呆；经常追着村人讨论一些莫名其妙的问题；经常一个人跑到后山的林子里高声诵读……村人都说他中邪了，看到他便远远地躲开，生怕惹"鬼"上身。他的亲哥哥，我那行医的曾祖父，虽不相信中邪之说，但也对他厉声呵斥，说他是读书读蠢了。

从此之后，叔曾祖父便变得寡言起来，他很少走出自己的屋子了，事实上，就算走出去，也不会有人搭理他。他一天到晚地看书，发呆，然后又看书，又发呆。曾祖父担心他长此以往会真的发疯，便提出给他娶个媳妇，叔曾祖父却淡淡地说，娶个媳妇有什么用，她除了做饭生崽外，还能给我带来什么？

深秋的一个夜晚，叔曾祖父真的就发疯了。他先是大声地朗读自己写的诗作，然后就激昂地对墙高歌，且歌且泣，凄凉至极。他的歌子到底说了些什么东西，村庄里没有一个人听懂。那一夜，整个村庄无眠，不是因歌而忧伤，也不是因人而同情，而是，鬼哭狼嚎的叔曾祖父，吵得大家无法入睡。

自此，叔曾祖父便成了村人眼中地道的疯子了，连三岁小儿也当面喊他疯子，逗耍他，愚弄他。而他自己，好像也真的是愈来愈疯了，从最初的自言自语，哭笑无常，发展到焚书、裸奔，后来他还养了一猫两狗，天天跟它们称兄道弟，促膝谈心……

此时的叔曾祖父，虽说天天穿行在村庄里，但在村人的眼中，他似乎早已死去，没有人注意他的存在，当然更没有人去温暖他那颗孤独的心。

叔曾祖父最终死了。他的死因至今仍是一个谜。他的尸首在芦溪河中被人发现时，村庄里的人已有好几天没听到他击锅高歌了，没有人知道他是失足溺死的，还是自己投水而死的。他的死也并没有给村庄带来悲哀，因为，在村人的心中，他早已死去。

叔曾祖父寿终五十二岁，他在村庄里生活的时间，也是五十二年。他疯了二十二年，二十二年里，他写了无数的诗，但没有一首留传下来。到如今，人们能记住的，只是他的各种笑话；人们能看到的，只有他的那座孤坟。

叔曾祖父的坟茔就在后山，但整个村庄，除了父亲和我，再没有人知道那是他最后的归宿。就算是父亲和我，也只在每年的清明拜祭完所有的直系先人后，才提着先人们享用过的残羹冷炙来这里象征性地祭祀一下，每次都是匆匆而来，草草而归。如今，我和我的后代都生活在远离村庄的城市，可以想见，若干年后，我的儿孙们是断然不会再来看望这个与他们已毫无关联的疯子的。到那时，叔曾祖父只怕就真成了没有一个人记得的孤魂野鬼了。生前活得孤独，死后过得凄凉，想想叔曾祖父阴阳两界的惨切遭遇，我常常悲从心起。

叔曾祖父的一生，无疑是悲哀的一生，我同情他，痛惜他，然而，这些年来，更让我同情和痛惜的却是那些嘲弄他的村人。我愈来愈强烈地认定，叔曾祖父不是一个疯子，真正的疯子，正是那些自以为聪明的嘲弄他的人。叔曾祖父很有可能是一个学养高深的知识分子，一个有着自己独立人格和思想的读书种子，他的所思所想，自然是无法与无知的村人们交流的。也正是因了他的胜人一筹，因了他的与众不同，他的精神和灵魂才变得孤独。而孤独的灵魂压抑久了，就会以一种非常的态势迸发出来。可是，愈是这样，庸凡的村人就愈是无法理喻，他的灵魂也就愈加孤独。这种孤独，不是叔曾祖父一个人的孤独，而是知识与思想的孤独。

叔曾祖父作为一个疯子，已从村人的视线中走了，但他并不是村庄里的最后一个"疯子"，我现在在北京读博士的堂弟，在上海当教授的表叔，

还有我自己，若干年前，都曾是乡亲们眼中的书呆子，万幸的是，我们都走出去了，没有像叔曾祖父那样，在村庄里终老一生。我想，如果我们不走出去，也许会像叔曾祖父那样"被发疯"的。

只是可惜了叔曾祖父，他孤独的灵魂，至今仍在村庄里无依地飘荡……

简单的快乐

沿着芦溪河下行十数里，便到了我外公生息的村庄。这个连云山区少见的大村落，曾经给我的童年带来无穷的乐趣，我至今仍清晰地记得，外公带着我到芦溪河中钓龙虾，到莲花塘里挖田藕，到半里之遥的镇上吃肉丝面……如今，这个村庄已成了镇子的新城区，人欢车叫，比先前热闹得多，繁华得多，可是，我一向喜欢热闹的外公却已作古多年，静静地安躺在远离镇子的马头岭上，与黄土为伴，与山风作邻，他老人家不会感到寂寞吗？

外公是一个农民，但在我的印象中，他似乎与稼穑毫无关联。他成天在村庄里、镇子上东游西荡，扯谈，下棋，大块吃肉，大碗喝酒。他驼着背，灿笑着和每一个遇见的人开玩笑，他的快乐，他的开朗，不知感染了多少愁与不愁的人。若干年后的今天，村庄里的人偶尔提起他，仍会充满羡慕地说：朝驼子哦，那可真是一个神仙！

其实，外公并不是一个好逸恶劳的人。相反，在他四十岁没有驼背之前，他是一个中国标本式的农民：勤劳、节俭，睁开眼睛便下地，太阳落山就睡觉。但一条凶猛的牯牛，让他的后半生发生了改变。

那是一个黑色的七月。生产队购进了一条膘肥体壮的大黄牯，这牯牛耕地孔武有力，但性情桀骜不驯，特喜斗人。队里的人都不敢使唤它，作为队长同时又是犁田好手的外公，自然责无旁贷地担当起驾驭它的重任。可是，刚刚犁了两圈地，黄牯便挣脱颈枷低着头向他冲来，外公撒腿就跑，黄牯穷追不舍，最后，在一个高高的田坎上，黄牯的利角顶断了外公的脊椎。从此，身高近一米八的外公便永远地低人一等了——他的腰背再也直不起来。

我没有见过驼背前的外公，但我猜想，那一定是个顶天立地的汉子——不单是身材顶天立地，心气也一定顶天立地，因为，驼背后的他每每遇到有人嘲弄他时，他总是豁达地一笑：我不跟你计较，我这一生是再也做不起"傲人"了的。由此可以想见，他先前还是非常强烈地想做一个"傲人"的，也许，他所谓的"傲人"是发家致富，是出人头地，或是其他只有他自己才知道的梦想。但当这个梦想因自身的现实条件而破灭而放弃时，他的心境也就变得平和、从容、散淡，再也没有负荷。也正是因了心无所求，才成就了他后半生快乐的神仙日子。我常想，从某种意义来说，外公还真该感谢那条牯牛，否则，他的一生不知要艰辛多少，烦恼多少。因为，做梦并不轻松，追求最费力气，而对大多数人来说，梦想与追求总是在一个不可企及的高度。

外公驼背以后，再也不下地劳作，完全依靠外婆和几个业已成人的子女挣工分生活。他每天要做的事情，就是怎么让自己过得快乐。在我的印象中，他快乐的来源主要有两个：一是美食，二是清谈——在当时贫困、落后、闭塞的乡村，对太多数人来说，这两项已经是难得的奢侈了。

外公的好吃与会吃，在村庄里是出了名的。每天清晨，外公便早早地起床，带上寄居在他家的我，跑到镇子下街头的肉食店里，斫五花肉，买筒子骨，有时还提回去一个毛茸茸的猪头，一副臭熏熏的大肠。然后，半个上午，他都在灶房里忙碌，或烹或煮，搞得不亦乐乎。到中午，收工回家的外婆和舅舅们就能吃上外公亲手烹制的美味了。

更多的时候，外公则带着我到芦溪河中去找河鲜，我们钓龙虾、螃蟹、甲鱼、黄鳝……每次都收获不小。外公在灶房里砌了一个小水池，把钓来的鱼虾养在里面，吃得差不多了，又带着我去弄一批回来。那个小水池，居然从来没有空过。

我至今仍记得外公品味美食时的陶醉状：一手端杯，一手执筷，用沾满油污的袖子揩着额头渗出的汗珠，嘴中连连地说："好吃！痛快！"我知道，这是他发自内心的快乐，没有半点虚假。他也多次跟人阐述他的人生哲学：穿破一点，住差一点，都不要紧，但一定要吃好一点。吃进自己的肚子了，那才是真正地得到了啊！他的这种思想境界，也许并不高尚，甚而还有点低劣，但对于一个普通的人，一个生物意义上的人来说，他说的却是一句大实话。这种美味刺激下产生的快乐，虽然原始、简单，但绝对真实。而在漫长的人生中，真实的快乐是何其难得啊！

外公快乐的第二个来源是清谈。他的口才和博闻强识，村庄里几乎再无他人可以企及。有一次，我与外公在村庄里溜达，一个独眼龙大叔嘲弄外公说：朝生，你一天到晚弓着背到底在找什么啊？外公随口就答：唉，我这人良心不好，做了亏心事，把一只眼睛弄丢了。我这是在找眼睛呢！说完就快乐地呵呵大笑，而那位大叔，则满脸通红，尴尬不已。

在外公的生活中，"寂寞"这个词是不存在的。白天，他在镇子里、村庄里与人扯谈；晚上，收工的社员围坐在他的房间里听他讲古、说书。他讲《封神》，讲《三国》，讲《薛刚反唐》，讲《哪吒闹海》……大家听得久久不愿离去。而他自己，也深深地陶醉在别人的快乐中。我常想，如果说美食给外公带来的是感官上的快乐的话，那扯谈便是他精神上的快乐。一个人，只要心灵不寂寞，那他便一定是快乐的。而心灵不寂寞，很多人都无法做到，可我的外公，却以扯谈这种最为简单的方式达到了。

可惜的是，天不假年，外公在六十三岁那年就去世了。他的死因很简单——全身生毒疮。医生告诫他，这病一定要戒嘴，不能喝酒，不能吃发物。但外公全然不听，照吃照喝不误，外婆及舅舅兄妹们劝他不要吃，他毫不含糊地答：想吃的东西都不能吃，那活着还有啥意思？他死的前一天，还有滋有味地独吃了一只甲鱼；他死的前一个晚上，一房的人拥着听他讲完了《水浒》。外公是带着笑意和快乐去的，他去得从从容容，去得无牵无挂。

我与外公素来亲近，他老人家的许多生活习性，都无形地传承到了我的身上。如今，我也很讲究很看重吃，也很喜欢与人天花乱坠地闲聊，也曾从美味与闲谈中获得过快乐，但历经三十年，我的忧郁始终多于快乐，原因其实并不复杂，那就是我仍有着自己的理想与追求，我对快乐有着更高的要求。外公的快乐，是简单的，但即便是这种快乐，我只怕也一辈子都无法抵达。

外公的坟茔隐现在马头岭的荒草间，十数年了，我一直没去拜祭过。我知道，外公是一个最坚贞的唯物主义者，他不会在乎我形式上的不敬的。而且，就算有阴间，以他老人家的性格，他在那里也一定毫不寂寞，一定过得快快乐乐。既然如此，我又何须去打扰他呢？

原载2016年《岳阳日报》

每一个名字都通往神灵

　　村庄里除了每个人拥有自己的姓名，很多的事物都有着独特的名称。如果在村庄里连名字都没一个，那只能说明自己修炼得还不够，或者说是还过于卑微与渺小，还无法向这个庞杂的世界，宣示自己应有的主权。

　　我到现在都感到怪异，为什么村庄里的人对每一块田地会分辨得那么清楚，难道是因为它们拥有各自的名字吗？我所在的村庄叫牛角冲，是连云山腹地的一个穷山沟，最大的水田不会超过一亩，最小的一个斗笠就覆盖住了，但大大小小几百块地，无一例外都有着独一无二的名字。沙丘、氹丘、岩丘、长丘、横塘丘、塘下丘、背垅丘、芭蕉丘、斗八丘、三斗丘、五斗丘、胜利丘、丰收丘、狗脑丘、猪腰丘、冷沁丘、河边丘、要状元丘、罕干娘丘……这一个个质朴的名字，就像一个个质朴的乡亲，眯着眼睛，牛角冲人也能丝毫不差地想象出它们的形状。不说七八十岁的作田老汉，就是七八岁的黄口小儿，也能准确无误地指出它们的具体所在。名字就像一个铁器，使唤多了才不会生锈，莫不是村庄里的人把田地当作了自己的亲人，常常挂念在嘴边，才牢牢记住了它们的一切？可我总是觉得，这奇妙现象的背后，肯定还隐藏了我没有参透的禅机。

　　村庄里的每一座山，也是都有着姓名表字的。牛角冲的山全属于连云山脉，但连云山只是它们共同的宗，并不是共有的名。连云山逶迤百余公里，转辗到牛角冲，就开枝散叶成为百十个山岭、峰尖、坡谷了。它们就像老祖宗的一大堆后辈子孙，虽然长得差不多，可个个都有着自己的大号或小名。山有蒋山、上山、曾家山、刘家山，岭有牛形岭、河背岭、坟场岭、关衣岭，峰有娆峰、乳峰、石岩峰、石柱峰，尖有高尖、小尖、红花尖、牛角尖，坡有产子坡、李子坡、难陡坡、窑坡……每一个名字，就像一户人家，

代表着一个房头，管辖着一片区域。它们虽然山体相连，血脉相通，可界线在牛角冲人眼里却分得清楚明白。什么是山，什么是岭，多高叫峰，多宽叫坡，他们心中都有一个通用的标准。我常常想，这些山岭如果没有名字，它们家族的谱牒，会不会乱成一锅粥呢？称呼，其实并不完全是为了方便表述，有时很可能还代表着身份的高低和内心的远近。

山有名字，水当然也会有。在牛角冲，最重要的水是井水，它深入到每一个人的肌体甚至是基因，所以每一口井都有名字，它得对自己的产出贴上标签，以示负责。冷水井、陡坝井、关塘坳井、朱沙塘井、梨树场井、叶屋场井、后背坡井、菜园坡井、甘坡井、竹坡井、兰家井……每一个屋场都有着专用的水井，水井的名字，常常也就是屋场的名字。我不知它们的合二为一，是为了宣示屋场的主权，还是为了强调生命的源头？池塘的名字则多种多样，关塘、烂塘、芭蕉塘、门前塘、牛哥坡塘、天井冲塘、陂塘、横塘、四方塘、清水塘、荷花塘、菱角塘……每一口塘，似乎都在它波光粼粼的水底，埋葬了一个与名字相关的故事。大部分的溪河也有名字，背垅水、三斗垅水、五斗垅水、山枣坡水、房家洞水……这些纤细但从不干枯的流水，费尽周折最后都汇入了牛角冲水，牛角冲水流入芦溪河，芦溪河进入汨罗江，汨罗江过洞庭经长江，奔向了遥远的大海。因为有了名字，大海里的每一滴水，也就有了来处，正如茫茫的人海，谁都记着故乡。

村庄里有名字的事物还有很多，比如堰坝，有经治堰、老庙堰、竹山墈堰、庙湾堰、石滩堰等；比如潭湾，有岩脚潭、大堰潭、七星潭、八深潭、金坛湾、樟树湾、蔡家湾等；比如桥梁，有老圣桥、石板桥、塔坳桥、永兴桥、永盛桥、松树桥等；比如岩壁，有鹰岩、穿岩、燕岩、五光岩等。而且有些事物的名字，还让外面的人很不理解——我们后山的三棵古松，就分别叫朝公、廷公、相公；杨泗庙前的一株古樟，直接叫作杨泗将军；难陡坡的一根碗口粗古藤，大号捆妖绳；背垅里一只专门偷鸡的狐狸，也得名花小姐；而石岩坡一条眼镜蛇，人称叫鸡公……这些特定的所指，外人听起来一头雾水，牛角冲人却了然于胸，心照不宣。

从少时起，我就对这些或俗或雅或长或短的名字充满兴趣。我常常想，到底是谁给它们取下的名字？这些名字都有什么来历？名字的背后，是否潜隐了我所不知道的秘密？

我的这些问题，大部分都没有答案。正如村庄里许多奇奇怪怪神神秘秘的事物，大多没有来由。对于那些口口相传了几百上千年甚至更久的名字，没有人能说得清它们的前世；一些命名时间相对较近的名字，又众说纷纭扯得牛头不对马嘴；少部分获得共识的名字，其实也经不起仔细推敲。它们就像牛角冲漫山遍野的树木一样，只能看清外在的高矮与形状，根本判别不了根系的深浅和指向。

经过长久的观察与分析，我慢慢发现村庄里事物的名字还是有规律可循的。一个名字在人世间广为流传，并得到大家的认可和尊重，总会有它存在的道理。牛角冲事物命名的原则或者说是得名的来历，大致有那么几种：一个是姓氏缘由。比如曾家山、刘家山、李子坡、叶屋场井、房家洞水等，即属此类。看到这些名字，我就能感受到一个古老家族的兴旺或衰败。一个是事物特征。比如沙丘、猪腰丘、冷沁丘、牛形岭、石柱峰、四方塘等，都是这样。从这些简单直白的名字里，我总能一眼望见事物的高矮胖瘦，它们透明如一张纸，根本不会藏有复杂的心事。另一个是历史事件。比如要状元丘、罕干娘丘、窑坡、老圣桥、金坛湾、关衣岭等，大抵如此。看到这样的名字，我就自然想起发生在它们身上的故事，历史的云烟，滚滚而来。还一个是拟人拟物。比如朝公、廷公、相公、杨泗将军、花小姐、捆妖绳、叫鸡公等，它们的外形或内里，总是跟某些人或事建立了秘密的联系，这样的名字自带神性与巫性，让人肃然起敬或敬而远之。再一个是祝福祈愿。比如胜利丘、丰收丘、产子坡、经治堰、永兴桥、永盛桥等，看到这些名字，我的眼前就自然浮现起一张张期盼的脸庞。但也并不一定完全如此。比如烂塘，我以前以为是口烂泥塘，后来才知是因为杨姓一家人被日本兵杀害在此，该叫难塘。它其实与事物特征毫无关系，而是直指国仇家恨。还有芦溪河，我一直以为它是因发源于葫芦状的芦洞而得名，后来才知这里是卢戎国的故地。它指向的是更加遥远和厚重的历史。

对于牛角冲的事物来说，命名的原则和名字的来历似乎并不重要，没有人像我这样，去深入追寻它们的前世与今生。重要的是它们有了名字，有了有别于同类和他类的身份。这才是让它们引以为豪的跨越与飞跃。

　　还真是这样呢，牛角冲虽然只是巴掌大一个山冲，但品类繁多，山川田土，路桥阡陌，草本木本，虫鱼鸟兽，没有千千万，也有万万千，可当中有名字的又有几个？我母亲常说，石猴子压制了五百年才叫孙悟空，白蛇精修炼了一千年才叫白素贞，没点本事，怎会有名声？

　　我母亲说的本事，在我看来也就是人或事物的重要性。人没本事，当然就不重要，也就不会赢得别人发自内心的尊重与景仰。事物如果不重要，就会被人忽略与漠视，哪里还会享用一个专用的名字呢？只有在这个庞杂的世界脱颖而出举足轻重，别人才会高度关注，才会客气地用一个适合的称呼，来表述你尊贵的身份。

　　盘点村庄里的事物，我发现凡是有名字的，还真是无一不与人们的生活息息相关，有的甚至还深入到血脉与骨髓，事关一个生命或一个家族的成长与延续。换句话说，它们都在村庄里有着无可替代的重要作用。比如田土，那是人们的生存之本啊；比如山岭，那是一个人最后的归宿呢；比如水井，那是生命之源哦；比如河流，它指引着人们的出路和方向呢！谁能说，自己的一生能完全绕开它们？

　　我们不单绕不开它们，而且还常常在生活的深处遇见它们——

　　我曾无意中见过一大沓发黄的古老田契。这些田契是我祖先传留下来的，最终由我祖母保管。我先前只知道祖上曾经有一段时间很殷实，在地方上享有盛名，但到底拥有多少田土，并不是很清楚。年少时陪曾祖母去七八里外的山枣坡，她用拐杖指着满坳的水田，无限感慨地说，以前这都是我们家的！我祖母口风比曾祖母要紧得多，她从来不向我们提起这些往事。直到她九十岁还差一个月去世时，我们才在她最隐秘的柜角，发现了一大沓发黄的田契。我在阳光下小心翼翼打开，一张张仔细辨认，惊讶地看到写有我祖先姓名的田契上，竟然也清清楚楚地写着一丘丘田土的名字！更惊奇的是，这些田土的名字居然和现在的称呼一模一样！沙丘、凼丘、岩丘、长丘、横塘丘、塘下丘、背垅丘、芭蕉丘、斗八丘、三斗丘、五斗丘……一个个都在发黄的纸张上活蹦乱跳！这真是颠覆了我的理解，我没想到祖上居然有这么多田产，更没想到这些名字的历史竟然这么悠长，它们的生命力竟然这么持久。我先前以为这些名字只不过是某个农人为了表述方便随口取的，没想到它却事关一个人甚至是几代人的财富与主权。它们被饱读诗书的老先生一笔一画一丝不苟地写进了契约，半个字都不容更改，那种穿越时空的严肃性和庄重感，让我瞬间愕然。托着这些古老的名字，我感受到了沉甸甸的分量。

我后来又在族谱中看到牛角冲更多的地理名称，绝大部分名字都与现在的一模一样，只有少量的音同字不同，而且字面上更加雅致：比如猪屎坳，写的是珠诗坳；摸鱼坡，写的是暮雨坡；饭夫岭，写的是范湖岭。族谱是一个家族最完整的历史，也是最严谨的文本，同时还是最金贵的版面。绝大多数人，在族谱中也就占一两行的位置；能占到一段的，那都是了不起的人物；有半页小传的，不是开基祖，就是高功名。但不管是什么人，他离世后族谱中都会注明三个要素，一是某年某月某日某时生于某地某屋场，二是某年某月某日某时卒于某地某处，三是葬于某地某山某坡某朝向。比如我曾祖父的词条下，就注明葬于牛角冲对门岭老园坡就地张壕形子山午向。我更早的祖先，有的葬于牛角冲田塍坡仙人摆袖形午山丙向，有的葬于产子坡金线吊葡萄形癸山丁向，有的葬于范湖岭藕塘坡雄牛脱轭形甲山庚向。这里面的名字与地形，都与现在的称呼完全相吻合。即使是我雍正九年从广东蕉岭迁来湖南平江的开基祖永海公，他族谱上标明的安葬之地安定桥马头岭大园坡蜘蛛结网形乾山巽向，也与现在的名字不差分毫。按照族谱简要的记载，我们就能准确无误地一一找到祖先的墓地，看到家族发展的脉络，寻到自己生命的源头。如果没有这些名字，我想我与祖先的距离，可能会永远隔着时空，遥不可及。看到这些年纪比我祖先还要大的名字，我没有办法阻止自己匍匐下去。它们是我族谱上的另一种祖先。

我还非常意外地在县志里与后山的三棵古松相遇。那三棵分别叫朝公、廷公、相公的松树，非常粗大，要三四个大人手拉手才能合抱。这些树盛产松脂、松球和猫头鹰，是我童年的乐园，但村庄里没有人能说得清树龄。老人们只大概地知道，可能是我们三个房头的祖先朝公、廷公、相公手植。多年以后，我在闲阅岳麓书社出版的湖湘文库之《同治平江县志》时，意外在古树志中发现一个条目：县南蒋山有古松三株，在丘宅右山，高七八丈。天啊，同治年间修志时，就已是古木，这三棵松树该有多大的年纪啊！县志上没有记载树的名字，我估计是有名没录。缘何村庄里的人叫它们为朝公、廷

公、相公呢？我也在族谱和县志里找到了答案——他们三人是亲兄弟，大致生活在乾隆、嘉庆年间，是我们家族很有能力的一代，三人均获得了功名，分别担任了正九品到从五品的官职。我在县志里看到，地方上很多的公益事业，都是他们兄弟牵头。比如至今还在发挥作用且名字都没变的石滩桥、庙湾桥、樟湾桥、永兴桥、永盛桥等，就是他们倡议主持修建的。在乡亲们眼中，朝公、廷公、相公不正是我们家族的三棵参天大树吗？在古旧的县志里看到这些熟悉的名字，我就像看到祖先的背影一样激动和骄傲。在我心中，后山的三棵古松，其实早已与我的三位祖先融为一体，他们同样英俊，挺拔，高大。

这些纸写笔载的古老名字，有着强大的气场和惊人的力量，让人自觉地变得安静、庄严、深刻。它们背后的那些人、那些事，让我看到了生命的坚韧与时间的漫长，看到了肉体和灵魂的转换，看到了精神的生长与延续。我越来越觉得，村庄里这些土里土气的名字，无不带有一种莫名的神性。每一个名字的背后，都有某些线索，连接某些隐秘，暗中通往神灵。

坟场岭在村庄的右侧，密密麻麻卧满了祖先的坟墓。我从小在这片山林里攀登、玩耍、穿行，但从来没有去思考过它的名字。我不知道这个名字对于我有什么意义，也不知道那些从未谋面的先人，与我有什么关联。但现在，当人到中年的我站在曾祖母、祖母、父亲、母亲以及小婶婶的坟前，与他们共处的美好时光和曾经的艰难生活，差不多就会同时奔涌至眼前。活生生的一个人，怎么就突然去了另一个世界？好好的一个名字，怎么一下就无声地消失？一种巨大的悲伤，像海水一样把我淹没。在这个无边无际的苦海里，我还看到了更多的先人。他们都是我们家族的神，或端坐在祖厅的牌位上，或隐居在族谱的最深处，虚幻而遥远，但现在，都在我面前无比真实。我真切地感受到，这个地方，这个叫坟场岭的名字，唤醒了我生命深处的某种东西，是我通往祖先魂灵的秘密隧道。在黑暗的尽头，我能看见他们的卑微与善良，看见他们单薄且寒凉的一生，也能看见隐约的一丝微光。这里，是我的来处，也是我的去处。

土地坳在村庄的左边，曾经有一棵参天古树和一座砖石小庙，后来树没了，庙也越变越小，最后只剩下一方由几块石头搭建而成的神龛。但我们从小就知道，这里是"土地伯公"的驻地，终年萦绕着一种神秘的气息。土地伯公是村庄里的一尊小神，掌管着阴阳两个世界无人受理的诸多杂事，慈祥得就像是邻家的一位老伯公。小时候我常与小伙伴到这里玩耍，看大人们祈福敬神，他们虔诚的姿态，影响了我的整个人生。记忆中这里最盛大的仪典，是每年春夏时分点清吉烛。法师们在神龛前鼓乐齐鸣，跪拜祷告，然后将写有每一丘田土名字的法帖，夹在红蜡烛的竹片上，让孩童们一支支点亮插到所在的田埂上（一定不能弄错），祈求五谷丰登，清吉平安。夜色中的那一盏盏烛光，如同一排排通往神灵的路灯，点燃了乡亲们的希望，也照亮了所有人的内心。多年以后，当我一想起土地坳这个名字，诸神的影子就会纷纷从天而降。他们当中，除了慈祥的土地伯公，还有掌管饥丰的谷神、掌管水利的河神和塘神，甚至还有掌管病虫害的瘟神。他们其实早就随同那一支支蜡烛，插进了每一个牛角冲人的内心。怪不得村庄里的人对田地会分辨得那么清楚，原来每一丘田土的名字，已与诸神一道，融入了每一个人的血脉甚至是灵魂。

菜园坡在三斗垅里面，距离村庄大约有一里半路。村庄的菜园大多在房前屋后，最远处也不会超过半里，从来没有谁会把菜栽到偏僻且遥远的地方去。但这个没有一兜菜的地方，偏偏却叫成了菜园坡。菜园是一个让人开心和温馨的地方，充满了生机和烟火气息，但菜园坡，却让牛角冲人感到压抑和畏惧。原因是这里曾经有一个旺盛的大家族，近百年前败亡得不剩一砖一瓦一丁一人，只留下一口麻石砌成的水井和一个菜园坡的虚名。而这口水井的井神，据说又十分小气与阴险，过路人如果吃了他的水，或是从井边经过，他总要捉弄一下，要不让你突然肚子痛，要不就让你无故摔一跤。我从小就不敢去这里，觉得这地方阴气和杀气都过重。想起菜园坡这个名字，我的眼前就会立刻跳出一个凶恶的井神。多年以后，当我与小伙伴们一样，背井离乡到别人的城市讨生活时，想起村庄里越来越寂寞的水井，突然就理解和同情起菜园坡的井神了。一口无人饮用的水井，是多么地孤独和失败啊，他的那些种种行为，其实只是为了引起别人的注意和证明自己的存在。

……

是的，在牛角冲人眼里，村庄遍布各种各样的神灵，山有山神，土有土

地，河有河神，井有井神，塘有塘神，桥有桥神……而凡有神灵的地方，相关的事物必定会有名字。我在村庄里穿行时，每到一个地方，总是自然想起盘踞在此的神灵。那些山神，土地，精灵，或是埋葬在此的祖先，甚至是意外死亡在这里的人，都隐藏在我看不见的地方，向我发出强烈的信号，暗示他们的存在，宣示他们的主权。他们俨然就成了这里的主人。他们的名字与事物的名字交缠在一起，让人分不清表里。

这么多的神灵隐藏在身边，牛角冲人不得不小心翼翼。对于那些神灵附体的名字，牛角冲人同样敬畏有加。从小时候起，母亲就谆谆教导我，在外面不要乱喝水、乱撒尿、乱爬树、乱下水，尤其不要败坏任何事物的名字。名字通神，得罪了神灵，那可不得了。她还反复告诉我一些尊重神灵的办法，比如在外面口渴了要到水井里喝水时，一定要先在心里默念几句井神的名字，然后虔诚地表示想讨几口水吃，再用手把水拨动，防止照出自己的脸，以免魂魄被井神收去。在野外屙尿时，断断不可对着庙宇、窑场、大树、坟墓、岩洞、巨石等物。进山打柴，要在心里感恩山神，刀不能叫刀，要称为铁，且不能乱砍活木的主干，只可斫些枝丫。碰到黄大仙、狐狸、龟、蛇等灵物，千万不要打它们，也不可朝它们吐口水……我谨遵母亲的教诲，把村庄里的每一个名字，都看作神灵；把村庄里的每一个神灵，都当作自己的乡亲。我不但不敢作践它们，连这样的心思都不敢有。我觉得神灵就坐在自己内心的正中，我的一举一动，一思一想，它们全都看得清清楚楚。

牛角冲人不但尊重别人的名字，也非常珍惜自己的名字，懂得维护自己的名声。在他们眼里，名字有时等同生命，名声有时重于生命。每一个牛角冲人，都在默默地努力着，奋斗着，无论是做事，还是做人。他们明白，只要把一件事情做到极致，你就成了这方面的权威。在这个行当，你就封神了。你的名字，就成了世间的传奇。所以牛角冲读书的多能考上大学，做手艺的多能成为大师。就算是碌碌一生，你的名字最终只是上了墓碑和族谱，只要为人方正，若干年后，那也是后世子孙敬仰的家神！

我离开牛角冲已三十多年了，但对村庄里的每一个名字和每一个神灵都记忆犹新。我越来越觉得，名字并不完全是为了向庞杂的世界宣示主权，更多的功能，应当是让嘈杂的内心，生长出真正属于自己的神灵。